红色银行

张卫平◎著

　　张卫平，山西省文联副主席，山西文学院、山西网络文学院院长。主要作品有长篇小说《给我一支枪》《歌太平——萨都剌》《奋斗者》等，散文集《走马雁门》《心中的菩提树》等，影视文学作品《忽必烈》《浴血雁门关》《特战》《杀山》《今宵别梦寒》《来处是归途》等。曾获多种奖项。

HONGSE
YINGHANG

2020年中国作协重点作品扶持项目
2021年中宣部主题出版重点出版物

红色银行

张卫平 ◎ 著

时代出版传媒股份有限公司
安徽文艺出版社
北岳文艺出版社

图书在版编目（CIP）数据

红色银行/张卫平著.—合肥：安徽文艺出版社；太原：北岳文艺出版社，2021.8
　　ISBN 978-7-5396-7220-5

　　Ⅰ.①红… Ⅱ.①张… Ⅲ.①长篇小说—中国—当代 Ⅳ.① I247.5

中国版本图书馆 CIP 数据核字（2021）第 105943 号

出 版 人：段晓静　　郭文礼			
策　　划：朱寒冬		责任编辑：张妍妍　王朝军	
责任校对：段　婧		装帧设计：张诚鑫	

出版发行　时代出版传媒股份有限公司·安徽文艺出版社
　　　　　山西出版传媒集团·北岳文艺出版社
地　　址　合肥市翡翠路 1118 号　　邮政编码：230071
　　　　　太原市并州南路 57 号　　 邮政编码：030012
营 销 部　（0551）63533889　　（0351）5628696
印　　制　安徽新华印刷股份有限公司　（0551）65859551

开本：700×1000　1/16　印张：20　字数：300 千字
版次：2021 年 8 月第 1 版
印次：2021 年 8 月第 1 次印刷
定价：58.00 元

（如发现印装质量问题，影响阅读，请与出版社联系调换）

版权所有，侵权必究

目 录

第一章　风云黑峪口 /001

第二章　乱世出英雄 /024

第三章　抗日建银行 /047

第四章　发行兴农币 /073

第五章　艰难的转移 /097

第六章　秘密访延安 /120

第七章　小莲的烦恼 /146

第八章　灵活放贷款 /167

第九章　建设根据地 /189

第十章　十二月事变 /213

第十一章　组建新银行 /231

第十二章　开展货币战 /252

第十三章　银行被偷袭 /274

第十四章　人民币诞生 /289

第十五章　小莲的期待 /307

附录　小说主要人物原型 /309

后记 /312

第一章　风云黑峪口

1

天气突然就变冷了,连一点过渡也没有。

这是黑峪口渡船上的贺麻子最真切的感受。

黑峪口位于山西省的西北部,是千里黄河上一个颇有名气的渡口。两边是苍茫大山,中间就是流淌了数千年的黄河水。河的这边是山西,河的那边就是陕西了。黑峪口一年四季多风,特别是到了冬季,又冷又硬的西北风吹在身上,刀割一般疼痛。

黑峪口四通八达,北去塞外,南通中原,跨过黄河就到了西安。更重要的是,黄河从北部激荡而下,到了黑峪口,前有迷虎碛,后有软米碛。这些碛其实就是礁石,水小了露出来,水大了没在下面,成了河道上最危险的地方。两个碛中间的黄河水倒是平缓了许多。为了安全过碛,南来北往的船只便喜欢停靠在黑峪口打尖。于是渡口上的各种店铺便日渐增多,剃头铺、杂货店、小吃摊……林林总总,应有尽有。一些大商人也看上了这里的商机,纷纷在渡口上设立分号,黑峪口又成了晋西北一个重要的货物集散地,一时繁华无比。

那一天恰好是黑峪口难得的一个好天气。

太阳寡白寡白地挂在那里,远处的大山光秃秃的,一片苍凉。山脚下的黄河水卷着浪花打着旋涡簇拥着直面而来。从南方来的货船逆流而上,岸边拉纤的汉子们弓着背吃力地向前走着。从北边下来的船就轻松多了,顺流而下。其实河道上的人都知道,顺流下来的船看似轻松,实则危机四伏,除过两个硕外,水下面还有数也数不清的暗礁,一不小心就会船毁人亡,因此船上的人比平时又多了几分紧张。

山陕两地的人隔河相望,相互往来就要乘坐渡船。黄河上的渡船一般比较大,能坐二三十人,后面有掌舵的,两边各有几个扳船的艄公,五六个人,有时候七八个人才能运营一条船。也有小一些的,一次乘坐六七个人,后面老艄公掌舵,前面有人撑杆,从这边划过去,又从那边划回来。黑峪口做摆渡生意的人不少,不过最有名的还是一个叫贺麻子的人。

贺麻子长得五大三粗,是一位典型的西北汉子,棱角分明的黑红脸膛,粗壮结实的腰板。虽然他上了年岁,腰有些弓,头发也花白了许多,但仍能从他有力的臂膀上感受到他的壮实和威武。

贺麻子人长得高大威猛,可惜的是小时候出天花落下一脸疤子,所以人们都叫他贺麻子,乍一见十分恐怖。贺麻子人长得恶,心眼其实不坏。贺麻子生在黄河边,长在黄河边,常年跟水打交道,水性特别好,年轻的时候一口气能从黄河这边游到那边。

早年贺麻子在货船上做工。有一年一个陕西的客商从绥远贩运回一船货物,租用的就是贺麻子在的那条船。那个客商还年轻,出门时带着老婆孩子。客商的老婆是个陕北婆姨,人长得袅袅娜娜,说话十分染人,特别是每句话的最末一个字,总是翘翘的、绵绵的,惹得船上的艄公们心里痒痒的,难受。那婆姨是第一次出远门,去船头上看风景。正到了险恶的软米碛,撑杆的艄公一走神,货船撞在了河道里的暗礁上,货船被划开巨大的口子,很快四分五裂,船上的人和货物转瞬就没在滔滔的河水中。

贺麻子水性好,浮出水面后就救人。那婆姨得救了,婆姨的小儿子也得救了,但那个年轻的客商怎么也找不到。几个月后有河南的货船捎过话来,那边发现了年轻客商的尸体。陕北婆姨哭得死去活来,趁贺麻子不注意,偷偷跳进黄河里。

贺麻子只好把客商的小儿子收养下来。这孩子本来活泼机灵,遭了如此大难,一下变得沉默寡言,人们就开始"冷娃冷娃"地叫他。贺麻子家穷,又带着个冷娃,三十大几了也找不下个女人。快四十岁的时候,贺麻子遇到一群从山东逃荒过来的人。有一位老者觉得贺麻子人长得恶,心地倒不坏,就把饿得面黄肌瘦的女儿嫁给了他。

贺麻子有了儿子又有了老婆,就打了条船开始搞摆渡。贺麻子的渡船不大,就是那种能坐六七人,最多的时候也就挤个八九人的小船,有钱的给钱,没钱的给一把葱、几颗山药也行,实在什么也没有的,贺麻子就大手一挥,走吧,谁还没有个为难的时候?贺麻子人缘好,日子一天天有了起色。更让贺麻子高兴的是,女人怀上了他的种。贺麻子喜滋滋地等待女人给他生个大胖小子。不承想女人给他生下个女儿后,却因为大出血丢了性命。

贺麻子给女儿取名小莲。小莲一天天长大,不仅人长得乖巧,嘴巴也甜得很,逗得贺麻子成天笑呵呵的,合不拢嘴。

贺麻子的屋子建在黑峪口的半山坡上。有钱的人家住在地势平坦的地方;没钱的人家都住在半山坡上,在山坡上挖个洞,就成自己的窝了。当时黑峪口最豪华的院子,就是本小说的另一位主人公刘象庚的窑院了。刘象庚的窑院,当地人称"十六窑院",依山而建,三进院落,气势不凡。贺麻子的窑院选在一个半山坡的坳子,在土崖上掏出三孔窑洞,窑洞前铲出一小块平整的土地,四周用篱笆圈起来,这就成了他们的家。冷娃住下面一孔,贺麻子住在中间,北面的一孔供小莲居住。

贺麻子的窑院正对着黄河,站在院子里,远处的黄河水依稀可见。小莲的窑洞门口长着一棵山桃树,这还是小莲出生的时候移栽回来的。现在这棵山桃树长得枝繁叶茂,每年三四月间,一树的桃花,给这个贫寒的小院带来无限生机。

小莲长大后就在家里给父亲贺麻子和哥哥冷娃做饭,有时候也到渡船上帮忙。贺麻子怕小莲一个人孤单,就给小莲抱回一条土狗。土狗的毛色是灰的,恰巧眼睛上长有两簇白毛,显得特别滑稽可爱,小莲就给这条土狗起名四眼。很多时候,院子里就是小莲和四眼。四眼成了小莲最要好的朋友。

现在正是中午时分,小莲在贺麻子的窑洞里做着饭。这些日子渡口上忙得很,贺麻子和冷娃天不亮就干活去了。这一年小莲正好十八岁。十八岁的小莲尽管穿着洗得发白的土布衣服,脸色也是显着营养不良,但仍遮掩不住小莲年轻旺盛的生命气息。小莲梳着两条大辫子,为了干活方便,随便用一根头绳把两条辫子系在一起。她上身穿一件褪了色的红薄棉袄,下身是当地女人穿的那种黑色大裆裤。

小莲给父兄做的饭是玉米面烙饼。把玉米面和起来,捏成圆饼状,然后一圈一圈贴在烧热的锅里,锅底炖着山药、萝卜,山药快熟了,咕嘟咕嘟冒着热气。灶坑里的山柴呼呼燃烧着,火光映红了小莲的脸庞。窑洞里弥漫着浓浓的玉米面的香味。

或许是闻到了香味,院外的四眼顶开门帘闯进来,吱吱呜呜地在灶台前转来转去。

小莲把熟了的玉米面饼子夹到篮子里,一边夹一边回头看一眼四眼:"四眼,你也饿啦?"

四眼听见叫它,抬起头眼巴巴地看着小莲。

小莲拿起一块饼子,看住四眼。

四眼以为是要给它吃,殷勤地摇着尾巴,眼睛一动不动地盯着小莲手中的饼子。

小莲想掰一块喂给四眼,想一想又停住了。冷娃哥和爹爹正等着吃饭呢,特别是冷娃哥,正是能吃饭的年纪,每次都是狼吞虎咽,这几个饼子恐怕用不了几口就吃完了。

小莲摸摸四眼的头:"乖,保不准冷娃哥又给你抓条小鱼呢。"

小莲直起身开始盛菜。

旁边的四眼看着没有希望了,呜呜呜呜,一脸的无可奈何。

饭做好了,小莲轻松了,脸上满是笑意,嘴里哼着当地流行的山曲儿:

……
哥哥你要走西口
小妹妹实难留。
提起你走西口呀，
小妹妹泪花流。
……

谁是那个走西口的哥哥？小莲想到这里愣怔了一下，她的脸上不易觉察地掠过一丝怅惘。是啊，谁是自己的哥哥呢？

小莲提着篮子出了窑洞。四眼紧跟着跑出来，一会儿跑前，一会儿跑后。阳光很温暖地照着这个小院。山下黑峪口镇繁华街上的市声隐隐传来。小莲站住，望着远处的黄河。黄河上是小黑点一般南来北往的船只。小莲挎着篮子向渡口走去。周围很静，只听到干燥的阳光落在地面上的咚咚声。

2

刘象庚是从水路返回十六窑院的。

这年7月份小鬼子占领了北平城，然后侵入山西，先是大同失守，然后是崞阳，太原也危在旦夕。住在太原城里的刘象庚带着一家人辗转逃到碛口，然后搭乘一条北上的商船，向黑峪口方向驶来。

刘象庚一家人坐在一个逼仄的船舱里。刘象庚有两位夫人：大夫人上了年纪，一直待在十六窑院；二夫人李云年纪小一些，跟着刘象庚走南闯北。船舱里能坐两排人，刘象庚抱着小外孙陈纪原坐在一边，夫人李云抱着小儿子刘易成坐在另一边，三女儿刘汝苏伏在李云腿上。颠簸了一路，三个孩子都睡着了。刘象庚把小外孙陈纪原轻轻放下，然后拿条毯子盖在孩子身上,弯腰钻出船舱。他站在船头上,望着前面浩浩汤汤的黄河水。

刘象庚五十多岁,又瘦又高,黑黑的脸上架着一副白边眼镜。他的瘦脸上满是皱纹,给人一种饱经沧桑的感觉。最特别的是眼镜后面那双熠熠发光的眼睛,眼睛不大但特别有神,透露着他经历世事后的睿智、威严和不凡。刘象庚穿着一袭灰色的薄棉长褂,褂子已经旧了,袖口上有几处打着补丁,脖子里围着李云用红毛线给他编织的围巾。站在船头上的刘象庚心事重重,眼睛里透露的是对未来的无限担忧。

在黑峪口,刘象庚家可是有名的富户。其实刘象庚的祖上也是贫苦人家,一直到了刘象庚曾祖父这一代,刘家才逐渐发达起来。刘象庚的曾祖父精明能干,加之刘象庚的曾祖母也是里里外外一把手,日子很快有了起色。先是做起烧饼生意。黑峪口客商云集,往来的船队也多,刘象庚的曾祖父就在镇子上卖烧饼。刘家的烧饼不仅货真价实,而且免费提供大碗茶水,艄公们全跑到刘象庚曾祖父开的烧饼铺里。几年经营下来,刘象庚曾祖父积攒下了银钱。天天和艄公们打交道,刘象庚曾祖父知道跑运输是个来钱快的生意,就一跺脚买回一条商船。托老天的福,刘象庚曾祖父又大赚一把。尝到甜头后,刘象庚曾祖父接连购进几条商船,建起了颇有规模的船队,白花花的银子就像这黑峪口的黄河水一样流进刘家的银窖里。刘象庚曾祖父有了钱,不仅购置了几百亩良田,还在镇子上开了烧饼铺、杂货铺、药铺等铺子,一时风光无两。

刘象庚祖父继承家业后做得最让当地人称赞的,是在黑峪口建起了气派阔绰的十六窑院。刘象庚祖父选中一块地方后便接连买下周围人家的院子,然后依山建起了气势非凡、别有风姿的十六窑院。三进院落,环环相扣,每进院落除过配窑小一些外,主窑洞都建得又高又阔。这些窑洞全是青砖碹就,白灰勾勒,与周围低矮的土窑比起来,显得格外与众不同。三进院落全用一人多高的围墙围起来。大门也建得十分考究,除过马上封侯、富贵牡丹、多子多福等石刻外,刘象庚祖父还请当地有文化的人给他的院落题写了"十六窑院"四个大字。为什么叫了个十六窑院？刘象庚后来听祖母说过，祖父非常迷信十六这个数字，认为这是他的幸运数字，连他们结婚的日子也是选在十六日。刘象庚一直觉得这四个字有些土，直到祖父去世多年，刘象庚被选拔上贡生后，他才把门匾上的这四个字换成了略有诗意的"襟山带水"，当然这四个字是他自己题写的。

刘象庚祖父去世以后，刘家就逐渐衰落下来。刘象庚的父亲是个读书人，考取秀才后就再也没有了上进心，每天吟诗作画，乐得逍遥自在。刘象庚记得，他小时候家里的大事小事都是精明干练的祖母做主。刘象庚六七岁的时候，家里发生了一件让他一辈子也忘不了的事。家里的船队触礁沉没，商船毁了，把客商的货物也丢了，自家损失不说，还要赔付客商巨额的钱款。刘家起家靠的就是一个"信"字，刘象庚的祖母二话不说，一挥手让人打开了自家的银窖。这次灾难过后，刘家再也没能恢复元气，全家靠着几间铺子和剩下的田产过日子。

虽然日子艰难，但祖母还是不忘教导刘象庚好好读书，希望这个孩子能够有出息，重振家业。刘象庚读书用功，远赴西安参加了会试，虽然没有中举，但好歹选拔上了贡生。此时清王朝覆灭，中华民国诞生了，不甘屈居一隅的刘象庚南下太原，先后考入山西武备学堂、山西大学堂读书。为了谋生，他做过教员、审计员、税务员、山西省临时参议会议员，直至河北省建设厅科长，天津商品检验局副局长、局长等。刘象庚同情革命，利用自己的地位搭救过不少共产党人，后被国民党特务盯上，他又从北平、天津辗转回到太原。

"先生，"船尾的船老大走上前来，担忧地问道，"先生是经见过世面的人，以先生之见，小鬼子会打过来吗？"

刘象庚不知道该怎样回答。

东三省丢了，北平丢了，天津丢了，现在太原也危在旦夕，谁知道小鬼子会打到哪儿呢？

"唉。"船老大叹息一声，绕到另一边。

"会好起来的。"刘象庚不知是在安慰船老大还是鼓励自己。

船老大苦笑着摇摇头。

"少白,外面冷。"不知什么时候李云走了出来,往刘象庚肩上披件褂子。

刘象庚姓刘,名象庚,字少白。

李云三十五六岁,与刘象庚比起来,李云就显得年轻了许多。李云是太原人,又读过书,俊俏的脸庞上流露着娴雅的气质。李云本来是刘象庚做教员时的学生,性格活泼,敢作敢为。刘象庚知识丰富,给他们讲课时风趣幽默,李云很快就爱上了这个比她大十八九岁的老师。刘象庚离开黑峪口时就成了家,娶的是一个名叫牛爱莲的女孩。这女孩老实木讷,又比刘象庚大一岁,两人说不上好,也说不上不好。牛爱莲先后给刘象庚生下两个女儿,后来得了一场病,莫名其妙地不能生育了,便催促刘象庚再娶一房,生个儿子,好为刘家传宗接代。刘象庚死活不同意。后来遇上了李云,刘象庚动了心思。李云家里坚决反对这门婚事,不仅嫌弃刘象庚年纪大,而且嫌弃给刘象庚做小的。李云可不管这些,一不做,二不休,干脆搬过来和刘象庚住到一起,生米煮成熟饭,家里人也无可奈何了。两人结合后,李云给刘象庚生下三女儿刘汝苏和小儿子刘易成。

"这次回来怕是走不了了。"李云看着黄河说道。

刘象庚扭过脸:"让你吃苦了。"

李云笑一声:"看你说的。兵荒马乱的,一家人在一起就好。"

刘象庚点点头。

船舱里好像是刘易成醒了,叫喊着:"娘,娘!"

李云答应着回到船舱里。刘象庚仍然站在船头上。只有刘象庚心里清楚,他这次回来,还有一项特殊的使命。离开太原的时候,刘象庚见过张友清一面。张友清此时是中共山西省委书记。张友清向刘象庚传达了北方局的指示,太原即将陷落,北方局让他迅速撤离太原返回兴县,利用自己在当地的影响力,发动群众抗日,支持八路军打击日本侵略者。事后刘象庚才知道,这都是他的好友、入党介绍人王若飞向北方局提的建议。他和王若飞是忘年交,王若飞在太原时两人多次彻夜交谈。想到王若飞,刘象庚的脑海中出现了那位有见地、做事干练的年轻共产党人的形象。

"先生,再有半袋烟的工夫就到黑峪口了。"船老大眯缝着眼盯着不爱说话的刘象庚。

是啊,黑峪口,这个生他养他的地方,他走了三十多年,现在又回来了。其间他虽然也回来过几次,但基本上以在外闯荡为主。一时间刘象庚心里五味杂陈,说不上是喜悦还是忧伤。但有一点刘象庚心里是清楚的,那就是一种新的充满挑战的生活就要开始了。

前面就是黑峪口。

刘象庚远远地凝望着那个熟悉而又有些陌生的地方。

3

兴县县城位于黑峪口的东边。

兴县过去叫蔚汾、临津、合河,金朝时改称兴州,明洪武年间变州为县,始称兴县。兴县县城依于蔚汾河北岸。蔚汾河是黄河中游的一条重要支流,经过县城,由东向西流入黄河。蔚汾河两岸皆为大山。县城就在两山夹峙下的一片开阔地上。城内店铺林立,人烟密集,是晋西北一带的政治、经济、文化中心。

就在刘象庚乘船返回黑峪口的时候,县城大街上,兴县中学的学生们呼喊着"打倒日本帝国主义!""绝不做亡国奴!""精诚团结,一致抗日!"等口号向东走来。人群中还有晋绥军以及撤退回关内的东北军等军人。两边店铺门口站满了看热闹的群众。

十字街口有一座复兴隆酒楼,二楼靠窗的桌子前坐着一位戴眼镜的女士。女士二十多岁,正拿着画笔在画板上画窗外的风景。这是一幅素描画像,线条勾勒的正是大街上游行示威的学生们,一个个振臂高呼,栩栩如生。女士画得很投入，她几乎忘记了周围的一切，嘴角微微翘起，很满意地看着画板上的人物。

女士名叫牛霏霏，是兴县中学的美术老师。牛霏霏的另外一个重要身份是兴县首富牛照芝家的远房亲戚。在兴县，牛照芝几乎是家喻户晓的人物。牛家不仅有上万亩良田，而且在黑峪口、兴县周边地区，以及西安、太原、绥远等地，都有他家的商号，经营粮食、药材、布匹、日用百货、餐饮等等。牛霏霏所在的复兴隆酒楼就是牛家的产业。牛霏霏喜欢在二楼靠窗的地方写生，牛照芝就和掌柜打招呼："霏霏小姐去了好生款待，怠慢了我们霏霏，拿你是问！"东家发了话，掌柜哪里敢怠慢？牛照芝财大气粗，为人更是仗义，修桥铺路、救苦救难，赢得不少好名声。当时晋西北一带缺少新式学校，牛照芝先后投资建起了高级国民小学、兴县初级中学、兴县女子学校等。

牛霏霏画得投入，根本没有发现身后已经站满了人。

有人鼓起掌，接着是一群人有节奏地鼓起掌。

牛霏霏转过脸，大吃一惊，只见一群喝得醉醺醺的大兵正挎着枪不怀好意地看着她。

牛霏霏收拾一下画具就要离开，大兵们故意挡住去路不让她离开。

一个为首的小头目喊道："弟兄们！"

大兵们齐齐应答着："在！"

小头目嘶哑着用东北口音喊道："画得好不好？"

"好！"

小头目斜一眼牛霏霏："小妞长得俊不俊？"

"俊！"

有一个大兵喊道："够做我们的大嫂啦！"

大兵们放肆地哈哈哈大笑起来。

牛霏霏脸羞得通红，要挤出去，大兵们堵着不让她离开。

楼下的掌柜听见上面吵得厉害，急急忙忙跑上来："老总，老总，有话好说,有话好说!"

掌柜钻进人群护住牛霏霏,赔着笑脸说道:"老总们保家卫国,一路辛苦,今天的酒钱就——免啦!"

小头目把掌柜一把拉开:"这话说得够爷们!我们弟兄刚从死人堆里爬回来,就让这小娘们陪弟兄们玩个痛快!"

掌柜大惊失色:"老总,使不得,使不得!"

掌柜说完推着牛霏霏要她离开。

一个大兵举起枪托砸在掌柜的头上:"妈拉个巴子,老子一枪崩了你!"

掌柜捂住脸倒在地上,手指缝里流出血。大兵们你一把我一把地把牛霏霏推过来推过去。牛霏霏用画具拼命抵挡着、叫骂着:"你们这群流氓!流氓!"牛霏霏越叫喊越惹得大兵们肆无忌惮。画板上的画纸掉下来,四处翻飞。

正吵得不可开交,后面有人喊道:"够啦!"

声音很大,大兵们突然停下手来,扭过脸,看见楼梯口站着一位当地人打扮的二十岁左右的汉子。

看见对方是一个人,一个大兵就骂骂咧咧地走过去:"哪里来的浑球儿!滚!"抬起腿就是一脚。

谁也没看见那汉子做了什么动作,那大兵已四仰八叉地倒在地上。小头目一看,大怒:"弟兄们,上!揍扁这狗杂种!"大兵们一拥而上,和那汉子打起来。

掌柜叫苦不迭,拉过牛霏霏就走。桌椅板凳乱飞,一群人打得难解难分。

掌柜和牛霏霏刚到楼梯口,楼梯上又踢踢踏踏跑上来一群穿灰布军装的人。有人举起手枪放了一枪,枪声过后,打斗的人群停下手来。

上来的这群人中间站着一位四十岁左右的中年人,中年人指着鼻青脸肿的东北大兵,气得半天说不出话来。牛霏霏看见了救她的汉子,汉子

第一章 风云黑峡口 | 011

的鼻子流出血来,上衣被撕开了几个口子。牛霏霏掏出手绢,擦掉汉子脸上的血。

中年人叉着腰来回走几步:"身为军人,成何体统!"

小头目眼睛挨了一拳,眼眶发黑:"弟兄们从死人堆里爬出来……"

中年人立马打断小头目的话:"你本事大得很呢!丢了东北不说,又跑到这里来撒野!有本事就真刀真枪地和小鬼子干啊!"

刚才打枪的那位站出来:"这是我们新来的张干丞县长。"

救牛霏霏的汉子看一眼张干丞,拉着牛霏霏下了楼梯。

门外人来人往。牛霏霏感激地说:"谢谢你救我。"

汉子停下脚步:"快回去吧!兵荒马乱的,少待在外面。"汉子说完,转身离去。

牛霏霏追了几步:"恩人请留步。请问恩人尊姓大名,日后好让家人报答大恩!"

那汉子转过身:"我是八路军。"说完消失在远处的街巷里。

牛霏霏一直等到那个背影消失了才转过身来。她还在回味着汉子说的话,回想着汉子的面孔。那面孔是如此清晰地刻印在她的头脑中,以至过了很长时间,她还能记起那汉子脸上的每一个细节。

4

黑峪口渡口上一片繁忙。

黑峪口渡口不大,过去也不是很拥挤,南来北往的商船,卸货的卸货,装载的装载,摆渡的木船载着人来回穿梭,一切都显得那么慢条斯理而又井然有序。现在战争突然临近,各种人员往来骤然增多。除了过往的军人,山西这边的大户人家也一拨一拨地向黄河那边转移人员、财产,一时间,渡口上形成了那个年代少见的忙乱景象。码头上堆满了各种各样的箱子、柜子、包裹,还有大批的牛、羊、鸡、鸭等等,叫喊声、吵闹声,还有鸡、鸭、牛、羊此起彼伏的叫声,乱哄哄地响成一片。

这倒是给摆渡的人带来难得的好生意。贺麻子和冷娃天不亮就被人叫起来,一趟一趟地往来两岸。好在冷娃现在已经是一个精壮的汉子了。小伙子在渡船上长大,风里来雨里去,十几年过去,俨然已是一位壮实的艄公。冷娃个子不高,两条腿又短又粗,大脚板踩在船头上就如钉子钉在了那里一般;两条胳膊由于常年劳作也是粗壮有力,上百斤的货物冷娃拎起来就放到船上。现在天气已经很冷了,冷娃仍然挽着裤腿,干活热了,干脆把上衣也脱了,露出身上黑红的肌肉。贺麻子上了年纪,坐在船尾把舵,冷娃年轻,站在船头撑杆,父子两个配合默契,用心经营着他们赖以生存的小木船。

也不知道已经跑几个来回了。贺麻子的渡船从陕西那边向黑峪口这边划过来。太阳正当午,阳光明晃晃地照在贺麻子的脸上。船头上的冷娃用力撑着船篙。贺麻子边摇橹边看着冷娃壮实的后背,心里暖洋洋地想着心事。冷娃是他一手带大的,尽管冷娃不爱说话,但他知道冷娃是个难得的好后生。小伙子能吃苦,更关键的是为人正派、仗义,贺麻子嘴上不说,但心里比谁都高兴。小莲已经长成大姑娘了,他也看出了小莲对冷娃的喜爱。冷娃呢,只要是小莲说的话,就绝对地俯首听命。兄妹两个一起长大,冷娃从小就大人一般照看着这个妹妹,谁要是敢欺负小莲,冷娃能和他拼命。现在两个孩子都大了,到了成家立业的时候,贺麻子想给两个孩子捅破那层窗户纸。冷娃不是小莲的亲哥哥,冷娃可以娶小莲为妻。兄妹成婚,亲上加亲,如果真是那样,自己也就可以安享晚年了。

渡船上一个陕西人说:"大伙知道为什么叫小鬼子吗?"

有人说:"不就是个儿小吗?小胳膊小腿的。"

另一个人说:"小鬼子够日能的,听说已经打到了太原城下。"

陕西人就不屑地说:"日能?再日能还日能过咱黄河来?"

说话间,天上有飞机飞过去,飞机飞得低到船上的人能听到巨大的轰鸣声。远处传来高射炮的声音和飞机扔下的炸弹的爆炸声。船上没人再说话了,大伙都仰头看着远处的火光。上了年纪的女人闭着眼念着:"阿弥陀佛,阿弥陀佛……"

黑峪口很快就到了,冷娃跳下船把船固定住,然后把踏板搭到岸上,船上的乘客一个一个上了岸。

远处贺小莲挎着篮子走来,四眼紧跟在后面。贺小莲看到了这边的贺麻子和冷娃,高兴地叫起来:"爹!冷娃哥!"

四眼也认出了主人,嗖地一下射过来。

贺麻子坐在船尾,笑眯眯地看着小莲,然后抽出腰间的烟锅头,点上火,美美地吸了一口,累了一上午,还没顾上抽袋烟。

冷娃看见小莲,难得地露出笑脸。小莲上了船,把篮子摘下来,给爹爹和冷娃盛饭。冷娃从船舱里摸出几条小鱼:"四眼!"四眼在岸上哼哼着想上船。冷娃把小鱼扔在船头上。四眼便纵身一跃跳上船头,用爪子按住小鱼,很香甜地享用起来。

冷娃和小莲并排坐在船帮上,边吃玉米面饼子边说话。

小莲看着狼吞虎咽的冷娃:"哥,好吃吗?"冷娃点点头,嘴里的饼子转眼就没了。小莲又给冷娃递过一张,冷娃又是三口下肚。小莲说:"哥,你慢点吃。"冷娃吃饼子的速度就慢下来。

小莲吃一口饼子,看住冷娃:"哥,你看。"冷娃扭过脸看住小莲。小莲笑嘻嘻的,冷娃没看出小莲有什么变化。

小莲问:"哥,没看出来?"冷娃真的没看出小莲有什么变化,便傻乎乎地摇摇头。

小莲不高兴地扭过脸去:"不理你了。"

小莲把辫子盘起来了,这么明显的变化,这个呆子竟然没看出来!真是个呆子!呆子!

冷娃看见小莲生气了,像做了错事似的把脸埋在饭碗里,扒拉着碗里炖熟的山药、萝卜。

还是小莲忍不住,她用膀子靠一下冷娃,看着脚下的黄河:"哥,河水冷吗?"

冷娃的大脚丫子还在水里泡着。冷娃就说:"冷,怎不冷呢?"

小莲叫起来:"冷你怎还在水里?"说着就脱了鞋,把两只好看的脚丫子伸进水里,刚一进去,便叫一声提起来。

冷娃就说:"看看,受不了吧?"

小莲瞪一眼冷娃,挽起裤腿,一赌气跳进河水里,说:"没那么金贵。"便在河岸边给四眼摸小鱼。

贺麻子吃了饭,抹抹嘴,一抬头就看到从远处山坡上下来一支驮队。北方的驮队以骆驼、骡子为主,这些动物体格健硕,又有耐力,很适合运输。但在兴县一带,驮队大多由当地产的一种叫"画眉驴"的小毛驴组成。这些毛驴白眉白鼻白肚皮,鼻孔大,两耳直,能驮善拉,再加上兴县多山,路又窄,小毛驴回头拐弯十分便利,因此成了当地驮队的首选。现在驮队来了,几十头小毛驴蜿蜒而来,颇为壮观。小毛驴背上都驮着大包小包的货物。渡口上的人都站起来看着这支由远及近的驮队。

贺麻子知道,这恐怕又是哪个大户人家在转移财物。

贺麻子老远就认出驮队中间的铁拐李:"老李头!"

那边的铁拐李也认出了贺麻子,拐着腿走过来:"老伙计,生意上门啦。"

贺麻子把烟袋递给铁拐李,铁拐李接过去吸一口。贺麻子就问:"哪个大户人家的?"

铁拐李看看那边的驮队:"还能有哪家?牛家呗。牛家要把铺子里的货物倒腾到那边去呢。"

铁拐李其实年纪不大,也就三十来岁。铁拐李本来叫李大壮,以赶毛驴运货为生,有一年连人带驴掉下山沟,命保住了,腿却折了,大伙便"铁拐李铁拐李"地叫他。

贺麻子说:"还是有钱人好哇,打起仗来,脚底抹油——说走就走!"

铁拐李哼一声:"好个屁!这个也舍不得,那个也落不下,提心吊胆,就怕一颗炸弹落下来,轰的一声,全没了!"

小莲摸到一条小鱼,叫起来:"哥,我抓了条鱼。"那鱼还在挣扎着,尾巴带出的水溅了小莲一脸。

铁拐李看着小莲:"闺女出挑了!有婆家没有?"

贺麻子说:"没有呢,没有呢。"

铁拐李就说:"还是老伙计你有福气啊,有儿有女的。"

正说着话,从驮队出来的地方腾起一片尘土,一队骑兵呼啸着向这边冲过来。

有人喊着:"站住!"

接着就是砰砰砰几声枪响。

贺麻子和铁拐李站起来,冷娃一拉小莲,两个人跳上船。铁拐李说声"不好",和贺麻子打声招呼,跑到驮队那边。

骑兵们将驮队团团围住。

贺麻子他们不知道驮队那边发生了什么。

5

兴县县政府建在一个姓孙的大户人家院子里。

几进几出的高门大院,虽然有些衰败,但仍能感受到当年的气势不凡。县城里的房院和黑峪口的比起来那就讲究多了,房子多为砖木结构,雕梁画栋,十分精致。这院子原是"一门三进士"之一孙嘉淦的院子。孙嘉淦,字锡公,号懿斋,别号静轩,康熙五十二年(1713)进士,做过都察院左都御史、刑部尚书、吏部尚书、工部尚书、直隶总督、湖广总督、协办大学士等;孙嘉淦的兄长孙鸿淦是雍正年间进士,做过湖北公安县知县;弟孙扬淦也是雍正年间进士,做过国子监丞、刑部主事、直隶按察使。孙家后人多迁往外地居住,孙家大院便日渐败落,屋顶上长满了茅草,门窗也破破烂烂的。

张干丞被牺盟会（全称"山西牺牲救国同盟会"）派到兴县担任牺盟会兴县分会特派员，不久又兼任兴县县长、兴县战地动员委员会主任等。张干丞是从大同过来的，来了后没有住在旧衙门里，而是在县城中的这座孙家大院里安顿下来。孙家大院房多院高，易守难攻，与旧衙门比起来，这里相对安全一些。

张干丞四十岁上下，个子不高，穿一身灰布军装，上唇蓄一抹短胡子，英武干练，在一群人的簇拥下来到院子里。院子中间是个天井，放着一张用大石板支起来的桌子。

有人端来茶水。

张干丞走到桌子边，脱下帽子，还在为刚才酒楼上的事生气——打鬼子没一下，欺负老百姓倒有一套。

站在张干丞旁边的那位叫董一飞，他是兴县牺盟会游击队队长。跑了一上午，口渴难耐，董一飞端起茶水咕咚咕咚喝完，一抹嘴："兵熊熊一个，将熊熊一窝！"接着扭头向西边的屋子喊道，"饭好了吗？快端上来吧！"

有人端出饭来。张干丞说天气不错，就在院里吃吧。几个人把饭端到石桌上。是几碗难得一见的白米饭，盆子里是粉条、豆角、山药大烩菜。

张干丞和董一飞坐在石桌边，一边吃饭一边说话："一飞，队伍拉起来了，抓紧训练，小鬼子说不准什么时候就会打过来。"

董一飞抬起头："队伍是拉起来了，没枪没炮，怎么打小鬼子呢？"

张干丞吃口饭："活人还能叫尿憋死？枪的事我来解决，你把队伍带好就成。"

董一飞吃完饭，抹把嘴："县长，还有一事您老也要费点心。天气冷了，弟兄们过冬的棉衣还没着落呢。"

张干丞看着董一飞，没再说话。不仅是游击队缺衣少吃，撤退到兴县的几万大军也要吃饭穿衣睡觉啊。想到这些张干丞就头疼，几口扒拉完饭，坐在一边抽烟。兴县地贫人少，出产也不多，要养活这么多人，谈何容易!

说曹操曹操到。从门外跑进一名队员:"报告,一伙军人要见县长。"

董一飞抬起头:"不见!没看见县长正吃饭吗?"

那名队员刚要反身,门外一伙军人已经嚷嚷着闯进来。这是晋绥军第七集团军骑兵第一军的一伙军人。为首的一个团长喊叫着:"哪位是县长?"

张干丞站起来:"在下便是。"

那个团长一把抓住张干丞的前襟:"老子在前线卖命,你他娘的在这里吃香的喝辣的,老子一枪崩了你!"

董一飞喊一声:"你敢!"便拔枪在手,顶在这个团长的脖子上,"放开县长!"

团长冷笑一声:"啊嗨,你还给老子来真的了!弟兄们!"

团长喊一声,他带来的大兵们立刻举起枪,游击队队员们也举起枪,双方剑拔弩张,一触即发。

张干丞把董一飞的枪推开:"一飞,让弟兄们放下枪!这位老兄,你也是带兵打仗的人,自己人打自己人,就不怕小鬼子笑话?"

董一飞一摆手,游击队队员们放下枪。那边的大兵们也放下枪,退到一边。

团长放开张干丞,拍着胸脯喊道:"谁敢笑话老子?老子在忻口和小鬼子真刀真枪地干过!弟兄们死得惨哪,几百号人转眼就没啦!你们知道吗?"团长说到伤心处,弯下腰号啕大哭。团长带来的大兵们纷纷抹泪。

张干丞抱拳说道:"弟兄们保家卫国流血牺牲,辛苦了!在下张干丞,敬各位了!"

团长站起来一挥手,带着人马向大门外走去。走到门口,团长反身一抱拳:"县里的粮食要尽快送来!要不然,弟兄们可就要喝西北风啦!"说完头也不回地离去。

张干丞刚送走团长,又有人报告:八路军派来的人员已经到了大门口。

张干丞立马迎接出去。原来八路军120师很快也要转战回兴县一带。

太原北部屏障忻口已经失守,山西省政府和第二战区司令长官部已经向晋东南方向退去。八路军120师将在晋西北一带开辟抗日根据地,同鬼子进行坚决斗争。兴县与陕西隔河相望,兴县将成为整个延安大后方的前沿阵地!张干丞这才明白组织上为什么要以牺盟会的名义派他来这里主持工作。组织上就是要让他在兴县站稳脚跟、打开局面,协助八路军开辟抗日根据地,然后不断发展壮大起来。张干丞来到兴县没有暴露自己的共产党员身份,他是以牺盟会会员的名义开展工作的。张干丞感受到了肩上的责任和重担。

八路军派来的人员一直和张干丞谈到深夜才离开。张干丞睡不着,在地上踱来踱去。

董一飞敲门进来:"天快明了,还不睡?"

张干丞拉着董一飞坐下来:"一飞,枪支的问题解决了,八路军答应给我们一部分!"

董一飞一撸袖子:"太好了!小鬼子来了,咱也能真刀真枪地和他们干了!"

张干丞压低声音:"还有更好的消息。"董一飞往前靠一靠。

张干丞说:"咱们的部队也要过来。可兴县不大,队伍进来,吃饭是个问题。"

董一飞说:"买呗,多买些粮食不就够啦?"

张干丞苦笑一声:"说得轻巧。就是有粮,哪里又有钱呢?"

"你这人能耐得很,不然组织上也不会派你来。"

董一飞和张干丞是多年的战友,两人互为知己,无话不说。董一飞模仿着张干丞的口头禅:"活人还能叫尿憋死?"

张干丞猛砸一拳:"对,活人还能叫尿憋死?"

第一章 风云黑峡口 | 019

6

刘象庚是从黑峪口的另外一个地方上岸的。

刘象庚的两个弟弟刘象坤、刘象文早就在岸上等候了。刘象坤四十七八岁，是刘象庚的二弟，从小喜欢医书，一个人鼓捣来鼓捣去，竟成了黑峪口一带颇有名气的中医。刘家本就在黑峪口开着药铺，刘象坤便顺势管着这个铺子，隔三岔五地到铺子里坐诊。三弟刘象文四十一二岁，从小就体弱多病，瘦瘦的，脸色苍白。渡口风大，刘象文背对着风吭吭吭咳嗽个不停，一口痰没有吐出来，憋得脸红脖子粗的。两个弟弟旁边站着一位小伙子，小伙子二十一二岁，名叫白宝明，是药铺里的小伙计。白宝明看三少爷咳嗽得厉害，就过来轻轻拍拍三少爷的背。

刘象坤说："三弟，这里风大，我看你还是回家等着吧。"

刘象文扶着膝盖站起来："二哥，不碍事，不碍事。"

白宝明喊着："二位东家，你们看，船来了！"刘象庚、李云和几个孩子都站在船头上。陈纪原和刘易成高兴地叫起来："到喽，到喽！"

他们两个都是小孩子，还不知道忧愁是什么滋味。

刘象庚看到了岸上站着的两个弟弟，举起手和两个弟弟打着招呼。李云也向两个小叔子招着手。

刘象庚的三女儿刘汝苏十一二岁了，她已经懂事不少，耳朵里也听闻了大人们说的话，小鬼子就要打过来了，他们必须离开太原的家。对于她而言，最直接的影响可能就是很长时间不能回学校上学了。因此她的眼睛里除过新奇以外，还有一丝忧郁、惆怅。刘汝苏依偎着母亲李云，看着岸上几个陌生的人。

刘象庚看见三弟，就和李云说："三弟多病，你看他硬是撑着身子来接咱们。"

李云赞叹着："咱爹咱娘还不是你的两个弟弟照看着？"

刘象庚叹口气："是啊，多亏了二弟、三弟。"

船靠岸了，刘象庚走下船喊道："二弟！三弟！"

刘象坤抱起了刘易成。刘象文想把陈纪原抱起来，但一阵咳嗽，还是放弃了抱起他来的努力。

刘象庚埋怨道："三弟，这里风大，你在家里等着就行了。"

刘象文摇着手："不碍事，不碍事。"

白宝明人机灵，趁他们说话的工夫已经从船上把行李大包小包地背下来。

刘象庚看见了就夸奖说："小伙子有眼色。"

刘象坤就说："哥，这是咱店里新来的伙计，叫白宝明，手脚勤快，以后用得着你就喊上他。宝明！"

白宝明笑嘻嘻地跑过来："东家。"

刘象坤看着白宝明说："这是我哥，以后你就跟着他！"

"得令，二老爷！"白宝明笑嘻嘻地给刘象坤行个军礼，军礼又不是个军礼的样子，惹得刘易成和陈纪原咧嘴笑起来。

一家人在往回走的路上，听得那边吵闹起来。刘象庚停住脚看着远处。远处一群骑兵正打着枪向一支驮队包抄过去。

骑兵腾起的尘土呛得铁拐李用袖子捂住嘴。驮队停下来。骑兵们把驮队团团围起来。几名骑兵闪出空当，一个当官模样的人骑着高头大马走出来。

一个士兵喊道："哪位是管事的？管事的站出来！"

铁拐李站出来："老总，您有何吩咐？"

士兵问道："我们连长问你，这是谁家的货物？"

铁拐李赔着笑脸："老总，这是牛家的货物。"

"哪个牛家？"

铁拐李夸张地说："老总啊，这可是牛照芝牛大东家的货物啊！"

士兵显然听说过牛照芝的大名，反过头看着一直阴沉着脸的连长。

连长年纪不大,披着披风,帽檐压得很低。这时他把两只手抬起来,一用力,把手上的白手套摘下来,嘴里迸出两个字:"没收!"

铁拐李惊叫起来,拦住连长的马头:"老总,这可使不得!牛东家可是交代过啦,丢了货物小的就……"

连长仰起头说:"回去告诉你们东家,战事需要,一律充公!"

铁拐李脸色大变,拉住马头恳求道:"老总,光天化日,还有没有王法啦!"

一句话惹恼了连长。连长举起马鞭就抽过来:"小子,让你瞧瞧什么是王法!在这里,老子就是王法!"

铁拐李脸上火辣辣地疼,接着背上、身上又挨了几鞭子。

驮队被骑兵们押着向山坡上走去,没走几步被人拦住。连长骑马跑过来,看到在前面拦着的刘象庚等人。

连长看见刘象庚,跳下马来,惊喜地问道:"大伯,啥时候回来的?"

连长叫刘武雄,是刘象庚二弟刘象坤的儿子,现在在晋绥军赵承绶的骑一军里当连长。

刘象庚黑着脸:"武雄,你这是干的什么事啊!"

刘武雄委屈地辩解道:"大伯,我这是执行公务!"

铁拐李捂着脸跑过来,扑通给刘象庚跪下:"求求老爷,救救我们!这是牛照芝牛大东家的货物,放我们走吧!"

刘象坤气得浑身哆嗦,举手就要打刘武雄。

刘象庚拦住刘象坤:"武雄,身为军人理应保国卫民,怎么能说抢就抢呢?这和土匪有何两样?"

刘象文喘着气说:"武雄,不能干那伤天害理的事。"

刘武雄还要辩解,看看刘象庚,一跺脚跳上马去:"弟兄们,走!"说着打马离去。

铁拐李不知该如何感激刘象庚,砰砰砰就是几个响头:"小的李大壮,谢了!"

刘象庚一扬手:"趁日头没落山,赶快过河吧。"铁拐李站起来,向刘象庚几人一抱拳,转身领着驮队向河岸走去。

刘象庚看着走远了的铁拐李:"二弟、三弟,咱们也回家吧。"

刘象坤说:"两位老人也等候得久了。"

一行人向十六窑院走去。

第二章　乱世出英雄

7

蔡家崖离兴县县城不远。

在蔡家崖最出名的就是牛家老宅了。这是一座院连着院、房连着房的大宅院。黑峪口的十六窑院、县城里的孙家大院与牛家老宅比起来,可就是小巫见大巫了。牛家老宅不仅规模大,内部建筑也十分精美。这些房屋一色的青砖墁地,分则独立成院,连则环环相套,里面还建有花园,植有各种花草树木,走进去曲径通幽,别有意味。晋西北一带干旱多山,很难见到这样一座略带江南韵味的院落,当地人把这座院子叫作"花园院"。牛照芝先生后来把这座院落捐给了晋绥边区政府,花园院成了边区政府、120师师部的办公场所。这是后话,暂且不提。

这一天牛照芝正坐在堂屋里喝茶。

堂屋位于花园院最里面的一处院子里。这是一间十分讲究的屋子,中间摆着一张黑红八仙桌,两边是两把太师椅。八仙桌上放着两只造型典雅的花瓶,背后墙上是一幅画着仙翁和梅花鹿的中堂,中堂两边是一副对联:"静坐常思己过,闲谈莫论人非。"中堂上面悬挂着一块牌匾,匾上三个大字:"五美堂"。这还是牛照芝的老父亲牛锡瑷先生在世时所题,老先生念及五个儿子个个上进好学,便自题堂号为"五美堂"。东西两边各摆着几把椅子和茶几。牛照芝当家后,就把这里改造成了自己会客、议事的场所。

牛照芝五十出头，中等个子，身子微微发福，上身穿一件黑色缎面的夹袄，外套一件精致的挂面皮坎肩，下身是黑色的大裆棉裤。正是壮年时期，牛照芝的两只眼睛里透露着经历世事后的精明和沉稳。

牛照芝弟兄五个，上面四个哥哥，分别是牛怀冉、牛照荃、牛照藻、牛照藩。大哥早夭。其他几个哥哥都很成器：二哥是光绪年间举人，做过直隶曲阳县知事；三哥为拔贡，做过静乐、赵城、芮城知县；四哥虽然没有在学业上取得功名，但有经营头脑。二哥、三哥将俸银寄回老家后由父亲和四哥打理，先后置办了上万亩土地，在兴县县城、黑峪口等地开设了复庆永、复兴永、得成生等商号，一时成了当地颇有声望的大户人家。

受父兄影响，牛照芝少年时也在私塾读书，力图科举及第，光宗耀祖。科举被废除后，他像刘象庚一样走出兴县，考入京师大学堂。牛照芝在京师大学堂一学就是四年。这四年间他可以说是大开眼界，看到了兴县之外更广阔的世界。不幸的是，牛照芝突然得了一场大病，被迫中断学业，返回兴县老家。

这时管家领着铁拐李进了堂屋。铁拐李受伤的脸上贴着几块膏药。管家在牛照芝耳边低语几句。

牛照芝看住铁拐李，生气地放下茶杯："简直无法无天！"

管家说："多亏了刘家大少爷啊。"

提到刘象庚，牛照芝脑海中出现了这位仁兄的形象。牛照芝与刘象庚志趣相投、情同手足，早在二十多年前，两人就互换八字，结为金兰，刘象庚年长为兄，牛照芝年幼为弟。刘象庚见多识广又颇有主见，牛照芝打心眼里佩服这位兄长。知道刘象庚回来了，牛照芝心里十分高兴。战事又起，时局动荡，他实在想听听这位仁兄对时局的看法。

铁拐李说："东家，只怕下次就没这么幸运啦。"

管家站在一边叹口气："乡下好几家商号都被抢了！"

兴县境内撤退回大批军人，一些散兵为非作歹，四处抢掠，牛照芝耳中不时会听到这种消息。

牛照芝喝口茶说道:"辛苦李掌柜了!管家,不要亏待了李掌柜。"

铁拐李抱拳感谢道:"谢东家恩典!"

管家带着铁拐李退出堂屋。

牛照芝站起来,在地上走来走去。牛照芝从京师大学堂退学回家后就兴办教育,希望通过传播新学改良社会。随着父兄的相继离世,牛照芝成了整个牛家的掌门人,几十年来,在清朝覆灭、民国建立、军阀混战、社会动荡中艰难地维持着家族的正常运转,现在小鬼子又趁火打劫燃起了战火……他不知道这次战事何时结束,但凭直觉他感到小鬼子来势汹汹,绝不会善罢甘休!小鬼子很快会打过来,兴县恐怕也不能幸免,他本能地要把家族里的财产转移到黄河那边去。这次遇上了少白兄,但下次呢?正如李掌柜所说,下次怕就没有这么幸运了。

牛照芝站在窗户前,忧心忡忡地望着窗外的几竿竹子。竹子上的竹叶已经发黄、干枯了,风刮过来,竹叶唰唰唰落了满地。

牛照芝觉得必须去一趟黑峪口了,一来感谢少白,二来探探少白的口风,看看少白有什么主张,自己也好安排下一步的行动。牛照芝拿起帽子匆匆离开堂屋,连夜赶去黑峪口。

8

这是十六窑院难得的欢乐时光。

天色已经晚了,各个窑洞里渐次亮起了灯光。十六窑院一共三进院落,依坡而建,层层递进。按照长幼有序的原则,刘象庚的父母和刘象庚住在最里面的第三进院子里,二弟刘象坤住在中间的第二进院子里,三弟刘象文住在最前面的第一进院子里。刘象庚父亲、母亲都已经八十多岁了,住在正面的窑洞里;刘象庚的大夫人牛爱莲住在东面的配窑里;刘象庚、李云回来后和孩子们住在西面的几孔窑洞里。南面的几孔窑洞就成了他们的厨房。

刘汝苏、刘易成、陈纪原都还是孩子,他们在大城市长大,现在难得地回到了乡村,没有了读书的压力,孩子们爱玩的天性一下就迸发了出来。他们可不管战争不战争,玩就是他们眼下最快乐的事。几个孩子跑进来跑出去,无忧无虑的笑声让战争阴影下的十六窑院变得轻松和快乐起来。

刘象庚在正屋里和父母说着话,南屋里几个女人正给一大家子做着晚饭。刘象庚的大夫人牛爱莲、二夫人李云,还有刘象坤的夫人、刘象文的夫人,几个妯娌平时一年难得见上一回,现在突然都聚在一起,几个女人有说不完的话。几个女人中牛爱莲年纪最大,她不爱说话,只是低头做着自己该做的事。李云年纪最小,打扮得也最入时,刘象坤和刘象文的夫人就自然围着李云说话,夸奖李云是个美人坯子,年轻漂亮,穿什么衣服都大方得体,说大哥是哪辈子修来的福,能娶上李云这么有文化还漂亮的女人。她们夸奖李云的时候,可能忘记了一边的牛爱莲,几个人因为什么还笑出了声,一回头发现大姐牛爱莲默默不说话,几个人意识到了什么,突然就抿住了嘴。是啊,牛爱莲也是大哥的妻子,她们怎么能当着人家的面放肆地夸奖另一位呢?

厨房里一时安静了下来。那晚她们做的是当地有名的饭食帽儿汤。这种饭食有吃有喝,吃的是饺子,喝的是汤,汤里有粉条、黄花菜、海带、扁豆角,汤上漂着的就是饺子,撒上胡椒粉,有爱吃辣椒的,再炸几只尖辣椒,香喷喷的帽儿汤就做成了。帽儿汤天气寒冷时吃最好,一碗帽儿汤下肚,既解决了饥饿的问题,又解决了寒冷的问题,身上那个舒坦,实在是用语言难以形容的。李云和弟媳们包着饺子,牛爱莲一个人做着汤。

牛爱莲五十四五岁,方头大脸,也许是常年劳作的缘故,从面相上看她的年龄要比实际大了许多。她本来也是当地一位大户人家的女儿,但她没有上过学,她从小所受的教育是三从四德,嫁给刘象庚后就安心地相夫教女、侍奉公婆。她给刘象庚一连生了两个女儿,大女儿叫刘亚雄,二女儿叫刘竞雄,两个女儿从小就跟着刘象庚在外读书。后来一场大病让她莫名其妙地不能生育了。不能给刘家传宗接代，她就觉得对不住刘家，对不住自己的男人刘象庚。公婆并没有说过什么，连自己的男人刘象庚也没有说过什么，但牛爱莲自己觉得好像亏欠什么似的，总觉得在这个大家族里抬不起头。她劝自己的男人再娶一房，她甚至可以离开刘象庚，虽然她说这些的时候有些违心，但她还是一次次地劝说自己的男人。当刘象庚有一天真的带回李云的时候，她仍然感到震惊和意外，她挤出满脸的笑来迎接李云，但夜深人静的时候她还是一个人用被子捂住头大哭了一场。她有一种莫名的悲伤，一种巨大的失落，一种被遗弃后的委屈和伤心。让牛爱莲稍感心安的是，公婆对她一如既往地好，刘象庚对她也没有另眼相看，她就把心思全部放在了两个女儿的身上。两个女儿在外读书，先后参加了革命活动，虽然她不明白革命的真实含义，但她想孩子们选择的一定是一种光明的、有前途的事业。大女儿结婚很长时间后她才从刘象庚的口中得知，她一直没有见过自己的这位姑爷，她本来想等女儿坐月子的时候去照看他们一家子，但没想到女婿已经牺牲了，给他们留下一个活蹦乱跳的小外孙。两个女儿都很成器，这是牛爱莲一直引以为傲的事，也是她坚强地活下去的理由和勇气。

李云说："大姐，汤的味道好香啊！"

锅里的汤散发出浓浓的香味儿。

牛爱莲反过头看看李云，那是一张年轻的、好看的脸。李云过门后一直叫她大姐，李云嘴甜，她也确实没有讨厌过李云，但总有一种说不清道不明的情绪困扰着她。她想和李云说句话，张开嘴却没有说出来，只露出牙齿，给李云一个笑脸。

刘象庚和父母说着话。刘象庚父亲问得多，刘象庚一一给父亲做着解答；刘象庚母亲呢，给他们父子两个不断续着茶水，续完水就坐在一边听父子两个对话。

刘象庚的父亲叫刘守模，已经八十多岁了，说话也吃力了："这下不走了吧？我也老了，再走恐怕就见不上面啦。"

刘象庚是他的长子,这个儿子从小就不安分,一直在外闯荡,一晃三十多年过去了。

刘象庚笑着说:"爹的身体硬朗着呢,活个大岁数不成问题。"

刘守模就说:"该老了就老,不老那不成妖怪了?"

"你的孙儿易成说大就大了,爹要等着吃易成的喜糖啊。"

说到孙子,刘守模摸着胡须露出微笑:"恐怕等不到那一天了。老大啊,这仗要打到啥年头呢?"

刘象庚看着老父亲、老母亲没有说话。两位老人已经八十多岁了,太原已经失守,小鬼子很快会打过来,两位老人能躲到哪里去呢?

刘汝苏和刘易成跑进来:"开饭啦,开饭啦!"

两个人看到炕上的爷爷奶奶,不出声了,站在刘象庚的身边静静地看着两位老人。他们很少回来,爷爷奶奶对他们来说,是陌生的名词。

刘象庚说:"快叫爷爷奶奶!"

刘汝苏和刘易成就怯生生地叫着:"爷爷、奶奶。"

刘守模高兴地笑起来:"老太婆啊,快,给孩子们一个小礼物。"

刘象庚的母亲就从炕头上拉出一个梳妆盒,打开盒子,摸出两块袁大头。

刘象庚说:"还不赶快谢谢爷爷奶奶!"

两个孩子就给爷爷奶奶鞠个躬。

刘象庚的母亲多给了刘汝苏一块:"这块就给纪原吧。唉,可怜的孩子,一出生就没有父亲了。"

刘象庚扶着父母来到南面的厨房里。大家已经坐好,三弟刘象文还穿了一件干净的长衫,头发也理了,整个人精神了不少,只不过脸色还是那样苍白。

刘象庚扫了一眼,发现独缺二弟刘象坤,便问道:"二弟呢?"

刘象坤家的便说:"大哥,铺子里还有病人,象坤说了,让大家不要等他。"

刘象庚就给父母、三弟、两个弟媳倒上酒,给几个孩子也稍稍倒了一点。他们喝的是北方人冬季喝的一种酒,用黍子发酵酿造。刘象庚举杯:"大家难得聚在一起,我提议,为我们的父母健康,为我们大家的团聚,干杯!"

刘易成小,酒喝下去咳嗽起来。陈纪原倒没啥事,小大人一样喝得有模有样。陈纪原坐在姥姥牛爱莲旁边,牛爱莲一边看着孩子,一边给孩子夹菜。

刘象庚端起第二杯,对三弟、两个弟媳说:"我呢,常年在外,家里两位老人全靠你们了,大哥在这里敬你们一杯!"

……

那天一家人吃得很晚了才各自回去。

厨房里人们都散去了,只剩下牛爱莲和刘象庚。牛爱莲把盘碗收拾下去,又一一洗刷完毕。刘象庚看着牛爱莲,心里既惭愧又感激:惭愧的是这么多年没有好好陪伴妻子,感激的是妻子就那么无怨无悔地替他照顾着两位老人。她是他的结发妻子啊,好多年没有细看她了,今天在油灯下细细打量,才发现她也苍老了许多,头发花白了,脸上满是皱纹,腰也弯了不少。当年她嫁给他的时候,那也是十里八乡有名的俊姑娘啊!刘象庚心里一酸,眼里差点掉下泪来。

刘象庚说:"这么多年,辛苦你了!"

牛爱莲听到刘象庚的话,把手里的活计停下来,过了好一会儿才又动作起来。

牛爱莲收拾完在地上站一站,慢慢拉上门,回到自己屋里。

刘象庚吹灭油灯,走出厨房。

天上的月亮很明,远处的河道里传来哗哗哗的流水声,夜风裹着潮湿的水汽吹打过来。西边李云住的窑洞的灯已经熄掉,刘象庚过去推门,发现李云已经把门关上了。刘象庚走到东边牛爱莲住的窑洞边,他推一推门,门吱扭一声开了。月光从窗户泻进来,刘象庚看到土炕上睡着的牛爱莲,牛爱莲的旁边还有给他放好的铺盖卷。这是自己的家啊,但这个家他好像已经好多年没有进来过了,刘象庚多少有些恍惚和生疏。刘象庚知道牛爱莲没有睡着,他脱了鞋轻手轻脚地上了炕,然后坐在炕头上,就那么瞅着窗户外。

牛爱莲说:"你也累了半天,睡吧!"

刘象庚反过脸:"你……恨我吗?"

"都这个岁数了,有啥恨不恨的。"

"为了这个家,你受了不少罪。"

牛爱莲拉起被窝蒙住头,好一会儿才露出脸:"两个女儿有消息吗?"这才是牛爱莲一直关心的事。

刘象庚说:"没有消息就是好消息。"

牛爱莲不明白地问:"这话怎讲?"

"孩子们走的是正路。"他没有告诉牛爱莲,两个女儿都投到了八路军那边,他不愿女人有过多的惦记。

牛爱莲担忧地说:"女孩子家的,就不能安安心心地待在家里?"

刘象庚不无得意地说:"你不要小瞧了她们,她们现在有本事得很!"

牛爱莲就说:"还不是你,把两个闺女带野了!"

9

刘象坤看的病人竟然是贺小莲。

冷娃把贺小莲背进刘象坤的铺子时,把刘象坤吓了一跳——贺小莲浑身湿漉漉的,眼睛闭着,没了知觉。

刘家的药铺叫德兴堂,三间门面,也是前店后院的格局,前面是药铺,后面是刘象坤休息的地方,旁边几间房屋做了药材仓库。铺子里是一溜儿柜台,柜台后就是标着当归、半夏、丹皮、元胡等药名的药柜。柜台前靠东面的地方摆着一张桌子,上面放着号脉用的脉枕,还有写药方用的笔墨纸砚,桌子后是一张太师椅,刘象坤平常便坐在那里看病。

刘象坤长大后莫名其妙就喜欢上了医书。黑峪口两岸全是大山,山上有各种药材、柴胡、大黄、土龙骨、桂花果等应有尽有。刘家本来就开着药铺,一年四季收购山农们采集的各种药材,药材收购回来后再进行分类、晾晒、加工,然后就能直接售卖了。刘象坤没事的时候就爱待在铺子里,仔细辨认各种药材,对着药书品味各种药材的药性。刘守模看见这个儿子不是考科举的料,索性遂了刘象坤的志趣,让刘象坤拜了当地一位有名的老中医为师。老中医对刘象坤悉心教导,不仅传了望闻问切,而且把苦心钻研几十年的针灸绝技教给了他。刘象坤学成后一直没有出来给人看病,偶尔到铺子里转一转。遇上疑难病人,刘象坤小试身手,竟然药到病除,几次下来,名声一下传开,慕名而来的病人越来越多。恰好赶上刘家日子艰难,刘象坤就开始坐堂行医了。

冷娃背着贺小莲进了铺子,嘴里喊着:"先生,先生,救救小莲!"

刘象坤正喝茶,看见冷娃背上昏迷不醒的贺小莲,大吃一惊:"冷娃,这是咋啦?"

刘象坤放下茶杯站起来,问了冷娃一句,就把手搭在小莲的手腕上:"快,把人背到里面去!"

柜台后面的白宝明早推开了柜台上的活门板,冷娃背着贺小莲进了柜台。

刘象坤也跟着进来:"宝明,把我的针拿进来。"

白宝明说:"好嘞,东家。"

中午吃完饭后贺麻子感觉身子有些不舒服,贺小莲就说:"爹,你回去吧,有我和冷娃哥呢。"

毕竟上了年岁,加上这段时间有些疲累,贺麻子就有点头昏眼花。但他有些不放心小莲,嘴里说着:"不碍事,不碍事……"他挣扎着站起来,刚走几步,头一晕,差点掉进河水里。

贺小莲扶起贺麻子："你看你,逞个什么能呢?"

冷娃也说："大,我背你回去吧。"当地人把爹也叫作大,冷娃一直叫贺麻子大。

贺麻子推开冷娃："我能行!把小莲照顾好!"说完上了岸,背着手向家里走去。

四眼看看贺小莲,贺小莲挥着手："回去回去。"

四眼摇着尾巴跟着贺麻子走了。

冷娃就和小莲开始划着渡船摆渡客人。贺小莲在渡船上帮过忙,熟悉渡船上的活计。冷娃让小莲掌好舵,自己仍在船头上用力撑杆。连着往返几次,小莲就很熟练地驾起船来。

天色暗了的时候,他们也要收工了,小莲就喊着："哥,你来掌舵,我来撑船。"

冷娃说："这是个力气活!"

"我有力气!"

"力大才行。"

"我力气大。"

冷娃不会说话了。

小莲脚一跺："哥,让我试一试嘛!"

冷娃只好不情愿地把船篙递给小莲："不行就吱一声。"

小莲笑嘻嘻地拿过杆子："开船喽。"

他们的渡船是从陕西那边向黑峪口这边划过来的,划到河中间的时候,可能是遇到一股暗流,船一下打了转向。小莲手臂的力量毕竟有限,船篙的反弹力一下就将小莲打进河水里。船上的人们一阵惊呼。冷娃在船上人们的帮助下把渡船划到岸边,然后跳入黄河去寻找小莲。小莲本来熟悉水性,掉下去后不小心呛了几口河水,河水又冷,小莲感觉不对劲,边往岸边游边向远处喊着："哥,快来救我!"冷娃游过来,一把拉住小莲。小莲头一昏,就什么也不知道了。

冷娃把小莲背到刘象坤住的屋子里。

刘象坤挽起袖子,拿过一个皮包,将皮包打开,里面插满了长长短短的针。

刘象坤喊着:"宝明。"

宝明喊着"来啦来啦",端着一碗酒进来,然后用火柴把酒点燃,酒碗上冒着蓝色的火苗。刘象坤把针在火上烤一烤,照准小莲脸上的穴位扎了进去,扎进第三针的时候,小莲叫一声,睁开眼。

冷娃高兴地喊着:"小莲,小莲!"

白宝明看一眼冷娃,示意冷娃闭嘴。

贺麻子得到小莲落水的消息,一路喊叫着来到铺子里。贺麻子进来的时候,刘象坤已经把银针一根一根从贺小莲的脸上拔下来,然后又细心地一一插回到皮包上。贺小莲像做了个梦似的睁开眼,看见了刘象坤、白宝明,还有急得满头大汗的冷娃。

贺麻子看见小莲,喊叫着:"小莲,小莲!"

小莲脸上露出笑意:"爹!"

贺麻子听见小莲的叫声,知道小莲没事了,老泪一下就流了下来:"小莲啊,你要有个三长两短,爹也不活了。"

刘象坤说:"说的哪门子丧气话!你闺女壮得很!"

贺麻子转过身,一个劲地感激着:"先生大恩,贺麻子一辈子也忘不了。先生,这是看病的钱,请先生收下来。"贺麻子从衣服里掏出一沓花花绿绿的钞票。当地流通多种票子,有法币,有阎锡山发行的晋钞。

刘象坤说:"又没用药,不用啦。"

贺麻子说什么也要给钱,刘象坤只好从那沓花花绿绿的钞票里抽出一张:"回吧,回去熬碗姜汤,喝下去就利索了。"

贺麻子千恩万谢地从刘象坤的德兴堂走出来。

小莲身子弱,还是由冷娃背着。

天已经很暗了,远处黄河中的商船上挂起了马灯,三个人就在黑暗中向山坡上的窑洞走去。

贺麻子背着手走在前面,一边走一边数落冷娃:"让你照顾小莲,你倒好,差点出了大事!"

冷娃背着小莲跟在后面,没有出声。已经多少年没有背过小莲了?冷娃也记不清了。小时候小莲就喜欢让哥哥背着走,长大后,特别是懂得了男女之事后,小莲就再也没让冷娃背过。刚才冷娃一心要抢救小莲,对背上的小莲什么感觉也没有。现在小莲好了,冷娃也平静了,背上小莲的气息就很浓烈地传到冷娃的心里。小莲的身体、小莲呼出的热气,就连小莲耷拉下来的辫子都让冷娃感受到了一种别样的滋味。

冷娃知道自己是被贺麻子收养的,他和小莲不是一个爹娘生养的孩子。他们一起玩耍,一起成长,一起干活。现在长大了,他又对小莲有了一种特殊的情感。他喜欢小莲,这种喜欢超越了哥哥对妹妹的那种喜欢。但他不敢表现出来,更不敢说出来。贺麻子救了他,贺麻子养活了他,他不能也不敢再有别的奢望。他只想着好好干活,好好照顾贺麻子和小莲,来报答贺麻子对自己的养育之恩。他能感觉到小莲对他的好意,但他把这种情感深深地压在了心底。有时候夜深人静之时忍不住会胡思乱想,冷娃就狠狠扇自己耳光,骂自己是个流氓坯子,不配喜欢小莲。

小莲趴在冷娃哥的背上,两只手臂紧紧环绕着冷娃的脖子。冷娃哥的背好宽好结实啊!她突然就有了一种小时候让冷娃哥背着的感觉,两个人玩累了,小哥哥冷娃背着妹妹小莲回到窑洞,很多时候小莲回来时就在冷娃背上睡着了。那是一个让小莲感到宽厚、温暖、安全的背,她几乎就是在这个背上一天天长大的。直至有一天她突然懂得害羞了,就再也没让冷娃哥背过。现在这个背更宽了,更壮实有力了。小莲的衣服湿透了,衣服紧紧贴着身体,她能透过湿衣服感受到冷娃坚硬的肌肉和火热的体温。天气很冷,冷娃哥的背很暖和。小莲把头枕在冷娃哥的肩膀上。

小莲低声喊着:"哥。"小莲喊冷娃的时候,呼出的热气熏得冷娃的耳朵痒痒的。

小莲说:"今天出洋相了。"

冷娃说:"没出洋相。"

小莲赌着气:"出了!"

冷娃就说:"出了出了,你说出了就出了。"

小莲说:"都是你的过!"

冷娃说:"我的过我的过!"

小莲就用小拳头砸冷娃的肩膀。冷娃的肩膀很硬,小莲砸上去硌得疼,忍不住叫出声。

贺麻子就反过脸:"冷娃,你个灰孙子!"

小莲就哧哧地笑。

冷娃在黑暗中反过脸,他想看看小莲,没看到,小莲的头发、辫子挡住了他的视线。他弯下腰往上颠一下小莲,然后两个臂膀用力箍住小莲,迈开大步向山坡上走去。

四眼好像听到了主人们回来的脚步声,老远就开始叫了,接着小跑着迎过来。

小莲伏在冷娃的肩上安静了下来。

10

刘象庚刚刚迷糊住眼,三弟刘象文就在外面敲响了窗户。

刘象庚抬起身子:"三弟,是你吗?"

窗户外的刘象文咳嗽一声:"大哥,蔡家崖的牛掌柜过来了!"

刘象庚疑惑地问:"牛掌柜?是蔡家崖的牛照芝吗?"

窑洞里一片漆黑。炕头上的牛爱莲已经把灯点起来。

刘象庚掀开被窝穿起衣服。牛照芝可是他的至交好友、结拜兄弟啊,两人已经多年没有见面,现在牛照芝深更半夜突然来访,怕是有要事相商。

刘象文说:"是他。我已经安排到我那边的书屋里了。大哥,我先过去招呼一下牛掌柜。"

刘象庚答应着,反过脸,对着牛爱莲喊一声:"孩子她娘!"喊出口愣怔了一下,他已经多年没有这样叫过牛爱莲了,"牛掌柜赶了一夜的路恐怕饿坏了,你弄几个小菜,再烫上一壶酒,我和这个把兄弟喝上几杯!"

牛爱莲听见这声喊心里大热,已麻利地穿好衣服:"半袋烟的工夫就好啦。"

刘象文的书屋不大,倒也别致典雅,靠墙一排书柜,上面是"四书五经"以及一些报刊,窗户前是一张书桌,放着刘象文平时读的《脂砚斋重评石头记》,这边摆着两把椅子、茶几。

牛照芝坐在茶几边,正端详着刘象文的小书屋。

门外刘象庚叫道:"友兰贤弟!"牛照芝姓牛,名照芝,字友兰。

牛照芝听见刘象庚的声音,笑着出去迎接:"少白兄!"

两人寒暄一番,刘象庚拉起牛照芝来到后面的厨房里。

餐桌上已经摆了几样小菜,有花生米、炒鸡蛋、土豆丝、猪肉炖粉条。

刘象庚做个手势请牛照芝入席。牛照芝把帽子放到一边,挽起袖子不客气地坐在一边,拿起酒壶给刘象庚和自己各倒一杯酒:"黑峪口的事多亏老兄了!小弟敬你一杯!"

刘象庚端起杯和牛照芝一碰:"这等小事,何足挂齿!贤弟深夜到访,怕是还有别的意思吧?"

牛照芝把杯中的酒一饮而尽,放下杯子叹口气:"明白人不说瞎话!不瞒老兄,小弟心中有些困扰。老兄在外面见多识广,快说说眼下时局,我等是进是退,该如何抉择?"

刘象庚也把杯中的酒一饮而尽:"凶多吉少!"

牛照芝忧愁地看住刘象庚:"是啊,国民党一败再败,眼看就要亡国灭种了!"

"好在国共停止了内战,团结一致,共同抗日!只要同胞们上下一心,小鬼子岂能如此猖狂!"

牛照芝没有说话,自己倒上酒自饮一杯:"老兄这次回来还走吗?有何打算?"

刘象庚向后一靠:"不走啦!退无可退就不退啦!"

牛照芝笑出声:"难不成少白兄也要上马杀敌?"

刘象庚站起来,来回走几步:"嗨!我刘象庚再小二十岁,也是响当当的一条汉子!成不了猛张飞,做个廖化还是绰绰有余!"

牛照芝伸出大拇指:"少白兄英气不减当年!"

刘象庚苦笑一声:"让贤弟笑话了,老啦,有心杀贼,无力退敌!"

牛照芝和刘象庚端起杯哈哈大笑。

刘象庚抹一把嘴:"国家有难,匹夫有责!"

牛照芝疑惑地问道:"以少白兄之见,如何是好?"

刘象庚看住牛照芝:"孩子们已经给我们做出了表率!"

刘象庚压低声音:"我家两个姑娘已经投到了八路军那边!你家荫冠也在牺盟会领着年轻人和小鬼子们干呢!"

说到荫冠,牛照芝没有说话。牛荫冠是他的大儿子,已经回到山西参加了牺盟会,前些日子还给他来了封信,让他发挥自己的影响力,支持当地的抗日斗争。他一直觉得儿子还小,抗日救国是大人们的事。

牛照芝担忧地说:"荫冠还是个孩子,他能成了气候?"

牛荫冠出生于1912年9月,1933年考入清华大学电机系,后转入经济系,1935年加入中国共产党,并先后担任清华大学地下党支部书记、北平市西郊区委组织部部长等职。1936年,牛荫冠受北方局派遣,返回山西参加抗战,并担任山西牺盟会常委。当时的牛荫冠仅仅二十四岁。

刘象庚弯下腰看住牛照芝:"自古英雄出少年!贤弟,你我年轻的时候不也是一腔热血?现在老了,哪能拖年轻人的后腿呢!"

刘象庚的话说得牛照芝心里热乎乎的,让他想起几十年前办教育的事。当时他要在兴县创建女子学校,一石激起千层浪,他在刘象庚的支持下硬是顶住各种压力,把学校办了起来。办学校还不是为了驱除愚昧、救国图强?现在国家有难,怎么能老想着自己那点坛坛罐罐呢?皮之不存,毛将焉附?如果国家真的没有了,自己留下那点坛坛罐罐又有何价值?

刘象庚说:"贤弟,咱上了年岁,不能像年轻人一样上马杀敌,还不能在后面敲敲边鼓做些力所能及的事?有钱的出钱,有力的出力,地尽其利,人尽其责,就不信赶不走小鬼子!"

窗户上已经发白,两个人不知不觉聊到了天亮。

牛照芝一拍大腿:"老兄一席话让小弟明白了不少!国家没了,哪里能有自己的家?不走啦!和老兄一起留下来!有钱的出钱,有力的出力!树活一张皮,人活一口气,咱也不能让人家戳脊梁骨不是?"

刘象庚端起酒杯:"少白敬贤弟一杯!"

牛照芝也端起杯:"干!"

11

兴县县城南面的蔚汾河由东向西缓缓流去。

蔚汾河发源于与兴县相邻的岚县野鸡山,河水一路向西,由界河口入兴县境,至张家湾汇入黄河,是千里黄河的一条重要的支流。进入兴县这一段,水流逐渐增大,河床也变宽,成了养育兴县人民的母亲河。兴县县城对面是东西走向的蔚山。现在蔚山上的太阳还没有升起来,天色很暗,一切都还处在朦胧中。

河岸上,董一飞正带着游击队队员们进行操练。八路军120师某部不仅支援了游击队一批枪支弹药,还专门派来教官对他们进行训练。这位教官姓甄,名强,是四川人,大伙都叫他甄排长。甄排长、甄排长,大伙叫惯了,原名倒慢慢没人记得了。甄排长二十出头,个子不高,但长得特别结实。甄排长是八路军120师某部特务连的一位排长,他不仅枪法了得,还懂得武术,擒拿格斗样样精通。大伙训练完了围在一起,要看甄排长给大家表演刀术。

太阳爬上山头,大伙的面孔清晰起来,刚刚训练完,一个个额头上汗津津地发着亮光。甄排长从人群外面走进来。他就是那天在复兴隆酒楼上救下牛霏霏的那位八路军。甄排长穿着八路军军装,斜挎着短枪,背上背着一把大刀。

董一飞说:"弟兄们,甄排长今天给我们表演刀术,大伙欢不欢迎?"

大伙啪啪啪鼓起掌来。

甄排长走进人群当中,摘下短枪和大刀,然后脱掉外套,提起大刀站在那里。

甄排长一抱拳,一口四川口音:"弟兄们,献丑喽!"

话刚说完,大刀一甩便舞动起来。

甄排长使的是八路军常用的那种砍刀,上下飞舞,刀光闪闪。甄排长身体结实、灵活,两个臂膀也特别有力,刀舞得呼呼生风。人与刀,刀与人,人刀合一,浑然一体,让人看得直呼过瘾。

甄排长一套刀法使完,抱拳给大家行礼。

大伙使劲鼓掌。

几个年轻人知道甄排长拳术也了得,便推推攘攘着想和甄排长比画一下,但又害怕打不过,一个个往后退。

董一飞看见了就说:"你们几个包,向甄排长请教几招,甄排长还能吃了你们?"

大伙哈哈哈笑起来。

甄排长放下刀,看住他们几个就说:"要的要的!"

董一飞拦住几个人吩咐道:"点到为止,点到为止,不可伤了甄排长。"

几个人摆开架势把甄排长围在中间,喊声"上!",便一起打上来。

甄排长身体非常灵活,闪转腾挪间已经跳到几个人的包围圈外,然后各个击破。电光石火之间,大伙还没看清楚是怎么回事,几个人已四仰八叉地倒在地上。

大伙都傻住了,使劲鼓掌。这是发自内心的、佩服的掌声。

就在甄排长与大伙切磋武艺的时候,县城里的一位女子正默默地注视着"甄排长"。

这位女子就是兴县中学的牛霏霏老师。

她起得很早。她就住在中学的宿舍里。宿舍不大,里面放着一张床,靠窗的地方是写字台,旁边立着一个木头画架,画板上是一幅刚刚完成的人物素描。

人物像极了甄排长,只不过这是个穿着便装的甄排长。牛霏霏端杯咖啡欣赏着自己的作品。她的头脑中一直留存着那天甄排长救她的画面。她特别感激他,她都没来得及和他多说几句话,现在这个人终于出现在了她的画板上。这个人说不上有多么俊气,但两只眼里流露的是果敢、勇武的眼神。她很迷恋他的两只眼睛,也最为欣赏这两只眼睛,她在画的时候下功夫最多的也是这两只眼睛。她就这么端着咖啡,一动不动地和画板上的甄排长四目相对。

牛霏霏是牛照芝的一个远房亲戚。牛霏霏出生不久,正赶上鼠疫在当地大流行,牛霏霏父母不幸感染上了这种瘟疫,没过多长时间先后下世,牛霏霏成了孤儿。牛家的人把牛霏霏的情况告诉了牛照芝,牛照芝派人把牛霏霏接来花园院,并打发专人照顾这个可怜的孩子。牛霏霏就在牛家一天天长大。或许是家世的缘故,牛霏霏从小就不爱说话,但特别喜欢画画,等她长大后牛照芝就把她送到山西女子师范学堂学习。牛霏霏毕业回来后,牛照芝又安排她到中学里当美术老师。牛霏霏没有亲人,朋友也很少,她把自己的全部精力都放在了画画上。好在有牛照芝的支持,他让人不断从外面给她捎回作画用的画笔、颜料、纸张。画就是她的朋友,就是她最好的伙伴,没课的时候她能一整天看着她的画。在她眼里画上的人物是活的，那些人物能和她对话，他们的对话没有声音，只是一种心与心的交流。

牛霏霏只知道这位救她的汉子是八路军，其他的一概不知。

打仗会死人的啊。牛霏霏想到这里就担心起来。这位八路军会死吗？好人不会死的。好人一生平安。但子弹是不长眼睛的，它可不管你是好人坏人。唉，这位八路军也许和自己就是一面之缘，兵荒马乱的，到哪里能找到他呢？到哪里能再遇到他呢？

想到这里牛霏霏的脸上露出忧郁的神色，她站起来走到窗户前，把杯子里的咖啡一饮而尽，然后就待在那里想着心事。

河岸上游击队队员的训练结束了。

这时一位队员跑过来，向董一飞敬个礼："报告，县长叫你和甄排长过去呢。"

12

张干丞在孙家大院里等着董一飞和甄排长。

他要和董一飞、甄排长在吃早饭时商议事情。早饭是捞米饭，还有一碟煮鸡蛋、几碟小咸菜。小咸菜有萝卜丝、腌黄瓜、咸豆角，张干丞知道甄排长是四川人，还特意吩咐厨师炸了一碟红辣椒。这个时候的兴县天气已经很冷了，不能在天井的石桌上吃饭，厨师把饭端进了旁边的一间屋子里。

经过这段时间的工作，兴县各种抗日组织已经成立起来，轰轰烈烈，热火朝天。对于主政一方的张干丞来说，事情千头万绪，但有一点他心里是明白的，说一千道一万，归根结底要落在一个"钱"字上。吃喝拉撒睡，哪一样能离开钱呢？但钱从何处来呢？张干丞这时候才发现，身边急缺一位能给他弄钱的主儿！董一飞有胆量，打仗可以，弄钱没脑子。还有谁可以用呢？张干丞把他认识的干部在头脑中从头至尾梳理一遍,还是觉得没有一个合适人选。他思来想去,觉得只有蔡家崖的牛照芝是一个比较靠谱的人选。牛照芝家大业大影响力大,更重要的是牛照芝是牺盟会牛荫冠副主任的父亲,但牛照芝会出来帮助他吗？张干丞心里没有一点把握。牛照芝是大财主,舒服日子过惯了,怎么能给你干这些苦活累活呢？张干丞苦无良策。

有人进来报告,董一飞和甄排长到了。张干丞推开门站在门口。董一飞和甄排长说说笑笑地进来。

甄排长看见桌上的红辣椒,眼里放出光,一口四川话:"我的娘哎,好长时间没见过它了。"

张干丞说:"甄排长帮助我们训练队员,应该好好感谢你,县里实在拿不出啥好东西招待你。"

甄排长把背上的大刀摘下来放在一边:"县长客气啦,一家子人不说两家子话,应该的,应该的。"

三个人吃起饭来。

甄排长夹了一大筷子辣椒。

董一飞端着碗对张干丞说:"甄排长说了,愿意教队员们刀法。我想呢,成立一个大刀队,就让甄排长训练。"

张干丞点点头:"这个点子好！没枪的队员就到大刀队来。"

甄排长抬起头:"大刀队练成了,战斗力一点子不差！"

张干丞三口两口就把米饭扒拉进肚子里,推开碗坐在一边:"一飞,吃了饭我们去趟蔡家崖。"

董一飞看住张干丞:"人选定下来了？"

董一飞知道张干丞这几天琢磨的事。

张干丞点点头,迟疑着说:"我是担心……"

董一飞立起眼,截住张干丞的话:"担心他不来？他敢！"董一飞把碗很响地放在桌子上,拍拍腰间的短枪,"这老家伙不来,就派几个弟兄把他押过来!"

张干丞不满地看一眼董一飞:"莽张飞!有你这样请人的吗?就不能动动脑子?"

甄排长看一眼董一飞,低头扒拉米饭。

张干丞几个人在中午时分赶到了蔡家崖,他们是骑马过来的,远远地就能看到连成一片的牛家老宅。

甄排长看着气派的牛家老宅说:"乖乖,这得花多少子钱呢?"

董一飞已经跳下马上前敲门去了。

管家开了门,听说是县长一行来了,立马小跑着过来迎接,又喊来伙计,把张干丞等人的马牵走。几个人随着管家穿过几个门洞来到五美堂。几个人坐下后,管家叫来伙计给大伙倒上茶水,然后自己到后面去叫东家出来。

院外的牛照芝这时叫着进来:"贵客光临,贵客光临!"

张干丞反过脸看着从门外进来的牛照芝。他还是第一次与牛照芝打交道,尽管他到兴县后有许多人给他介绍过这位当地有名的大财主。这次见面,牛照芝给张干丞留下了不错的印象,微胖的身躯,脸上没有别的财主固有的傲慢和圆滑,一副真诚、谦卑的样子。

牛照芝是小跑着进来的,由于胖,还有点气喘吁吁,进了门就紧紧握住张干丞的手:"县长大人,欢迎欢迎!"然后是甄排长,接着是董一飞。

旁边张干丞给他介绍说:"这是八路军特务连的甄排长!董一飞,咱们县游击大队队长!"

牛照芝夸奖甄排长和董一飞:"你们都是保家卫国的英雄好汉啊!能来寒舍,牛某荣幸!"

张干丞说:"荫冠副主任是我们牺盟会的领导,我们这次冒昧前来,还请老伯谅解!"

牛照芝说:"一家人不说两家话!县长有何指教?牛某定当全力

以赴！"

牛照芝伸出手做个请坐的手势。

几个人坐下后,张干丞把这次来蔡家崖的意图和牛照芝说出来——张干丞想请牛照芝出山,协助他运筹帷幄,发展经济。

牛照芝沉吟片刻,向张干丞一抱拳说道:"县长抬举牛某,牛某荣幸之至！但牛某有些话,不知当说不当说。"

张干丞一伸手:"牛先生但讲无妨。"

牛照芝欠欠身子:"国家危难,正是用人之际,县长高看牛某,牛某理应立马答应才是！但牛某不才,还识得大理。这个位置至关重要,成则全盘皆活,败则不堪设想！牛某有才,那是小才,办个学校、建个商号不成问题,但统揽全局、左右调度,非我专长啊！"

张干丞站起来来回走几步。牛照芝眼睛果然毒,他说得确实不差,一步活,步步活,一着不慎,满盘皆输！但张干丞实在想不出哪里能有这么一位大才！

牛照芝见张干丞一副发愁的样子,试探着说:"如果县长一时半刻没有合适人选,我倒是有一位朋友,可以考虑考虑。"

张干丞心里一喜,看住牛照芝:"牛先生说说你的这位朋友。"

牛照芝说:"我的这位朋友不仅见多识广,而且足智多谋！他是山西大学堂的高才,做过省临时参议会议员,还当过天津商品检验局的局长,是个见过大场面的人啊！他这个人为人正派,做事干净利落,认准的事非干成不可！"

张干丞疑惑地问道:"此人果然不凡！但不知此人现在何处?"

牛照芝伸过头来:"远在天边,近在眼前！"

张干丞直起腰:"此话怎讲?"

"这人就在黑峪口。"

"姓甚名谁?"

"刘象庚！"

张干丞立马站起来:"谢谢牛先生!一飞,咱们走,即刻赶赴黑峪口!"

牛照芝拦住张干承:"已是中午时分,请县长和几位吃饭后再走!"

张干丞说:"事情紧急,路上打尖即可。告辞!"

张干丞说完,转身走出五美堂,董一飞和甄排长也紧随着出来。几个人到了大门口,骑马离去。

牛照芝站在大门口,一直等到看不见张干丞几个人的身影才转回身。牛照芝见过的县太爷太多了,但张干丞是他见过的最没有架子、最平和实在的一位。

好,好,一切都变了!牛照芝心里说。

第三章 抗日建银行

13

黄河很平静地向前流去。过了汛期,特别是到了冬季,河道里的水就老实了许多,没有了夏天暴雨后的张狂和不可一世。气温下降到零下十几摄氏度的时候黄河上就会结冰,整个河道就成了一个巨大的冰川,银光闪闪,非常壮观。那个时候,渡船就到了一年中的休船期。渡船被拉上岸,该修补的修补,该翻新的翻新,艄公们也有了一段难得的休息时间。

现在天气已经很冷了,但还远没有到结冰的时候,贺麻子的渡船就一直在黄河上忙碌着。有了上一次掉到河里的经历,贺小莲以后上船就乖巧了许多。到了岸上,小莲说什么就是什么;回到船上,小莲就老老实实地听冷娃哥的安排。

贺麻子的身体随着年龄的增长大不如往年。气温下降后,首先膝盖就不答应了,开始是隐隐地疼,到了现在疼得贺麻子站也站不起来。因此,这段时间贺麻子在船上干一上午,中午吃了饭由小莲替换下来,贺麻子呢就回到窑洞里,窝在热炕头上,给他们做一些零散的活计。

这天下午,冷娃和贺小莲一趟一趟把客人们送到黑峪口的两边。小莲掌舵,冷娃撑篙,两人配合得越来越默契了。快天黑的时候,他们把最后一拨客人从黑峪口这边送到了对岸。

船到河中间的时候小莲说:"哥,天黑了。"

累了一下午,小莲也有点吃不消了。

冷娃看看西边的天说:"跑完这一趟就收工!"

小莲说:"哥,今晚上喜欢吃什么?"

冷娃说:"啥都喜欢。"

小莲说:"那就玉米面饼子。"

冷娃头也不抬:"喜欢。"

小莲歪着头:"要不吃和子饭?爹也喜欢和子饭。"

和子饭就是小米稀粥,加上一点山药、面条,如果能用亮油炝一把葱花,那就更好了。

冷娃说:"还有一条鱼呢,昨天抓的。"

船到了对岸,冷娃和小莲把客人们一个一个送上岸。见岸上没有要过河的人,冷娃把跳板抽上船,然后用肩膀用力一扛,渡船回到河水中。冷娃跳上船,拿起船篙左右用力一撑,渡船很听话地扭转过方向。

这是一天中最轻松的时候。

小莲喊着:"回家喽,回家喽!"

冷娃也难得地打个呼哨。

冷风吹来,远处的河面上泛着一丝亮光。

周围没有人。

小莲就说:"哥,我给你唱个歌吧。"

……
九月那个里来秋风凉,
我给我那三哥三哥三哥缝衣裳。
三哥哥穿了一件夹皮袄,
我问我那三哥三哥三哥暖不暖。
……

小莲唱了一段问道:"哥,好听吗?"

冷娃说:"好听,好听。"

小莲就问:"能听懂吗?"

冷娃摇着头老实地说:"听不懂。"

小莲心里就骂着:"呆子!呆子!呆子!"

小莲不唱了,一心一意地摇橹。

冷娃见小莲不唱了就说:"妹子唱得真好。"

小莲脸上没有笑意,咬着牙不说话。这时身后好像有人在喊叫:"船家,船家!"

小莲说:"哥,后面有人。"

冷娃头也不回:"这么晚了,哪有人呢?"

小莲就停下手中的橹。身后果然传来喊声:"船家,船家,我要过河!"

冷娃看看小莲。

小莲说:"爹说过,咱不能把人落下。"

冷娃说:"不是咱落下他的。"

小莲说:"那也不能不管是呗?爹说过,只要有一个人过河,咱就要跑一趟。"

冷娃其实一点也不愿意返回去。

小莲就喊声:"哥!你干吗呢?"

冷娃一用力,船头慢慢扭过来。岸上等着的是一位年轻人,举着手向他们打着招呼。

年轻人二十多岁,当地人打扮,笑嘻嘻地说:"谢谢二位,谢谢二位。"说着话跳上船来。渡船掉过头,再次向黑峪口划来。

年轻人坐到船舱里,正对着小莲,就朝小莲笑一笑:"我叫嵇子霖,陕西人。"

嵇子霖是八路军的地下交通员,他要到河对岸的兴县送一封信。

嵇子霖年轻好动,看见小莲没有说话,就问:"刚才是你唱的山曲儿吧？真好听。"

小莲没想到歌声传到岸上去了，不好意思地说："瞎唱哩。"

嵇子霖认真地说："信天游，有味儿！"

小莲好奇地说："你懂？会唱吗？"

"没你唱得好。"

小莲就说："没唱怎知道呢？要不来一段儿？一小段儿也行！"

嵇子霖就清清嗓子："那我献丑啦。唱得不好不许笑话。"

黄河边的人大都会吼几嗓子，见了面对上了脾性，能没完没了地唱下去。生活枯焦，或许这也是一种苦中作乐吧。

嵇子霖是压低嗓音唱的，唱出来就让小莲大吃一惊，那是地道的陕北味儿：

干妹子你好来实在好，
哥哥早就把你看中了。
……
打碗碗花儿就地开，
你把你的白脸脸掉过来。
……
二道道韭菜缯把把，
我看妹子也胜过了，
哎哟胜过了，
哎哟胜过兰花花。
……
你不嫌臊我不害羞，
咱们二人手拉手，
哎哟手拉手
咱们一搭里走。

……

船很快就到岸了,嵇子霖跳下船,把头发向上一撩,很感激地说着:"谢谢二位了!"嵇子霖说完向远处走去。

小莲没抬头。冷娃也没有出声。冷娃把船固定在岸边,和小莲下了船。

天确实不早了,周围一片漆黑,两个人深一脚浅一脚地向家里走去。

14

张干丞离开好几天了,刘象庚还在回味那天晚上两人见面的情景。

刘象庚还记得张干丞的样子,个子不高,满脸精明,是个干事的人。董一飞和甄排长也给刘象庚留下非常好的印象,尽管两个年轻人没有和刘象庚说几句话,但刘象庚还是能从他们的举止上感受到他们的热情和朝气。这是刘象庚心中想看到的,看到这几个年轻人,刘象庚会不由得想到在太原见过的另一个年轻人——王若飞。他们都目光坚定,朝气蓬勃。是啊,这才是中国的未来和希望!看到这群年轻人,刘象庚感到自己年轻了许多,身上似乎也焕发出了新的勇气和力量。

刘象庚一口答应了张干丞的要求。张干丞说:"想请老伯出山,担任县里的战地动员委员会经济部部长,只是委屈了老伯啊。"刘象庚说:"委屈什么啊?国家有难,匹夫有责。现在国家召唤,我哪能袖手旁观!"对于刘象庚来说,他什么没有见过?他哪里会在乎职务的高低呢?他回来的时候北方局就指示过他,让他利用自己在当地的影响力支持抗战。现在这位抗日县长亲自登门求助,正是他求之不得的呢。尽管对于未来的工作他还没有头绪,但只要有了目标,有了方向,他就有信心干出一番名堂。

两个妻子正在给他收拾行李——他答应张干丞三天之后赶赴县城。

李云把几件厚衣服放进箱子里:"天冷了,自己照顾好自己。"

刘象庚一摆手:"嗨,我又不是走口外,过几天就回来啦!"

牛爱莲给他准备了一袋当地的烟草。

门外白宝明已经牵着一头毛驴站在那儿。二弟刘象坤两口子、三弟刘象文两口子,还有父亲、母亲都在那里等着和刘象庚道别。

刘象庚走出门看见大伙就说:"爹、娘,回去吧,回去吧,走个三天五天就回来啦。"

刘象坤说:"大哥你就安心去吧,家里有我和三弟呢。"

刘象文咳嗽得话也说不成。刘象文女人就说:"大哥,象文是想让你到了县城去看看佩雄。"

刘佩雄是刘象文唯一的女儿,正在兴县中学读书,听说去了什么军政干部训练班,刘象文不放心这个宝贝女儿。

刘象庚就说:"三弟,我会去看看佩雄的,你就放心吧。"

刘象庚骑上毛驴:"宝明,咱们走吧。"刘象庚骑着毛驴向县城方向走去。

刘象庚到县城之前想去见见牛照芝,便吩咐白宝明先到蔡家崖。

时辰还早,日头明晃晃地照着。刘象庚骑在小毛驴上,白宝明拉着缰绳走在前面。

刘象庚看着白宝明的后背问道:"宝明,今年多大啦?"

白宝明反过头:"不小啦,二十出头!"

刘象庚笑出来:"是啊,不小啦。有婆姨了吗?"

白宝明说:"家穷,娶不起!"

刘象庚取笑道:"那宝明肯定有相好的啦。"

这时一队骑兵从远处过来,身后腾起一片尘土。白宝明拉着小毛驴躲到路边。骑兵过去了,白宝明呸呸呸吐着嘴里的沙子。刘象庚也被呛得够呛。

两个人议论起这些当兵的。白宝明说:"东北军抽烟喝酒爱打架,晋绥军呢,样子凶!"刘象庚就问他:"八路军怎样?"白宝明摇摇头说:"听说啦,还没见过呢。不过,天下乌鸦一般黑,能好到哪里呢!"刘象庚说:"耳听为虚,眼见为实,以后见到你就知道啦。"

两个人说着话就到了蔡家崖。

正是中午时分,牛照芝吩咐厨房增加几个拿手好菜,他要好好招待一下刘象庚。刘象庚上次来蔡家崖还是好几年前的事。自从那天晚上两人深谈以后,牛照芝心里就有了些底数,他们曾经都是热血青年,现在尽管上了年岁,但他们的血还是热的,他也知道了今后该干什么,不该干什么。

牛照芝拉着刘象庚进了餐厅坐下:"老兄,没有啥稀罕的,倒是有瓶好酒,今天和老兄喝个痛快。"

刘象庚坐在对面笑着说:"有甚好酒？这可是应了那句古话,来得早不如来得巧啊。"

"老兄,这可是放了多年的老白汾!"牛照芝拿过酒壶给刘象庚倒了一杯,"老兄这次走马上任,正好可以施展才华,为国效力!"

刘象庚看住牛照芝:"让你老弟害苦啦!我哪懂什么经济？还不是赶鸭子上架?"

两人哈哈哈一笑,举杯一饮而尽。

刘象庚喝完酒,举着杯子:"果然是好酒!口感纯正,劲道十足!"

"这是正宗的义泉涌!"牛照芝放下杯子,"老兄是当过大官见过大世面的人,区区这点小事岂能难住老兄?"

刘象庚向前倾过身子:"可不是小事啊,贤弟! 一分钱难倒英雄汉!没有钱将寸步难行!"

牛照芝说:"你老兄说过,国难见英才! 这个时候就需要老兄这样的大才出来运筹帷幄啊!"

牛照芝和刘象庚相处几十年,牛照芝知道刘象庚的脾性,只要是刘象庚认准了的事,他就非要干成不可。

"哪有那么容易呢?"刘象庚说,"今后还要仰仗贤弟支持啊!"

牛照芝说:"只要老兄吩咐。"

刘象庚等的就是这句话。战争一步步逼近,人们跑的跑逃的逃,兴县偏于一隅,出产本来就少,现在人心惶惶,发展生产、恢复经济谈何容易!牛照芝在兴县有着巨大的影响力,现在有了牛照芝的支持,刘象庚心里踏实了不少。

老弟兄两个当年办教育的时候就互相支持,现在为了抗日大业又走到了一起。

当时在山西境内,为了整合各种力量,团结一致,共同抗日,成立了第二战区民族革命战争战地总动员委员会,各地又分别成立了分支机构,统一领导当地的抗日斗争。张干丞让刘象庚担任兴县战地动员委员会经济部部长,就是要让他协助自己,负责战争时期全境的经济工作,支撑当地的抗日斗争。

刘象庚吃了午饭已是下午时分,白宝明拉着小毛驴,和刘象庚向县城走来。

刘象庚扭过脸看着旁边的白宝明,吩咐道:"宝明,到了城里不比乡下,要多个心眼儿。"

白宝明点着头,他还在羡慕着牛家的奢华:"这次可开了眼界啦,果然是大财主啊,那么多房,牛掌柜能住得过来吗?"

刘象庚没有出声,他的心思已经放到了别处。这是一个全新的未来,也具有极大的挑战性,他不知道会有怎样一番光景。经济部部长官不大,但位置重要,经济是基础,没有经济,何言抗日?刘象庚感受到肩上沉甸甸的责任和压力。

15

兴县中学位于县城的西南角。这还是牛照芝十几年前建起来的一所学校,有教室、宿舍、礼堂、操场。礼堂挺大,平时是食堂,能容几百人吃饭,开会时就成了礼堂。战争来临,学校无限期放假,一些年龄大的同学参加了县里组织的各种军政训练班。训练班就在学校里举办,有读书的、演讲的、进行简单军事训练的,校园里还是像往常一样热闹。

学校的食堂里进行了简单的布置,食堂变成了一个会场,前面有主席台,台上放一排桌子,台口上悬挂着写有"兴县各界抗日募捐大会"的横幅,周围的墙上也贴上了各种花花绿绿的标语,有"抗战到底!""绝不做亡国奴!""有钱的出钱,有力的出力!"等内容。

下面是一排一排凳子。最前面的给财主们留着,后面的就是军政训练班学员们的座位。学员们已经坐进去了,一首一首地唱着当时流行的抗日歌曲。董一飞把游击队也拉过来了,队员们精精神神地站在那里。特别是新组建的大刀队,背上背着明晃晃的大刀,威风凛凛,颇有一种震慑力。

这是刘象庚和张干丞商量后举行的第一场活动。各种抗日组织纷纷建立,急需一笔资金来维持运转。眼面前能拿出钱的就是县里的大户人家了。经过多日筹备,他们决定今天上午举行募捐活动。为了搞好这次活动,刘象庚和张干丞看了好几个地方,觉得还是中学里的这个大礼堂最为合适,既能容下这么多人,也能给募捐现场营造一个好的氛围。

刘象庚在学校里当过老师,他熟悉学校里的环境氛围。上午刚吃了饭他就和白宝明提前来到学校里。他进了会场,周围看一眼,很满意会场里的布置。听着下面学员们有节奏的、慷慨激昂的歌声,他有了一种年轻的冲动。刘象庚向学员们摆摆手,走出来。

董一飞看见刘象庚走过来。

刘象庚站在食堂门口,点着烟锅头:"董队长,财主们都知晓了吧?"董一飞和张干丞是两种类型的人:张干丞踏实、沉稳;董一飞似乎有些急躁,干什么都想着用武力解决。

忙了一上午,董一飞的额头上全是汗:"知晓了,知晓了。"

刘象庚抽口烟:"财主们都能来吧?"

董一飞立起眼:"他们敢……"

董一飞说到半截,看看刘象庚的脸色,停住了,换一种口气说:"我打发队员们一个一个去请了。"

刘象庚点着头:"要请要请,这些可是咱的财神爷啊,得罪不得!"

董一飞说:"是!老伯,我去那边看看。"

刘象庚摆摆手。董一飞快步离开。

刘象庚来了几次,都没有见上刘象文的女儿刘佩雄,这时就吩咐从另一边过来的白宝明:"宝明,你找一下佩雄!"

刘佩雄十七八岁,短头发,红扑扑的脸蛋。此时她正坐在牛霏霏的宿舍里,给牛霏霏做模特。牛霏霏呢,站在刘佩雄的对面,拿着画笔正进行着人物素描创作。牛霏霏上次画的甄排长的画像已经被夹到一个画框里,放在写字台上。牛霏霏昨天就约了刘佩雄,刘佩雄一大早就过来了。其实刘佩雄一直想参加今天县里的募捐活动,她听着从远处大礼堂传来的歌声,心里十分焦急,就盼着牛老师能快点画完。牛霏霏画得特别认真,先画好一张,觉得不理想,撕掉了,重新铺开一张画纸,然后细细勾勒。白宝明转了一圈,没有找到刘佩雄。

这时张干丞和一大群财主来到大礼堂。刘象庚卷起烟锅头,迎接过去。刘象庚和牛照芝等一些熟悉的财主打着招呼。

财主们一进来,学员们就鼓起掌来。

有人领着呼喊口号:

"团结起来,共同抗日!"

"有钱的出钱,有力的出力!"

"支持抗战光荣!"

"投降逃跑可耻!"

……

礼堂里呼喊声此起彼伏,声音震耳欲聋,瞬间就点燃了大伙的情绪。

张干丞先讲话。他从全国抗战形势讲起,讲到全国军民团结一致从各个方面奋起反击日本侵略者……

甄排长也被安排讲话。甄排长上了讲台,给大伙敬了个军礼,然后用四川口音给大伙讲述120师跨过黄河挺进山西与日寇作战的故事。这些事都是甄排长亲身经历过的,甄排长讲述起来很有感染力,讲到高兴处,再加上他的一口四川方言,引得台下的人们爆发一阵阵掌声……

甄排长讲话的时候,刘象庚的侄女刘佩雄刚刚跑回大礼堂。她看到台上的甄排长大吃一惊,觉得这个人好像在哪里见过,猛然间想起在牛霏霏老师写字台上看到的那幅画像。她想挤到前面看个真切,有人拦住她,说前面都是财主,不让她往前走。

接着是刘象庚。那天刘象庚讲了很多,他是当地人,很多人还是第一次看见这个颇为传奇的人物。他家本来就是当地的大户人家,他自己又是清末贡生,上过山西大学堂,做过省临时参议会议员、天津商品检验局局长……他的经历本来就很吸引人,现在又现身说法,用当地话娓娓道来:

各位当家的,我叫刘象庚,和大伙一样是咱兴县人。今年我已经五十多岁啦,按咱老辈人的说法,已经是半截身子埋土里的人啦。到我这个年龄,应该是哄哄孙子看看外孙的时候啦,但小鬼子不让咱安生过日子,小鬼子打到咱家门口来啦!有些人说,咱打不过人家就跑呗。往哪里跑呢?北平没了,回太原。太原没了,回兴县。兴县没了,咱往哪儿跑呢?老少爷们,没有国哪有咱的家!退不能再退咱就不退啦!刚才甄排长说啦,小鬼子也不是三头六臂,他一样也是爹生娘养的,咱就不信赶不走这群王八蛋!咱兴县人吃苦耐劳,讲义气,有骨气,历史上就出能人,出英雄好汉,就是没有出过尿包!没有出过孬种!没有出过软蛋!

……

刘象庚的讲话掀起了一个新的高潮。

牛照芝一直看着这位老兄,这位老兄讲得太好了,把窝在他心头的话都说出来了。刘象庚讲完了,他第一个鼓起掌。他看着刘象庚,欣赏着刘象庚,真诚地、使劲地鼓着掌。

刘佩雄兴奋地喊叫着:"大伯,大伯!"礼堂里的掌声太大了,刘佩雄的喊声很快被那种巨大的声音淹没。

认捐开始了,几名工作人员在台上摆好笔墨纸砚。

牛照芝第一个走了上去。

刘象庚也走了上去。

……

那天一下认捐了四万多大洋,还有十四万尺土布。

张干丞拿着账簿对董一飞说:"这个刘象庚,果真厉害啊!"

董一飞赞叹道:"是个好老汉!"

16

嵇子霖往返几次就和贺小莲打得火热了。

这天早上突然下起雨来。天气有了变化,最先感知到的是贺麻子的膝盖。昨天晚上贺麻子就说明天可能要变天了,早上一开门,果然飘起雨夹雪来。

贺小莲就说:"爹,你歇着吧,有我和冷娃哥呢。"

贺麻子还要张罗,冷娃嘟囔一声:"大,你这是要干吗呢!"

冷娃说完披件雨布出去。

贺麻子叹口气退回来:"越老越没有用啦。"

贺小莲说:"爹累了一辈子,也该享享清福了。哥,等等我。"

贺小莲带上门跑出去。

贺麻子挪到门口,看着冷娃和贺小莲消失在小路尽头。

四眼追了几步停住,小莲吼它一声,四眼只好不情愿地返回来。

贺麻子一直没有动。是啊,孩子们确实长大了,也懂得心疼他这个父亲了,他心里既温暖又感慨。几十年一眨眼就过去了,他还记得冷娃小时候的样子,乱蓬蓬的头发,一副犟脾气。有一次贺麻子老婆惹了冷娃,冷娃说什么也不回来,到了晚上,一个人钻进柴火堆里。那一年冷娃也就四五岁啊,一晃冷娃已经是一条响当当的汉子了。小莲也是个大姑娘了,上次铁拐李说得好,女大不中留,女儿明显有了心事,他几次想跟小莲把话挑明,告诉小莲冷娃就是她最好的男人,但几次话到嘴边又吞回来。水到渠成,但什么是个水到渠成呢?贺麻子不知道。

或许是下雨的过,渡口上的客人稀稀落落,几个客人中就有嵇子霖。嵇子霖看见冷娃和贺小莲,老远就和贺小莲打着招呼:"小莲,小莲!"

贺小莲也看见了嵇子霖,嵇子霖没有披雨布,整个人被雨淋成个落汤鸡。嵇子霖搓着手,在渡口上走来走去。

黄河上风大,抽打在身上生疼生疼。

贺小莲就说:"嵇子霖,你怎么不披雨布呢?"说着把头上的草帽摘下来给嵇子霖戴上。

嵇子霖冻得脸都发白了,嘴哆嗦着:"谢谢小莲。"

嵇子霖正好站在路中间,冷娃走过来,差点把嵇子霖撞到河水里。

小莲就埋怨道:"哥,你这是干吗呢?"

冷娃解开缆绳跳到船上。

不知为什么,冷娃一点也不喜欢嵇子霖,不喜欢他那张小白脸,不喜欢他和小莲黏黏糊糊。总而言之,在冷娃看来,嵇子霖身上没有一点让人喜欢的地方。

嵇子霖说着:"没关系,没关系,冷娃哥没看见。"

小莲故意拉着嵇子霖:"走,上船。"

船开了,嵇子霖挪到船尾,正对着小莲坐下来,压低声音说:"小莲,你真好看。"

小莲看一眼嵇子霖,抿着嘴没有出声。嵇子霖长着一张讨女孩子喜欢的脸,皮肤白净,嘴巴也甜。

小莲心里对这个男人说不上喜欢,但也不是很讨厌。

小莲看着嵇子霖说:"嵇子霖,你到底是干吗的呢?细皮嫩肉的,不是书房里的先生吧?"

"我是……"嵇子霖抬头看看周围的人,把到嘴边的话又咽回去,他是八路军的交通员,但他不能说出来。他说:"做生意呢。"

小莲摇着头说:"看不出来,不过你唱的山曲儿倒是很好听。"

嵇子霖听见小莲夸奖他,就说:"想听吗?"

贺小莲看看下雨的天:"这能唱吗?"

嵇子霖盯住小莲:"就给你一个人唱!"

嵇子霖往前凑了凑,低低地哼起来:

……
猛然回头看,
舟船那水上行。
船舱里坐了一位花大姐哎嗨,
实实爱杀人哎哎。
……
大姐生得俊,
整齐又周正。
说她年纪轻,
不过二八春。
……

嵇子霖一边哼一边看着小莲,小莲听得脸微微红起来。

……

三月里桃花绿嘴嘴，

剥了皮皮流水水。

咱二人相好一对对，

干妹子，

你看这日子呀美不美。

……

冷娃踩着船帮子走过来，嵇子霖停住哼唱。等冷娃走开了，嵇子霖又说："小莲，我替你摇吧。"

嵇子霖说着和小莲并排坐在一起。

小莲急得说："使不得，使不得。"

嵇子霖已经把手搭在小莲的手上，小莲抽出手来，嵇子霖摇起了橹："小莲，你看是这样摇吧？"

嵇子霖开始有些生疏，小莲指导了几次，他就有模有样地摇起来了。

船有些晃，冷娃走到后边，看见嵇子霖在摇橹就喊道："小莲，你这是干吗呢？"

小莲站起来离开嵇子霖。

嵇子霖抬起头笑着说："冷娃哥，我暖和暖和身子。这老天爷，快冻僵啦！"

冷娃剜一眼嵇子霖，走到前面。

小莲到前面看看，又转到后边来，坐到刚才嵇子霖坐的地方，手托着下巴看着远处。

嵇子霖小声说："小莲。"

小莲没有搭理他。

嵇子霖又喊一声："小莲。"

小莲还是没有搭理他。

嵇子霖伸出手在小莲眼前晃一晃，小莲就站起来走到前面去了。嵇子霖一直看着小莲的背影,小莲没有回头,也没再回到后边。嵇子霖摇摇头,使劲摇起橹来。

船很快就到了对岸。雨也正好停了下来。

17

募捐大获成功,刘象庚却没有高兴起来。

那天刘象庚早早就离开了会场,他和刘佩雄说了会儿话后,一个人返回孙家大院。他告诉刘佩雄家里挺好,让她照顾好自己。张干丞给刘象庚在孙家大院收拾出几间屋子。刘象庚住在东头,里面是个卧室,有一张土炕,出来是会客厅,放着几把椅子。白宝明住在南面紧挨刘象庚卧室的小屋里。此时刘象庚坐在土炕上,举着小烟锅头想着心事。

兴县十年九旱,收成本来就少,这些财主除过牛照芝等几个大户外,不少人家刚刚够自己生活,养家糊口有余,捐款抗日不足,这次募捐,田家会的田财主就是卖了三十亩土地捐的款。让这些大户人家捐一次两次可以,捐得多了他们也会和你急啊,不是不捐,而是无钱可捐!这个办法只能救急,不能长远!这次虽然募得四万多大洋,但刘象庚知道,用钱的地方多得很,四万多大洋仅仅能维持一段时间!钱,是啊,今后钱从何处来呢?

刘象庚长长地吐一口烟。正好白宝明提着茶壶进来,刘象庚说:"宝明,咱们出去走一走。"

刘象庚把烟灰磕掉,跳下地,穿上鞋走出来。

天已经暗下来,街两边的铺子陆续上了铺板,大街上也没有多少行人。转角的地方,复兴隆还在营业。

这是20世纪30年代的兴县县城,没有路灯,大街也凹凸不平。战争一步步逼近,人们逃的逃散的散,留下来的也是胆战心惊,谁还有心思出来逛街呢?况且又有何可逛?

白宝明说:"先生,看您闷闷不乐的,愁什么呢?"

刘象庚说:"钱。"

白宝明扑哧笑了:"您还愁钱?那我们穷人就更不用活了。"

在白宝明眼里,刘象庚可是十六窑院的大少爷啊,他们有土地,有商号,他们怎么会愁钱的事呢?穷人们才会为了钱愁眉不展啊。

刘象庚刚要回答,不小心脚崴了一下。

白宝明立马扶住刘象庚。

刘象庚试着走一步,脚实在疼得不能动。

白宝明就说:"走,到旁边歇一歇。"

白宝明扶着刘象庚向路边的铺子走过来。他们在的地方比较偏,周围也没有灯,刚到铺子门口,突然从铺子里冲出几个人。

刘象庚和白宝明大吃一惊。

几个人非常慌乱。有个人不小心和白宝明撞在一起,白宝明、刘象庚仰面八叉倒在地上,那人爬起来跑走了。

刘象庚这一摔脚更疼了,嘴里哼哼着。

白宝明骂着:"瞎眼了吗?——先生,怎么样?这群土匪王八蛋!"

刘象庚抬起头,借着远处的一点灯光看清楚了路边的铺子。原来这是阎锡山设立的山西省银行的一个分支机构,银行的人都已经撤走了,留下一个空荡荡的铺子,门被人破坏了,地上是乱七八糟的东西。

那伙人是一群盗贼,银行的人走了,他们想在里面寻找一些有用的东西。

白宝明扶着刘象庚离开铺子。走了几步,刘象庚似乎想起了什么,又让白宝明扶着自己返回铺子前。

刘象庚看着空荡荡的铺子,突然冒出一个奇怪的念头。

银行,是啊,银行就是发行钞票的地方,自己能办一个银行吗?

刘象庚突然被这个疯狂的念头吓了一跳。

这怎么可能呢?他从来没有干过这种事,但他知道开办一个银行绝

第三章 抗日建银行 | 063

不是一件容易的事，需要政府批准，更需要大量的本金啊。但怎么就不能呢？银行就是过去的票号啊，山西商帮过去不就是办票号的吗？再一个，他就是兴县动委会的经济部部长，以兴县动委会的名义建立一个银行，发行自己的钞票，不就有钱了吗？阎老西儿银行的人全跑了，现在正是办一个银行的好时机啊。

刘象庚不断地寻找理由，不断地坚定自己的这个念头，他为自己突然冒出的这个念头激动得两眼闪闪发光！如果一切顺利，钱，这个最大的难题，不就一劳永逸地解决了吗？

刘象庚一挥手："宝明，走，回家！"

刘象庚现在急于把自己的想法和张干丞进行沟通。

刘象庚走一步，疼得叫起来。

白宝明说："来，先生，我背您回去。"

张干丞、董一飞几个人正在吃晚饭。

张干丞看见刘象庚被白宝明背着回来，吃惊不小。

张干丞推开碗站起来："宝明，先生的脚怎么了？"

刘象庚被几个人扶到炕上，说："不碍事，不碍事。县长啊，钱的事，我有办法啦！"

张干丞和董一飞互相看一眼，这个怪老头，这么短的时间就能想出办法来？

几个人都瞪大眼看着刘象庚。董一飞给刘象庚盛上稀饭。

刘象庚喝口稀饭，抬起头看着张干丞和董一飞："我们自己办一个银行！"

张干丞吃了一惊："我们自己办一个银行？"

刘象庚肯定地回道："是，自己办银行，自己印票子。"

穿衣吃饭需要钱，购买枪支弹药需要钱……没有钱几乎寸步难行。

董一飞砸一拳："绝啦，这个办法太绝啦！有了银行我们不就有钱啦？想要多少就印多少！"

张干丞过去在银行做过小职员,他知道银行的分量和作用。张干丞站起来来回走几步,激动地说:"果然是个好办法!我咋就想不起来呢?"

董一飞说:"你们这一说我倒想起来了,听说赵承绶他们就是自己给自己印票子。"

赵承绶是晋绥军骑兵第一军军长,在兴县建有印刷厂。

刘象庚几口把碗中的稀饭喝完:"阎锡山的'大花脸'印得太多了,不值钱啦。"

张干丞坐过来:"刘先生,您见多识广,下一步该怎么办呢?"

刘象庚放下碗:"我也没弄过,但咱山西人有办票号的经验。银行不就是过去的票号吗?票号讲究个信誉,银行也一样,没有本金兑换不了,就失了信誉。"

董一飞只懂打仗:"开银行还需要钱?"

刘象庚家里经营着店铺,懂得一些生意上的事。刘象庚说:"做生意要本钱,我们这是做票子的生意,当然要本钱啦!没有本钱,银行的票子不值钱,没人用!"

张干丞又忧愁起来。刘老伯说得对,开银行需要本金。可是,县里没有钱,财主们又刚刚捐了款,群众生活艰难,开银行又非一般的生意,需要一大笔资金啊!

几个人不说话,埋头吃饭。

白宝明听不明白他们说的话,但知道他们是要干一件非同寻常的大事。

董一飞看看刘象庚,又看看张干丞:"县长说过,活人还能叫尿憋死?就没办法了?"

刘象庚直起腰看住张干丞:"我去见见牛掌柜,和他合计合计,看他有什么好主意。牛掌柜做生意多年,或许他有办法呢。"

刘象庚是个急性子,他想做的事立马就要去办。

董一飞说:"牛掌柜没回蔡家崖,我看他去了复兴隆。"

刘象庚说:"太好了!宝明,我们去趟复兴隆!"

张干丞站起来:"三个臭皮匠还顶个诸葛亮!走,一起去!"

18

几个人赶到复兴隆时已经很晚了,牛照芝让店里的伙计重新捅开炉子,炒了几个菜,招呼大伙边喝酒边商议办银行的事。这是二楼的一个包间,外面的门已经关了,酒楼里非常安静。

几个人坐下来。牛照芝说:"天气冷了,大伙喝杯酒暖和暖和。"

张干丞先举起杯:"这次募捐,牛先生慷慨解囊,鼎力相助,牛先生的大义让人敬佩!干丞敬牛先生一杯!"

牛照芝说:"县长过誉了。国家有难,匹夫有责,牛照芝理当如此!"

刘象庚接住说:"贤弟,募捐虽好,但只能缓解一二,不是长久之计啊!我们几个合计来合计去,想到一个解决办法。"

牛照芝抬起头看住刘象庚:"老兄足智多谋,有何妙策?"

刘象庚就把办银行自己印钞票的事说了出来。

牛照芝连连称妙:"这真是个妙招啊!有了银行,何愁没有钱?老兄果然有胆有谋!"

董一飞叹息一声:"事情没有那么简单。"董一飞想到本金的事,他也知道县里的底细,没有钱寸步难行啊。

牛照芝说:"嗨,这不就是办个票号吗?少白兄说得对,咱山西人有这个优势,想当年咱的票号也曾汇通天下,那是何等气派!"

张干丞忧愁地说:"现在就是发愁本金的事啊。"

说到钱,大伙都不说话了。牛照芝也沉默下来。开银行需要的本金不是个小数目,一时半会儿去哪儿弄这么一笔资金呢?

刘象庚说:"喝酒喝酒。"几个人碰杯后一饮而尽。

牛照芝喝完酒抬起头:"我倒是有个主意,你们大伙看看成不成。"

几个人放下筷子,看住牛照芝。

牛照芝的意思是刚刚进行了募捐,再让大伙捐钱恐怕有难度,不如动员几个有财力的大户人家,按入股的形式筹集本金,这样既可以解决本金的问题,也能鼓励财主们拿出钱来。山西的老商人们就是用这种办法募集资金开办商行的。牛照芝首先想到的就是他们商帮中的办法。牛照芝果然有点子。

几个人互相看一眼,这可能是眼前最好的办法了。

刘象庚看住牛照芝说:"贤弟,这个主意好!资金筹集回来就能开办银行。只要银行建起来,这盘棋就走活了!"

刘象庚说完看住张干丞。

牛照芝也看住张干丞。

是啊,干成干不成,就等他一句话了。

张干丞站起来,来回走几步。有了银行就有了钱;有了钱,八路军的粮草就有了保障;八路军的粮草有了保障,就能和小鬼子周旋下去!当时张干丞还没有想到更深远的问题,更没有想到经济战、货币战这些宏大的主题,他只是一个普通的地方干部,是牺盟会派过来掌控兴县的县长,他是一名没有公开身份的共产党员,他想的是怎样筹措到钱,来解决眼下八路军以及其他驻兴部队的粮草问题。

张干丞一砸桌子:"干!"

张干丞伸过头来说道:"募捐回来的钱,已经支派出去一部分,剩下的呢,都投到银行里。日后,县里的摊派税收,也可以放到银行里。"

刘象庚说:"这样死钱也变成活钱了。"

牛照芝看得更远:"更重要的是,这些钱投进来,县政府也变成银行的股东了。"

县政府是银行的股东,这个银行实际上就成了县政府或者是兴县动委会掌控的银行。银行由兴县动委会掌控,就能最大限度地支持当地的抗战。这正是他们成立银行的目的所在。几个人越说思路越清晰。

张干丞抬起头看住刘象庚和牛照芝，由衷地说道："干丞谢谢两位老伯！有两位老伯和大伙的支持，兴县的抗日大业可期！"

多少年后他才知道，他当时的这个决定不仅影响了兴县乃至整个晋西北的战局，而且成了中国人民银行的一个诞生源头。历史有许多偶然的因素，成功的人只是抓住了这转瞬即逝的一刻并坚定地付诸实施。

正如牛照芝预计的那样，这次筹款尽管有波折，但还是鼓动起一些大户人家的积极性，加上上次募捐回来所余的钱款，一共有六万多大洋。

牛照芝说到做到，再次为银行拿出二万三千大洋，看看资金不足，又把十四万担粮食捐给银行。事后刘象庚才知道，牛照芝是顶着巨大压力拿出这些钱的。牛家家大业大人口也多，牛照芝的行为引起家族里一些人的不满，有的骂他是败家子，有的骂他吃里爬外，有的说他是出风头，有的坚决要求分家另过。牛照芝反复做家里人的工作，告诉大家，没有国哪有家？如果国家没有了，家里放着这些钱又有何意义呢？让牛照芝稍感欣慰的是，儿子牛荫冠支持他的行动。牛荫冠来信动员并鼓励他，让他带头捐款，支持八路军抗战。

牛照芝把钱送过来的时候，刘象庚拉住牛照芝的手，什么话也没有说。是啊，能说什么呢？他们一样有过抱负，有过热血青春，现在虽然上了年纪，但他们的家国情怀还没有变，只要是认定了的事，就要排除万难、义无反顾地去完成，就像当年办新式教育一样，今天为了建银行，他们再次挺身而出。

张干丞真诚地说："谢谢牛先生！没有牛先生的鼎力支持，银行根本办不起来啊！"

这天上午，银行的董事会第一次在孙家大院举行。

这是值得纪念的一个日子。

刘象庚换了一件浆洗干净的袍子，早上起来把下巴上的胡子也刮掉了,整个人显得精神利落了不少。

白宝明说:"先生这是要办喜事吗?"

刘象庚看着镜子里的自己:"当然是喜事啦。"

白宝明好奇地问道:"银行建起来就有了票子啦?"

刘象庚反过头看看白宝明:"宝明,以后你就会花上咱们自己印的钱啦!"

银行的董事就是那几个大股东,有牛照芝等八九个人,张干丞作为县政府代表也参加了会议。大伙聚在张干丞的屋子里,有的坐在炕上,有的坐在椅子上。大伙谈论着要成立的银行。这是一个新鲜事,大伙热烈讨论着。

刘象庚戴上眼镜,一条一条念银行的章程。

刘象庚想得细,大伙也提不出什么意见,很快就通过了。

然后是银行的名字,大伙这次讨论得更热烈了。

有人说:"叫兴隆银行,日益兴隆,图个吉利。"

另一个站起来反对说:"这是新式银行,新就要有新样子!"

这时坐在炕里面的一位理事说:"咱们这个银行是为了抗日而建,不如就叫抗日银行,目的明确,牌子响亮,怎么样?"

大家纷纷说好,认为这个名字符合银行成立的目的,让大家一看就知道这个银行是干吗的。

牛照芝站起来摇摇手:"我说各位当家的,这个银行少白费了不少心血,他呢又在外面见过大世面,大伙听听少白的意见如何?"

大伙就说:"是啊,快让少白说说意见。"

刘象庚看看张干丞。

张干丞也期待地看住刘象庚。

刘象庚站起来,对于名字他早就有了想法。刘象庚清清嗓子说道:"各位老少爷们,诸位刚才说得都有道理。我有一点不成熟的想法,供各位当家的决断。做生意的都知道,你的货有什么用途,要卖给谁,心里门儿清。咱们这个银行呢,主要办在咱们兴县,生意将来可能会做到周边,咱面对的主要是什么人呢?农民!老伙计们,银行成立后主要面对的就是农民啊,为什么不能叫农民银行呢?农民们听见亲切啊,知道这是他们自己的银行,用的是自己的票子。"

张干丞再次看一眼刘象庚,他今天才更进一步地理解了、认识了这个干瘦而又精明的老头儿,这是个有胆有谋,做事还细心周到的人啊!只是当时他还不知道,刘象庚同他一样都是中共地下党员。他们都是单线联系,互不知情。

牛照芝说:"少白分析得有理,我同意这个名字。"

张干丞也说:"这个名字各方都能接受,不至于引起麻烦。"

大伙纷纷说好。

刘象庚说:"既然各位当家的没意见,咱的银行就叫——兴县农民银行啦!"

"兴县农民银行!兴县农民银行!"

这是兴县开天辟地办的第一个银行啊!张干丞当时还没有意识到,这个银行也是抗日战争时期各抗日根据地中由我党掌控的较早创办的一个银行。

大伙交头接耳地谈论着。

牛照芝伸出手示意大伙安静下来:"各位当家的静一静。先别乐呢,把事情议完再说。办银行要有个店儿,孙家大院位置好,也安全,不知诸位意下如何?"

大家觉得银行办在这里有县大队保护,相对安全一些,就都点头同意了。

最后大伙要选出银行经理。张干丞站起来说:"以前我不认识刘老伯,通过这些天的接触,刘老伯的为人、见识让干丞深表敬佩!这次农民银行能够建立,刘老伯用心最多!刘老伯做银行经理最为恰当!"

刘象庚摇着手说:"我老了,让年轻人来干,我敲敲边鼓出个主意就行。"

牛照芝说:"老兄,你把我们鼓动起来了,自个儿却要往后退?再一个,银行是兴县动委会倡议成立的,你老兄又是兴县动委会经济部部长,这个经理非你莫属啊。"

当时兴县动委会履行的其实就是县政府的职责。

牛照芝旁边的一个财主也说:"谁让少白是经济部部长呢?"

大伙就说:"是啊,非少白莫属。少白你就不要推辞了。"

刘象庚知道自己不能再推托了。他是兴县动委会经济部部长,这个银行又是兴县动委会发动成立的,担任银行经理是他的职责所在。这是一个新的任务、新的挑战,不过刘象庚骨子里就有一种迎难而上、挑战未来的脾性。他还从来没有被困难吓倒过,他想要干的事那就非要干成不可!

刘象庚站起来一抱拳:"少白谢谢诸位当家的信任!少白先把这个担子挑起来,以后有了合适的人选呢,就另让贤才!"

银行成立那天是个好日子。

太阳明明亮亮地照着,没有风,天气也不是很冷。孙家大院里里外外装扮一新。院子打扫了,门板上贴上了喜庆的喜字,几个门洞上也把过年时才挂的红灯笼挂了出来。大门前的小广场上摆了几排长条凳子。

刘象庚还特意为新成立的银行拟了一副对联,用红纸写出来贴在孙家大院的大门上:

> 大多数农民从此解放鼓起精神打日本,
> 这一个银行开始营业集中财力破天荒。

正如刘象庚分析的那样,这个银行是兴县动委会倡议筹建的银行,是为了抗日而建,银行不得罪任何一方,当地各种势力纷纷派出代表参加了银行的成立大会,有赵承绶骑一军的人,有东北军的军官,有新军的人,当然了,八路军120师副师长萧克、教导团团长彭绍辉等也出席了。

那天刘象庚和张干丞早早就站在大门口迎接各方来宾。没过多长时间,牛照芝就从蔡家崖赶了过来。牛照芝穿着一袭新的长袍,老远地就和张干丞、刘象庚打着招呼。是啊,这是他们为了抗日而成立的银行,银行就要成立了,他们心里哪能不高兴呢?三个人正说着话,晋绥军的一个团长也来到现场,这个团长与牛照芝熟悉,牛照芝拉着这个团长到了有凳子的那边。

萧克副师长和彭绍辉团长是骑着马赶到孙家大院的,刘象庚和张干丞急忙迎接过去。两位首长跳下马,身后的警卫员把萧克副师长和彭绍辉团长的马拉到远处。

萧克副师长拉住刘象庚和张干丞的手:"你们辛苦啦!贺师长和关政委让我代表他们向你们表示祝贺!"

城里的士绅们来了,大量看热闹的群众也来了……

会议开始了,来宾们一个一个上前讲话。

大伙都祝贺兴县农民银行成立,也表示要全力支持银行的发展。

会议最后张干丞宣布:"兴县农民银行成立!"

张干丞话音刚落,白宝明几个人点燃了爆竹。

爆竹噼噼啪啪响着。

刘象庚在震耳的爆竹声中看着大门上悬挂的写有"兴县农民银行"的牌子。

那是一块普通的松木板子,破开时间不长,还露着新鲜的白。那几个字是刘象庚写的,白底黑字,现在这些字在太阳光的照射下熠熠生辉。

第四章　发行兴农币

19 冬天的第一场雪就那么毫无预兆地下了起来。开始不紧不慢，落下来很快就化了，接着就是肆无忌惮地下，一团一团，毫无节制，很快天地间就成了白茫茫的一片。不像南方的雪，一片柔情蜜意，北方的雪就是这么夸张和暴烈。

牛霏霏本来就不是那种爱动的女孩，下雪天正好窝在宿舍里。这几天一张画也没有画，她坐在窗户前，端着咖啡，就那么看着天上的雪。雪漫天飞舞，是那么自由自在、无拘无束。有时候她竟特别希望自己是一朵雪花，悄悄地来，又悄悄地去，把自己的美融化在天地之间。

救命恩人的画像还立在那里，依然是那张冷峻的面孔。画框子好像很长时间没人打理了，画像上落了一层薄薄的灰。她已经从刘佩雄口中知道了画中人的一些情况，他就是那个甄排长，还来兴县中学做过演讲……她内心深处真的想再见到他，哪怕远远地看上一眼也行，但阴差阳错，他们擦肩而过。她拜托刘佩雄去找过这个甄排长，刘佩雄说甄排长已经回到部队上去了。有时候她自我解嘲，也就是那么偶然的一面，何必如此呢？就是见了面又能说些什么？那天的相遇就像是一个梦，现在这个梦正变得越来越遥远。

"牛老师！牛老师！"门外刘佩雄踩着雪向她的宿舍走来。

说是老师，其实牛霏霏比刘佩雄大不了多少。刘佩雄单纯、活泼，牛霏霏天然地就喜欢这个女孩。

牛霏霏拉开门:"佩雄,这么大的雪还出来!有事吗?"

刘佩雄拍打着身上的雪:"我大伯给你一封信。"

刘佩雄说完从兜里掏出一个牛皮纸信封。

牛霏霏诧异地问道:"你大伯?刘象庚?"

刘佩雄说:"是啊,大伯说是急事,让我无论如何要把信给你。"

牛霏霏没有说话,拆开信封看起来。

原来是牛照芝给牛霏霏写的信。牛照芝在信中说,刘象庚办银行遇到了困难,让牛霏霏过去助刘象庚一臂之力。

牛霏霏把信递给刘佩雄,自嘲地说:"你大伯需要我帮忙!我一个画画的,能帮什么忙?"

刘佩雄说:"可能是画画呗。"

牛霏霏扑哧笑出来:"开银行的要画画?嗨,管他呢,见了你大伯看看情况再说。"

牛霏霏说完,穿上一件大衣,然后围上红毛线围巾,和刘佩雄冒着雪出了兴县中学。

孙家大院里,刘易成和陈纪原在雪地上打雪仗,两个孩子的笑声在空旷的大院里显得是那么响亮。

刘象庚的屋子里,刘汝苏趴在那里一笔一画地写着字。

李云和孩子们是在下雪前来到县城的。刘象庚已经离开黑峪口好些天了,刘象庚的父母不放心,就打发李云带着孩子们来了。

刘象庚和李云说着话。

刘象庚想打发李云他们回去,没想到遇上这么一场大雪:"我现在马踩帅呢,这倒好,回不去了!"

李云看一眼旁边的刘汝苏,压低声音说:"我和孩子们不影响你的工作!雪停了我们就走。"

这时陈纪原跑进来,小脸蛋冻得红扑扑的:"姥爷,姥爷,小舅舅不讲理!"

刘易成也跑了进来:"你胡说!"

两个孩子又要吵,李云把陈纪原和刘易成拉到外面的会客厅里。

李云说:"易成,你是舅舅,不能让着点纪原吗?"

刘易成要分辩,李云压低声音说:"你爹有事,不要烦他好不好?"

两个孩子很快就和好了,又跑出去玩起来。

刘象庚抱着膝盖想着心事。

银行成立起来,最要紧的是要赶快印出钞票来,但一接触实际刘象庚才知道,这根本就不是一件简单的事。什么都缺,没有设备,没有纸张,没有油墨,连一个设计票样的美术师也没有,他几乎是一无所有!放在平时,没有机器,没有纸张,没有油墨,他可以去太原、去黄河对岸的西安那边采购,但现在是战争年代,太原已经被小鬼子占领,西安是远水解不了近渴,他只能就地取材,想尽一切办法印出第一批票子来。县政府急,八路军那边也急,一切都需要钱啊!

刘汝苏跑进来:"爹,佩雄姐姐来了。"

刘佩雄已在院外喊起来:"大伯,你看谁来了!"

李云迎接出去:"佩雄啊,外面天冷,快进来,快进来。"

刘佩雄和牛霏霏顶着雪花进来了。

刘象庚看见了刘佩雄旁边的牛霏霏,心里想着可能是牛掌柜给他介绍过来的美术师。

刘象庚起身下了地。

刘佩雄介绍说:"大伯,这就是我们的牛霏霏老师。"

牛霏霏一点头:"大伯好。我就是牛霏霏。"

刘象庚一扬手:"哎哟,是霏霏老师来了!来来来,我们这边坐。李云,快给霏霏老师来杯热茶。"

李云答应着。几个人到了外面的会客厅里。

牛霏霏说:"我是一个画画的,不知能帮上大伯什么忙?"

刘象庚伸过头看住牛霏霏:"霏霏老师,是这么个事。咱们兴县呢成立了农民银行,银行要印一批票子,这次请你来,就是想让你帮着设计一个样子,然后我们请人刻出来……"

牛霏霏一听是让她设计钞票的图案,一个劲地摇着手说:"使不得,使不得,画个人物什么的还行,这个我实在设计不了。"

刘象庚鼓励说:"那有啥难的?霏霏老师,不要怕!你也不用设计得复杂了,就画个山啦,或者树啦什么的就行。你拿上这几张'大花脸'参谋参谋。"

刘象庚把阎锡山发行的几张晋钞给了牛霏霏。牛霏霏拿过来细细看着上面的图案。

刘佩雄凑在牛霏霏身边鼓励说:"牛老师画吧,画出来就成了钱啦!"

刘象庚站起来扳着指头说:"咱们城里有蔚汾河,河对面是蔚山,霏霏老师可不可以就画个山画个水呢?简简单单的。等条件好了,再弄复杂的。"

牛霏霏看着那几张"大花脸",没有出声,如果是这样,也不是设计不出来。她说:"大伯,我回去试一试。"

牛霏霏见事情已经谈完,就要告辞回去。刘象庚说:"也好,外面路不好走,佩雄招呼好霏霏老师。"

刘佩雄和牛霏霏离开孙家大院。

图案的事有了眉目,不知道另一件事宝明办得怎样了。

刘象庚就朝宝明的屋喊道:"宝明,宝明!"白宝明住的屋子里没有人回应。

刘象庚把两只手抄进袖筒里望着远处的天。天灰蒙蒙的,看样子还要下雪。

刘易成和陈纪原互相追打着。陈纪原跑过来,刚好被绊倒,磕得有些疼,哇哇哇大哭起来。

刘象庚弯下腰抱起陈纪原："纪原不哭，纪原不哭。"

刘象庚看着跑进来的刘易成数落道："你是当舅舅的人啦，要招呼好纪原。"

陈纪原从手指缝里看到被数落的刘易成，偷偷笑出声来。

20

白宝明干什么去了呢？寻找印刷馆。前几天刘象庚就吩咐宝明了，宝明记得刘象庚和他说的话："宝明啊，你留个心眼，看看城里有没有能印东西的铺子。有了呢，不要四处声张，告诉我一声就行。"宝明答应下来，就四处打听，把周围转遍了也没有发现这号铺子。杂货铺、剃头店、饭馆、粮油门市……应有尽有，就是没有能印东西的铺子。刘象庚鼓励白宝明去远一些的地方转一转，或许能有意外的惊喜呢。所以天还没有亮，宝明就出来了。

出来的时候雪还不大，雪落在脸上、身上很快就化掉了。白宝明踩着雪向西面走来，天还有些黑，路上坑坑洼洼、高低不平。走了一会儿雪开始大起来，道路、房屋很快就被雪遮盖住。宝明深一脚浅一脚地向远处走去。宝明身上穿的是一件半新的棉长袍，这件袍子还是刘象庚的夫人李云送给他的。李云来了后就把宝明喊进去，说刘象庚全凭宝明照顾，这些天辛苦宝明了，这件袍子呢，是去年给刘象庚做的，天气冷了，就送给宝明穿吧。宝明从来没有穿过这么好的衣服，人靠衣裳马靠鞍，穿在身上果然像换了个人似的。董一飞看见了还打趣宝明说："宝明啊，这一打扮就是个掌柜啦！"对于宝明来说好看是另一回事，关键是暖和，天气这么冷，有了这件棉长袍，宝明不会再挨冻了。

和刘象庚接触多了，宝明逐渐喜欢上了这个干瘦的老头儿。当然这是宝明在背后给刘象庚起的外号，当面他总是叫刘先生。在黑峪口时为了和刘象庚的两个弟弟区别开，宝明有时候叫刘象庚大先生。刘先生做过那么大的官,既不训人,也没有一点架子,从外表看凶巴巴的,但老头儿心眼特别好,从来没有把他当下人看待。这次刘先生当了银行经理,就安排宝明做了银行的伙计。刘象庚说不是伙计,是工作人员,大家在一起是平等的,都是为了把工作搞好。宝明一时还转不过弯来,还是习惯"伙计"的叫法。不过他知道他已经是银行的人了,这次出来就是为银行办事的。

这是刘先生第一次安排他单独出来,宝明心里就想着一定要把这个工作做好。不就是出来找个店吗?县城又不大,就是一条巷子一条巷子地找,也要把刘先生想要的那个铺子找到。但找了三四天,宝明有些泄气了,这是个什么古怪的铺子,怎么一点音信也没有?他向一些店铺的伙计打听,这些伙计都说没见过什么印刷馆。正想着心事,宝明不小心被一块石头绊倒了,摔倒在雪地里。走了一早上,宝明有些累,趴在那里半天没有动。地上的雪已经很厚了,宝明用雪擦把脸,头脑清醒过来,立马站起来,拍打一下袍子上的雪。

天已经大亮了,远处的房屋逐渐清晰起来。一些做早饭生意的铺子开始生起炉火。白宝明来到一个面馆跟前,想向掌柜讨碗热乎乎的面汤喝。

白宝明伸着头喊:"掌柜!有人吗?"

很快一个上了年纪的人出来,看见白宝明,问道:"来碗面吗?"

白宝明摇摇头,从怀中掏出一个窝窝头:"掌柜,能给我来碗热汤吗?"

那人看一眼白宝明,摇摇头进去。一会儿一个伙计模样的小伙子端着一碗热气腾腾的面汤出来。小伙计看一眼白宝明,突然叫起来:"宝明,是你吗?"

白宝明也认出了眼前的小伙计,小伙计是黑峪口人。白宝明打了小伙计一拳:"是你呀,老伙计!"

小伙计把面汤给了白宝明,看看白宝明的穿戴,问道:"宝明,看样子你混得不错嘛,在哪里发财呢?"

白宝明说:"银行。"

小伙计一脸羡慕:"果然混上了好差事!"

白宝明咕咚咕咚几口喝完热汤。

小伙计说:"不用急。宝明,这么早干吗去呢? 有了好差事就不能睡个懒觉啦?"

白宝明把碗还给小伙计:"出来找个印刷馆,找了几天也没有着落。"

"印刷馆?"

白宝明蹲下来咬了口窝窝头,比画着说:"就是……就是……"

小伙计听明白了:"宝明,我知道了,你是找刷家的吗?"

"不是! 是……"白宝明看着铺子上的字号说,"印字的!"

这时屋子里的老掌柜喊小伙计,小伙计拿上碗答应着跑回去。白宝明吃了窝窝头,身上恢复了力气,想再喝一碗热汤,看看里面,没好意思再喊。

白宝明站起来边走边看两边的铺子,这时那个小伙计跑出来:"宝明!"

白宝明站住等他。

小伙计说:"宝明,我想起来了,东关那边有个长兴堂,好像就是印字的。"

老掌柜又找不见小伙计了,骂骂咧咧地出来:"懒驴上磨屎尿多! 又死到哪儿去了?"

小伙计冲白宝明吐一下舌头,低着头迈着小碎步急急忙忙跑回去。

白宝明一跺脚,向东关这边走来,边走边骂自己,死脑子,怎么就想不到别的名字呢? 印刷馆不一定就叫印刷馆啊。

白宝明几乎是小跑着来到东关,他边走边问,在一个很偏僻的地方,终于找到了那个叫长兴堂的铺子。

这是个两间门面的铺子,铺子上面挂着长兴堂的牌匾,牌匾已经很旧了,漆皮也有些剥落。铺子上扣着厚厚的门板。白宝明想从铺板的缝隙里看看里面的情况,里面黑咕隆咚的,什么也看不见。

白宝明敲敲门板,大喊着:"掌柜,掌柜!"

铺子里没有人应答他。

白宝明绕着铺子走一圈,正好有人路过,白宝明就问:"大爷,这家铺子的掌柜在哪儿呢?"

那人摇摇头,说他是从山东逃难过来的,不知道。

终于又等来一位:"长兴堂?关啦!关了好长时间啦!"

白宝明大失所望,但他还有点不死心,好不容易找到一家,还是这种情况:"那这家的掌柜在哪儿呢?"

那人说:"听说是二十里铺的,姓田,田掌柜。"

白宝明看看天。雪越下越大,天地间已经灰蒙蒙地连成一片。白宝明身子已被冻透,他搓着手哈着气。嗨!一不做,二不休,干脆找见这位田掌柜再说!

白宝明掉转身向二十里铺走去。

路上的积雪已经很厚了,白宝明走了二十多里地,天黑前赶到了二十里铺。

二十里铺村子不大,住着四五十户人家,白宝明一打听就打听到了田掌柜的家。田掌柜的家在村子西头,是一个四合院,院子的墙不高,白宝明能看到院墙后的房子。

白宝明上前拍打几下门环。

很快有人出来:"谁呀?"

出来的是一个四十多岁的汉子,穿着长袍,戴着棉帽子。

白宝明就喊:"田掌柜!"

那人停住脚步,然后掉转身就跑。

白宝明推一下门没有开,用力一撞,门开了。"田掌柜!"白宝明大喊。

那个四十多岁的汉子正趴在墙头上,听见白宝明的喊声,翻过墙头跑了。白宝明急忙追过去。

外面路上有雪,那人跑不快,白宝明追到村外,一把抓住他。那个汉子一挣扎,两人摔在雪地里。

那个汉子有些胖,气喘吁吁地说:"我没有钱,没有钱!"

白宝明看着他:"什么钱不钱的?我不是来问你要钱的。"

那人听见这句话,坐起来看住白宝明:"兄弟,你是谁?大雪天的找我干吗来啦?"

白宝明问道:"你是田掌柜?"

那人点点头。

"长兴堂是你的?"

那人又使劲点点头。

白宝明自己先站起来,然后一伸手把田掌柜拉起来。

白宝明很仔细地把自己袍子上的雪拍打掉:"田掌柜啊,你把我当成什么人了?土匪?讨债鬼?"

白宝明边说话边把袍子下摆摆正拉展。

田掌柜很诧异地问道:"你不是讨债的?"

白宝明扑哧笑了:"田掌柜,我是给你送生意来的。"

白宝明把"生意"两个字咬得重重的。

田掌柜说:"兄弟,你来晚了!"

白宝明惊讶地说:"怎么了?"

田掌柜说:"生意不好做,关了门啦。不管怎么说,兄弟,你是一片好意!见了面就是缘分,天也晚了,回家喝两杯!"

白宝明有些迟疑,更有些失落,好不容易找到个印刷馆还关门了。但天已经很黑了,路上又有这么厚的雪,再赶回去怕就到半夜了。

田掌柜看出白宝明的迟疑,拍着白宝明的肩膀说:"兄弟,你还没说是什么生意呢。有钱赚的话,说开还不就是一句话的事?"

白宝明看着田掌柜,扑哧一下笑出来:"你们这些做掌柜的啊,鬼精鬼精!"

田掌柜哈哈哈笑出来:"兄弟,还没问你尊姓大名呢。"

"白宝明!叫我宝明就行。"

田掌柜拉起白宝明就走:"宝明,说不定你就是我救命的财神爷呢!走,喝两杯去!"

两个人说说笑笑地向田掌柜家走去。

21

黑峪口的黄河上也下起了雪。这些雪落在黄河上,很快就融化进河水里,黄河两岸则随着时间的推移,变成了白茫茫的一片。

天黑以后冷娃就和小莲收了工,两个人固定好船就向自己家的窑洞走去。这是入冬以来的第一场雪,小莲有些兴奋,上了岸就跑进雪地里,边跑边喊着:"哥,哥,你快来!"

这是他们小时候常做的一个游戏,下雪以后,小莲在前面跑,冷娃在后面追,然后两个人在雪地里打闹在一起。那一年雪大,小莲从半山坡上滚下去,冷娃随后也滚下去,山坡上是厚厚的积雪,两个人滚着滚着栽进雪窝里。

这一幕好像就发生在昨天似的。冷娃看着跑到远处的小莲,摇摇头。那个小白脸好些日子没有出现了。冷娃能感觉到小莲的期待,她到了岸边就东张西望,冷娃则希望这个小白脸再不出现、永远不出现才好。

小莲在前面突然摔倒了。

冷娃在后面喊着:"小莲,小莲!"

冷娃跑过来。小莲趴在雪地里一动不动。

冷娃边拉小莲边说:"小莲,没碰着吧?"

小莲不动,冷娃不知该怎么办了。其实小莲是希望冷娃抱她起来,小莲看冷娃半天不动,爬起来咚咚咚地向前走去。

冷娃喊:"小莲!"

小莲也不答应他,一个人头也不回地向前走去。上山坡的时候,路有些滑,小莲打个趔趄,冷娃要拉住她的手,她一甩手独自跑进院子里。

窑洞里热烘烘的。

贺麻子不能出船,在家里给冷娃和小莲搞起了后勤。灶坑里的山柴噼噼啪啪地燃烧着,大锅里的稀粥咕嘟咕嘟冒着热气,土炕烧得快烫屁股了。

贺麻子把晚饭给他们做好了,大锅里是小米稀饭,锅边是玉米面饼子,另外还有一盆炖好的黄河鲤鱼。

这鱼是冷娃抓回来的。冷娃在黄河上跑了十几年,太熟悉黄河的脾性了。他知道黄河里什么时候有鱼,什么时候没鱼。他的眼睛特别毒,只要在河面上猫一眼,就知道下面有没有鱼。有了呢,冷娃手中的撑杆啪的一声下去,河里的鱼就乖乖地漂了上来。

冷娃上了炕:"大,好热啊!"

冷娃脱了厚棉袄。

小莲回自己的窑洞洗漱去了。

贺麻子抽出小烟锅:"今天怎么样?客人还多吗?"

冷娃靠在窑洞壁上:"下雪天,比平时少多了。"

贺麻子说:"今年的雪好邪乎,下了一天一夜。"

冷娃说:"是啊,这场雪过后只怕天气会更冷。"

贺麻子把烟锅头点着:"今年河上结冰的时辰怕是要早一些。"

冷娃说:"上了冻,正好把船修补一下,船舱里渗水了。"

贺麻子看住冷娃,关切地问:"要紧吗?"

冷娃坐起来:"不要紧,船板子结实得很。"

贺麻子说:"那也不能大意啊。上冻后好好修理一下。"

这时小莲进来了。小莲洗了脸,换了一件干净的棉衣,整个人给人清爽利落的感觉。

小莲换洗后情绪好多了，看见锅里的饭，叫嚷着："还有鱼啊，爹！好饿啊！"小莲说完就脱了鞋上了炕。

贺麻子熄了烟，给冷娃和小莲盛上稀饭，又把玉米面饼子和鱼端上来，几个人就大口大口地吃起饭来。

小莲心情好，话也多起来："哥，这块鱼肉大，给你！"

小莲夹起一块鱼肉放到冷娃碗里。

冷娃没抬头，把鱼肉夹起来放进嘴里。

贺麻子喝口粥，看着小莲和冷娃，心里暖洋洋的，脸上满是知足和喜悦。小莲喜欢冷娃，这是他最想看到的事。他想着等时机成熟了，就给两个人捅破那层窗户纸。

就在这时，门外四眼大声叫着。听得有人把四眼踢了几脚，四眼叫着躲到远处。

有人大喊："贺麻子在家吗？"

三个人抬起头看着门口。

门被推开，随着冷风进来几个汉子。

一个络腮胡子问道："哪个是贺麻子？"

贺麻子已经站起来，他看见这些人面生，又听口音知道这些汉子不是本地人："我就是贺麻子！几位有何贵干？"

络腮胡子不客气地说："快走！送我们过河！"

来人口气强硬，不容推辞。

后面有人嘀咕着小莲："好俊的妹子啊！"

说话当中冷娃穿好衣服："大，我去！"

小莲要站起来，冷娃把她按在炕上。

贺麻子觉得这些人不地道，又不知道这是些什么人。他一低头看见了络腮胡子腰间的短枪，不敢怠慢，赔着笑脸："走，贺麻子这就送各位过河！"

一群人出得院来。有人低低地说:"把那个妹子带上!"

有人压低声音:"时间来不及了,快走!"

贺麻子腿很疼,他咬着牙拄着拐杖来到渡船边。

就在这时,山口上有打着火把的骑兵跑来。

络腮胡子拔出短枪露出凶相:"老家伙,快点!"

这伙人跳上船伏在船舱中。冷娃解开缆绳,渡船滑出去。

骑兵很快追到岸边。看见河中的渡船,有人喊道:"船家,快回来!"

贺麻子反过头看着后面。后面的岸上是一群打着火把的骑兵。

有人喊着:"那群逃兵在船上!"

络腮胡子低低地喊着:"快走!"

后面有枪声响起来,子弹嗖嗖嗖飞过来。子弹打在船帮上,发出吓人的响声。岸上的骑兵看见渡船远去了,打马离开。

这伙人到了岸边跳上岸。

冷娃还想问他们要船钱,贺麻子拦住冷娃,压低声音说:"这是群逃兵,咱惹不起!"

络腮胡子喊着:"不能动,等老子们走远了再回!"

贺麻子和冷娃坐在船舱里没有说话。两个人看着那群人逐渐消失在黑暗中。

22

张干丞回来的时候给刘象庚几个人带回几身灰布棉衣。

董一飞和十几名游击队队员也换上了统一的冬装。大伙嘻嘻哈哈说笑着进了孙家大院。

院里的积雪已经被铲起来堆在一边。有谁在墙角堆了个雪人,鼻子下贴着一撮胡子,活脱脱一个日本鬼子。屋顶上、树上还覆盖着厚厚的雪。

刘象庚听见他们回来,抄着手走过来,看见董一飞几个人,点着头赞叹道:"这才像个样子嘛!"

张干丞从屋里出来,笑着说:"一飞,快把衣服拿过来,让刘老伯试一试。宝明呢?"

有人跑到前面喊着:"白宝明!白宝明!"

白宝明小跑着过来。

刘象庚摇着手说:"我一个半大老头子,有这件棉袍子,够我过冬啦。"

张干丞说:"都做好了,刘老伯就不用客气了。"

还是白宝明年轻,三把两下就把新棉衣穿在身上,左右转一转,大伙齐声喝彩。

董一飞围着白宝明转一圈:"这傻小子,一换衣服也是个游击队队员了!"

另一个说:"这么俊气的小伙子还怕讨不上婆姨吗?只怕会被大姑娘小媳妇们抢了呢!"

大伙哈哈大笑。

白宝明听着大伙的说笑,摸着头,满脸的幸福。

刘象庚也难得地露出笑脸:"宝明啊,我看你也年纪不小了,赶年底呢就给咱娶个婆姨回来,我们大伙正好讨杯喜酒喝。"

这个一句,那个一句,大伙都很开心地笑着。

这是难得轻松的时候。

大伙一直忙着训练,神经时刻紧绷着,谁知道小鬼子什么时候打过来呢!真打过来,子弹又没长眼,说不定真的就见阎王爷了。

他们在那边说笑,这边刘象庚和张干丞说着话。

刘象庚问道:"从哪里弄回这么多土布,给大伙全部换了冬装?"

张干丞感叹着说:"牛掌柜果然深明大义!这次换装全是牛掌柜捐助的啊!"

原来牛照芝把自己店里存的布匹全部捐给了游击队,几百人的过冬装备一下全解决了。

刘象庚赞道:"是啊,牛掌柜这样的人多了,国家何至于此?小鬼子何愁赶不出去?"

张干丞点着头:"迟早会有这一天的。对了,老伯,钞票的事怎么样了?"

刘象庚说:"正要和你说呢。跟我来。"

刘象庚在前面走,张干丞在后面跟着,两个人来到前面刘象庚的屋子里。

李云和孩子们已经回到黑峪口,刘象庚屋子里一下冷清了许多。

张干丞看着空荡荡的屋子说:"婶子和孩子们呢?怎么不见他们了?"

刘象庚说:"回去了。我这边忙,他们来了添乱!"

刘象庚想给张干丞倒杯水,拿起水壶才发现是空的,脸上显出尴尬的样子。

张干丞趁机说:"该留下婶子!老伯年纪大了,身边需要有个人照应。"

"不碍事,不碍事!"刘象庚放下水壶,拿起桌上的票样,"干丞你看,这是牛霏霏老师设计的票样。"

张干丞接过票样仔细端详着。这是一张两角钱的钞票设计图案,中间是山水,四边有装饰图纹,山水左上边有"兴县农民银行"一行小字,下边是"民国二十六年"的字样。

刘象庚指着票样给张干丞解释着:"阎锡山发行的'大花脸'面额有些大,使用起来不方便。我们的钱呢恰恰要和他的相反,面额小,好流通!这样我们的钱就能站住脚。"

"老伯说得对!用起来方便,老百姓喜欢用,咱的票子就有了市场,就能和法币、晋钞争得一席之地。"张干丞抬起头,"比价是多少呢?"

刘象庚说:"一比一! 一元票子就是一块大洋。"

张干丞知道这个意味着什么。印十万钞票就是十万大洋! 银行还可以吸纳存款、发放贷款,支持当地经济建设。一步活,步步活,只要经营得当,事情就大有可为! 说一千,道一万,眼前首先要印出钞票来。

张干丞把票样放下:"看来田掌柜这里成了关键! 老伯,咱们过去瞅瞅?"

刘象庚说:"我也正担心这一块。"

长兴堂的店门已经开了。

两间房的门面,一间放着一台机器,另一间堆着一些废油墨桶、印刷过的纸张等乱七八糟的东西。这是一台小石印机,是早期的那种最简陋的印刷机,先要设计好图案,然后刻在专门用来印刷的石板上,把刻好的石板夹在机器上,就能手工印刷了。

张干丞和刘象庚几个人来的时候,两个伙计正在拆卸机器,地上摆满了各种各样的零件。由于好长时间没用了,不少零件生了锈。

白宝明老远就喊着:"田掌柜!"

一个伙计探出头说:"田掌柜不在。田掌柜找油墨去了。"

张干丞和刘象庚进了店铺,四处看一看。

刘象庚弯腰拿起地上的一块石板,石板不大,非常平整,上面有刻好的图案,中间好像是一朵荷花,四周有纹饰,荷花刻得非常逼真,线条流畅飘逸。

长兴堂是一家小型作坊,平时印一些窗花、传单、账簿等用品。

刘象庚看着石板上的荷花赞叹道:"不知是哪位师傅刻的? 刀工细腻,线条飘逸,好手艺,好手艺!"

一个伙计抬起头来:"掌柜说得没错! 这可是大名鼎鼎的张一刀刻的啊!"

刘象庚看住伙计:"张一刀? 哪个张一刀?"

正在这时田掌柜回来了,听见里面的问话,就在门外面说道:"西关张来顺张师傅,那可是咱兴县城里的一把刀啊!"

田掌柜进了门,看见屋里这么多人,白宝明给他介绍道:"这是县长,这是我们银行的经理刘先生!"

田掌柜显然听过白宝明的介绍,脸上立马堆上笑:"贵客,贵客!我说今早上喜鹊怎么叫个不停呢,原来是贵客光临。"

田掌柜两只手不知该放在哪里,想招呼大家,屋里又乱七八糟的,没个地方,急得头上快冒汗了。

张干丞弯下腰看着地上的零件说:"田掌柜,机器啥时候能修好?"

田掌柜擦擦头上的汗:"问题不大,换几个零件,马上就好,马上就好!"

张干丞站起来说:"田掌柜,有批货近期要印,有把握吗?"

小鬼子说不准什么时候就会窜过来,要趁着他们没来,争分夺秒地印出票子来,八路军需要,县大队需要……大伙都急等着用钱呢!

田掌柜看住张干丞说:"这个把握还是有的!纸张呢,铺子里有点存货,我刚刚出去找了几桶油墨,只要把版拿来就可以印了。"

刘象庚反过头:"宝明,那就请张师傅下午到银行来。"

白宝明道:"好嘞!"

田掌柜看住张干丞:"时候不早了,我田某人做东,请各位到复兴隆一聚如何?"

张干丞向铺子外面走去:"谢谢田掌柜的美意!只要你田掌柜能把这次活儿干好,县政府不仅要请你,还要奖励你!"

田掌柜点着头:"谢谢县长大人!"

张干丞说完,和刘象庚几个人离开长兴堂。

田掌柜看着这些人走远了,才掏出手帕擦擦头上的汗。

两个伙计看见了,低头抿嘴笑起来。

田掌柜板起面孔踢一脚旁边的小伙计:"干活!"

23

张干丞的担心不是没有道理。战争的阴影正一步步向兴县逼近。就在张干丞和刘象庚谋划印刷钞票的时候,日寇正调集力量准备进犯晋西北。

日寇已经占领了大同、忻州、太原、临汾等地,大半个山西沦陷敌手。山西是一个地形狭长的省份,日寇占领了同蒲线沿路的重要城市,但同蒲线两侧的山地由我抗日力量掌控。日寇纠集兵力,准备对同蒲线北侧的晋西北一带"清剿"作战。

我军发现日寇调动频繁,为了搞清楚日寇意图,便命令八路军某部对日寇动态进行侦察。侦察任务最终落在了甄排长头上。

甄排长运送布匹回到部队后就没有返回兴县。这次接到这样一个特殊任务,甄排长感到责任重大。甄排长把几个班长召集在一块商议对策。部队驻扎在晋北的一个山区小村里。甄排长的屋子是一孔土窑洞。几个人进了窑洞,围坐在一起。几个班长议论纷纷,想了各种办法,但最终还是决定去抓一个"舌头"回来。

甄排长说:"就这么定了。老班长,你和我出去一趟。"

第二天天还没有亮,甄排长和老班长就出发了。两个人都换了便装,穿着当地人的衣服,老班长化装成掌柜,甄排长化装成跟班的伙计,两个人就去了离驻地不远的秀容古城。

这是一座拥有悠久历史的晋北名城。当时积雪还没有融化,城里城外依然白茫茫一片。远处的城门楼高高耸立在那里。老班长和甄排长站在远处望着前面的古城。几个月前这里还是炮火连天,敌我双方的几十万军队就在古城北面的忻口一带展开厮杀。现在枪炮声没有了,眼前只有无限的寂静和凋零。外面天寒地冻,旷野上看不见行人。

两个人决定先到城里看看情况。他们在一个背风的地方掏出短枪,然后把短枪掩藏在一块大石头后面,又拿过几根干枯的树枝扔到石头边。觉得没问题了,两个人就拍拍身上的土向古城走去。

古城里日寇戒备森严。城门楼上是鬼子的岗哨,城里的大街上也有来回巡逻的鬼子宪兵。甄排长和老班长两人来到泰山庙前的一个小饭馆里。

虽是中午时分,小饭馆里人却不多。

两人找了一张靠窗户的桌子坐下来。

饭店的小伙计小跑着过来:"两位客官,来点什么?"

甄排长看看老班长,老班长说:"两个大饼,两碗小肉汤。"

饼是葱花烙饼,汤是羊肉汤,这是晋北一带有名的小吃。冷冬寒天,喝上一碗羊肉汤,浑身热乎乎的。

正在这时,饭馆旁边传来火车开过来的声音。由于离得近,火车轰隆隆的声音震得小饭馆的窗户嗡嗡作响。

甄排长抬起头。

小伙计放下饭,看看周围,压低声音说:"从大同那边来的,全是小鬼子!"

话音刚落,小饭馆的门被踢开,一下进来七八个小鬼子。

小伙计吓得脸发白。

这群鬼子好像有什么喜庆的事,他们坐下来就开始唱歌,是日本民歌,他们拍着手,有节奏地唱着。不一会儿从外面又进来一个,这个小鬼子不知从什么地方弄来了一块蛋糕。原来他们中间有一个人今天过生日,他们是出来给这个过生日的小鬼子庆生的。

甄排长和老班长喝完肉汤准备起身离去,刚站起来,有一个小鬼子端着切开的蛋糕走过来。甄排长看清了小鬼子的脸,这是个和他年龄差不多的小鬼子,个子不高,脸白白净净的。小鬼子笑着对甄排长说了一通话。甄排长听不明白小鬼子说什么,要离开饭馆,端着蛋糕的小鬼子突然变了脸,指着甄排长,嘴里吼着什么。

那边的小伙计听见了急忙跑过来。小伙计能听懂小鬼子的话,他说:"皇军过生日,请你们两位吃蛋糕!你们再不识抬举,死啦死啦的。"

小伙计把蛋糕接过来,脸上堆着笑,又唱又扭:"生日快乐,生日快乐……"

小鬼子笑起来,举着大拇指夸奖小伙计。

小伙计使个眼色,让甄排长和老班长赶快离开。

甄排长和老班长两人走出小饭馆。

老班长说:"好悬哪!"

甄排长说:"谁晓得那个小鬼子是送蛋糕来啦!走!"

两个人出了城门。

甄排长觉得城里不好下手,就到铁路上看看有没有机会。两个人沿着铁路走到了南面一个叫豆罗的火车站附近。这是一个大集镇。火车站就设在集镇的旁边。甄排长和老班长赶到这里的时候天已经黑下来。站台不大,站台上灯火通明,南来北往的火车不断通过。

甄排长和老班长伏在暗处观察着站台上出进的火车。这些火车大都是军车,有运兵的车,有拉着后勤物资的车,也有拉着从前线下来的伤兵的车。他们一连等了好几天也没有机会下手。这天半夜的时候,从南面来了一列火车,到了豆罗突然停了下来,车门打开,下来一群一群伤兵,有的拄着拐杖,有的吊着手臂……或许是错车的缘故,这辆车停了好长时间,伤兵们有的吃饭,有的喝水,有的抽烟。

甄排长密切注视着前面,老班长碰碰他:"排长,看那边!"

甄排长顺着老班长的手势,看到从火车尾部下来一个军官模样的鬼子。那鬼子抽起烟,还在站台上来回走几步。不知什么原因,这个军官竟急匆匆地向甄排长和老班长潜伏的地方走来。两人一开始以为是小鬼子发现了他们,哪知小鬼子走到半路停了下来。

原来这个小鬼子走下站台方便来了。

就在这时站台上突然响起集合的哨声,伤兵们返回火车上,火车缓缓开动了。那个小鬼子竟然没有听见集合的哨声,看见火车开动,急得大呼小叫。说时迟,那时快,老班长飞身扑在那个小鬼子的身上。小鬼子还要挣扎,老班长几拳头砸下去,那家伙没了声音。甄排长和老班长拖着这个小鬼子到了远处。

火车已经远去,两人翻过这个鬼子,发现这是一名少尉军官。

老班长说:"这家伙没用,干掉算啦!"

老班长说完,从路边搬过一块大石头。

甄排长从这个少尉身上搜出一本笔记本,上面画着莫名其妙的地图。

甄排长伸出手说:"等一等,这家伙说不定有用呢。把他绑起来,拉回去!"

老班长把鬼子少尉捆个结结实实,从附近村里找了头小毛驴,把这家伙拉回了八路军营地。

……

几个月后,当八路军收复晋西北七县,甄排长给董一飞他们讲起这件事时还是绘声绘色的:"鬼子少尉军阶不高地位重要!这家伙是鬼子司令部的作战参谋,耳朵受过伤,落到咱的手里。"

白宝明不懂得司令部参谋是干什么的,一直惦记着这家伙到底有用没用:"这家伙有用吗?"

甄排长敲一下白宝明的头:"这是啥子问题?鬼子司令部的参谋哎——同志哥,能没有用吗?"

大伙哈哈哈笑起来。

24

快到年底的时候,钞票终于印了出来。

先是印了一批一角的票子,接着一鼓作气印了一批二角的。

当时谁也不知道,这些票子是抗战时期几个根据地中最早印出的一批货币。这些货币由于是用当地的土纸印制的,加上流通数量有限,传到今天的实物非常稀有。20世纪80年代,当地政府为了找到兴县农民银行货币实物,向后人进行革命传统教育,曾广泛征集兴县农民银行货币。经过宣传发动,1989年10月终于从当地一位收藏者手里找到了一张保存了几十年的兴县农民银行一元券珍贵实物。

刘象庚打发白宝明到长兴堂现场监印。刘象庚告诉白宝明:"宝明啊,你就在现场钉着点,这可是票子,不可有丝毫闪失啊!"白宝明就白天黑夜地在长兴堂那里钉着。为了保密,长兴堂白天也上着门板,屋子里点着灯,两个工人连天加夜地印着钞票。机器是手工操作,把刻好的石板架上去,铺好纸张,打上油墨就能开印了。当时还没有购回专门印刷钞票的纸张,刘象庚只好让田掌柜用长兴堂储存的土纸代替。这种纸非常粗糙,既薄又软,也不易保存。由于不通风,屋子里满是汽油、油墨的味道,地上到处是印坏了的废弃钞票。两个工人干得热了,索性脱掉上衣,光着膀子干活。实在忙不过来,白宝明也过来帮忙,脸上、手上全是黑乎乎的油墨。

钞票被拉到孙家大院,刘象庚又指挥几个人把票子一张一张裁好。刚开始没有裁票子的机器,他们几个就手工裁,弄坏许多,直至刘象庚从西安购进裁切机才提高了效率。印坏的、裁切坏的票子,现场立马毁掉。为了防止别人伪造,刘象庚还特意在钞票的左下角盖上自己的私人印章,印章上的字是刘象庚亲笔书写的,别人难以模仿。当时银行也没有号码机,钞票上的号码都是工作人员一笔一画写上去的。这些都是细活,粗心大意不得。实在忙不过来时,刘象庚又把刘佩雄和牛霏霏老师叫过来。

印票子的日子里刘象庚很少能睡个囫囵觉,天不亮他就起来了,和年轻人一样,从早干到晚,紧张、忙碌、有序,更多的是惊喜和欣慰!刘象庚返回兴县前,北方局指示他利用自己的身份动员当地群众抗日,支持八路军打击日本侵略者!现在银行成立了,银行的钞票也印出来了,他怎能不感到高兴呢?有了钞票就能实实在在地支持抗日啊!

牛霏霏看到自己设计的图案被印到了票子上,一脸的兴奋,拿着票子在太阳光下端详半天。

这是张单色印刷的票子,票面上是一色的朱砂红。

刘象庚笑着说:"霏霏老师,怎么样?"

牛霏霏看着刘象庚:"老伯啊,这就是票子啦?"

牛霏霏似乎还有点不相信眼前的现实。

刘象庚说:"是啊,这就是票子啦!"

牛霏霏爱不释手:"老伯,我可以有一张吗?我想留下做个纪念。"

刘象庚说:"霏霏老师,这次印出钞票你是立了大功的。银行要给你发薪水,发了薪水想留几张还不容易吗?一角、两角的印出来了,一块钱的票样也要尽快设计出来啊!"

牛霏霏的脸红扑扑的:"老伯放心,我回去就设计。"

钞票有了,刘象庚、张干丞几个人就决定把钞票发行的时间定在这年的新年。

那一年的新年正好又下起了雪。雪不大,稀稀落落地下着。远处白茫茫的,田野里、山坡上都是上次留下来的雪,现在白的细绒绒的新雪又覆盖上去。

孙家大院门口被扫出一大片空地,空地上摆着一长排桌子。桌子上除了摆放有新钞票外,为了壮大声势,显示银行的实力,刘象庚还特意从地窖里把几个五十几两的大元宝搬出来。这些元宝十分罕见,在周围大雪的映衬下越发显得与众不同。大元宝旁边是一摞一摞的白洋。

刘象庚把这些钱摆出来,就是想告诉大家,银行有的是钱,银行的票子大家放心使用,想什么时候兑换就什么时候兑换。当然了,董一飞派了十几名游击队队员来警戒,他们要确保银行资金安全。

一群一群的人拥到孙家大院门口。有的来看稀奇,有的来看桌上银光闪闪的大元宝,有的来看兴县农民银行发行的钞票。

······

这天晚上,张干丞、牛照芝、刘象庚几个人在复兴隆酒楼上喝酒。银行成立了,钞票也终于印了出来,他们几个要庆贺一下。牛照芝早早就从蔡家崖赶过来,参加了上午的钞票发行仪式后,就回到复兴隆酒楼准备晚上的聚会。他为刘象庚高兴,更为银行高兴。这是他们为抗日成立的银行,也是他们作为个人在那个动荡的年代所能为国家、为民族付出的智慧和努力的一部分!

那天刘象庚喝了许多酒,回去的时候已经醉了。夜已经深了,天上还下着雪。白宝明背着刘象庚回到孙家大院。刘象庚背上落满了雪。

白宝明把刘象庚背进卧室里。张干丞吩咐白宝明不要打扰刘老伯,让刘老伯好好睡一觉。刘象庚就那样蜷着身子躺在炕上,他睡得很香甜,与刚回来时相比,他的脸似乎更瘦更黑了。

第五章　艰难的转移

25

第二年开春不久,形势果然就紧张了。小鬼子打过来的消息传得到处都是。有的说,小鬼子占领了宁武。又有的说,保德、河曲也被鬼子占领了。很快就传来了岢岚失陷的消息。岢岚离兴县只有七八十里,小鬼子翻过东面的石楼山就打到兴县来了。

兴县县城里一片慌乱。一些大户人家赶着马车拉着大包小包的东西向黑峪口方向退去。还有一些人则骑着毛驴、骡子逃到了乡下。驻扎在兴县县城附近的赵承绶的骑一军也开始有了撤退的迹象。

孙家大院里,刘汝苏、刘易成、陈纪原几个孩子玩着捉迷藏游戏。屋子里刘象庚正写着什么东西,李云在一旁担忧地和刘象庚说着话。

刘象庚一家是过了旧历年回到孙家大院的。银行已经正式营业了,银行发行的钞票面额小,又讲信誉,很受群众的欢迎,热闹的时候,大伙排着队来银行兑换钞票。为了不影响营业,旧历年一过,银行的门就打开了。

李云一边收拾屋子一边说话:"听说小鬼子占领了岢岚城。"

刘象庚头也没抬:"嗯。"

李云把孩子们凌乱的书整理好:"不少人躲到乡下去了。"

刘象庚继续写着字:"嗯。"

李云不满意地抬起头:"你就知道嗯嗯嗯!小鬼子说不准什么时候就

打过来了!"

刘象庚把字写完了,放下笔站起来。这个时候的兴县天气还很冷,刘象庚搓搓手:"不要自己吓自己,哪有那么夸张!"

李云瞪一眼刘象庚:"就你能沉住气!小鬼子打过来看你怎么办!"

李云说完拐到另外一个屋子里。

这时白宝明跑进来,身后跟着一位八路军排长,有几位八路军战士在门外等着。进来的八路军排长向刘象庚敬个军礼。这是120师教导团的一位排长。排长把萧克副师长的亲笔信递给刘象庚。到银行提钱,民运部和供给处的同志来得多,遇到大额款项,萧克副师长会亲自批来条子。

刘象庚接过信看起来。萧克副师长在信中说,鬼子兵分多路进犯我晋西北,教导团要即刻奔赴前线,急需银行解决万元经费。

刘象庚看完信抬起头:"宝明,军情紧急,你这就去会计那里提钱!"

作为兴县动委会筹建的农民银行,支持军需成了首要任务。到这年年底银行大约印了十七万元钞票,大部分支援了八路军,同时也给晋绥军、东北军等发放了一部分。

白宝明和八路军排长刚出去,正好张干丞和董一飞进来。

张干丞说:"老伯,您倒能沉住气啊!"

李云和两位打声招呼,倒上茶水退出去。

刘象庚看住张干丞:"情况究竟怎么样?鬼子现在到了何处?外面传说小鬼子已经占领了岢岚城。"

张干丞喝口茶:"情况不妙!一飞给老伯说说具体情况。"

董一飞接住说:"鬼子这次来势汹汹,分几路向我打了过来。宁武、五寨、神池、保德、河曲、岢岚都被小鬼子占领了。"

岢岚真的失陷了,刘象庚惊得一下站起来:"银行里放着六万多大洋,还有刚印出来的票子,这可是咱们全部的家当啊!"

张干丞说:"刘老伯,为了防备万一,我和一飞商量,银行是不是先撤到安全地方?"

董一飞说:"是啊,这是咱的全部家当! 万一有个闪失,我们就前功尽弃了!"

刘象庚看住张干丞:"那就先把银行的这笔钱转移到安全的地方。"

张干丞抬起头:"刘老伯有没有合适的地方推荐?"

刘象庚说:"先转移到黑峪口,情况紧急了就挪到黄河对岸去!"

张干丞觉得这个思路对头:"刘老伯,银行名声在外,这么一大笔钱,路上也不安全,让一飞派几名游击队队员过来,保护你们撤回黑峪口。"

银行开业那天摆出那么多大元宝,声势是张扬出去了,也引得一些人暗中惦记。

董一飞说:"我立马安排去!"

刘象庚伸手拦住董一飞:"那样更危险! 人多目标大,如果让人知道游击队押送的是银行巨款,不说晋绥军、东北军,就是那群散兵也把你抢了!"

张干丞说:"老伯有何良策?"

刘象庚坐下来:"人不能多,人多目标大! 也不能白天走,后半夜出发,神不知鬼不觉,悄悄拉出去!"

张干丞看看董一飞:"我看老伯这个主意好!"

刘象庚看住董一飞:"一飞,你拿一些装弹药的箱子过来,我有用处。"

董一飞说:"这个好办!"

几个人又把细节推敲一下,张干丞还是不放心,就安排董一飞挑选几名精干的游击队队员,暗中保护刘老伯他们一行。

张干丞和董一飞离开后,刘象庚就把白宝明叫过来:"宝明,你去把那个李大壮找来。"

白宝明摸着头:"李大壮? 哦,就是那个赶毛驴的吧? 外号铁拐李!"

刘象庚说:"是,就是他! 就是在黑峪口见到的那一位!"

白宝明喊声:"好咧!"就跑了出去。

第五章 艰难的转移 | 099

刘象庚走到里面的屋子,李云正在收拾行李。

李云看见刘象庚进来,赌气说道:"你不走,我和孩子们走!"

刘象庚说:"你和孩子们明天上午走!我让宝明叫驮夫去了。"

李云反过脸说:"你同意啦,那你呢?"

刘象庚坐在炕上,拿起小烟锅:"我一时半会儿还走不了。"刘象庚抽口烟。

李云担忧地说:"那怎么行?我也不走啦!"她把行李放下,"把孩子们送回去,我留下!"

刘象庚看住李云,和她低语几句。李云脸上露出笑意,在刘象庚肩上轻轻打一拳:"你呀,不早说!"

说完李云高高兴兴收拾行李去了。刘象庚拿着小烟锅看着窗户外面,几个孩子还在无忧无虑地玩耍着。

刘象庚心里沉甸甸的。这么一大笔钱要安全转移出去,马虎不得啊!

26

正如甄排长说的,那个鬼子少尉军阶不高地位重要,这家伙提供了不少重要情报,为我军行动赢得了时间。

原来小鬼子为了消除同蒲路北部侧翼威胁,旧历年刚过便调集数万大军向晋西北扑来,企图将这一带的抗日力量驱赶到黄河对岸并直接威胁陕甘宁边区。北部鬼子第26师团八千余人及伪蒙军三千余人分三路南下杀来。第一路为鬼子千田联队,由朔县南下,攻占宁武、神池后,又兵分两路攻占了保德、五寨和岢岚;第二路为鬼子竹内联队,由井坪镇出动,先后进占了偏关、河曲;第三路是伪蒙军李守信部,由绥远南进,占领清水河后,进攻至偏关,与竹内联队会合。南部鬼子109师团则由平绥和汾阳方向扑来。鬼子气势汹汹,多座县城随后陷落,一时危机重重。

为了保卫陕甘宁边区,阻止小鬼子西渡黄河,120师从阳曲一带撤回晋西北寻机歼敌。当时小鬼子人多势众,加之武器装备优良,我军处于劣势。120师认为敌人虽众,但分路冒进,正好给我们以集中优势兵力各个击破之机。120师决定首先打击孤军深入岢岚之敌。

岢岚与兴县隔山相望。岢岚城四面环山,城池坚固,易守难攻,但有一个致命弱点,那就是城内没有水源,城东有一条岚漪河,饮水全靠从城东水渠引入河水解决。120师某部半夜时分突然出现在岢岚城下,并先后占领城南和城东高地,对城内鬼子形成包围之势,更重要的是切断了城内鬼子的饮用水源。八路军围而不攻,只待小鬼子退出城池后予以打击。

此时甄排长正随大部队连夜急行军。晋西北多山,山连着山,山上森林茂密,山沟里往往还有水。当时天气还冷,山坡上、山沟里、树林中的积雪还没有消融,沟里的水也结着冰。为了防止被敌人发现,八路军白天在山林里休息,晚上辗转上百里,寻找战机打击敌人。

甄排长所在团的任务是前插至岢岚与五寨之间一个叫麻子涧沟的地方。这是岢岚城内鬼子退往五寨的必经之地。甄排长他们是天黑以后出发的。没有月亮,天特别黑,路也不好走。这些天部队一直在行军,今天要赶到一个地方,第二天可能又要返回昨天所在的地方。有一次甄排长他们刚刚驻扎下来,大伙埋锅造饭,好不容易熬了点热粥,山下突然出现了鬼子,大伙立刻踩灭篝火,扔下碗筷,埋伏在树林里。待鬼子过去了,热粥也变成冻粥了。

甄排长知道现在最大的困难是疲困。大伙已在大山里转了十几天,吃不上饭,更谈不上美美地睡一觉了。

甄排长站在山路边,小声喊着:"弟兄们,打起精神来!"

大家小跑着。老班长满头大汗:"排长,不能老是跑来跑去,和小鬼子真刀真枪地干上一次啊!"

甄排长说:"老班长,心急吃不上热豆腐!"

正说着话,行军的行列突然停下脚步。原来前面是狭窄的山路,一匹驮弹药的骡子滑下了山沟,前面传过话来,让后面的人小心脚下的路。这段山路好不容易过去了,又要蹚过一条小河。河水不深,但结着薄冰,大伙都毫不犹豫地跳了进去。

甄排长跳进去的时候感到刺骨的凉,河上面的薄冰已经被踩碎,走到河中间的时候,河水漫到大腿。蹚过小河,很快就到了他们要埋伏的麻子涧沟。上千人的部队神不知鬼不觉地悄悄进入伏击阵地。甄排长带领他的排埋伏在一面前突的山坡上,冲锋号吹响后他们就可以居高临下地向鬼子扑去。

岢岚城里驻扎有鬼子一个大队的兵力,被八路军围困三天后,鬼子被迫从城北撤退出来。围困他们的八路军立刻向鬼子发起进攻。鬼子且战且退,退到一个叫三井镇的地方,设立阵地,准备在这里固守待援。三井镇四面有土围墙,鬼子有大炮、机枪,强大的火力使追击他们的八路军伤亡惨重。天黑下来,八路军停止进攻。围墙内的小鬼子有了难得的喘息机会,立刻生火做饭。半夜时分,八路军趁着夜色突然发起进攻。三井镇的土墙不高,又有多处缺口,八路军很快突入镇内。鬼子的重火力发挥不出优势,两军短兵相接,双方喊杀声震天。

甄排长他们已经隐隐听到了三井镇方向传来的喊杀声。晋西北的夜晚天气特别冷,前半夜蹚过一条小河,河水把大伙的裤子湿透了,他们穿的都是棉军装,现在又埋伏在冰冷的山坡上,大伙的身上不知有多难受。老班长给大伙低低地讲着笑话,他是个老兵,知道现在大伙又冷又困,一旦睡着,很可能永远也不会醒过来,所以他不断地给大伙讲笑话。甄排长也爬过来爬过去,看到有迷糊的战士,立刻推一下,提醒战士坚持住。

不知不觉天明了。远处大山的轮廓逐渐清晰起来。甄排长抬起头,看到山坡上埋伏的八路军战士。

三井镇内鬼子死伤惨重。天明后一部分鬼子向五寨方向撤退。五寨方向也有援军向这边靠拢。

甄排长看到了撤退下来的鬼子们。鬼子们连续作战,此时已经精疲力竭。一群一群的鬼子逃入甄排长他们所在的伏击阵地。

战斗突然就打响了。手榴弹雨点一般向山沟里的鬼子飞去。轰隆隆的爆炸声震得地动山摇。冲锋号吹响了,甄排长和战士们呐喊着冲下山坡。

27

刘象庚几个人等到夜深人静时悄悄出了兴县城。

下午的时候,刘象庚组织几名游击队队员,把地窖里的元宝、银洋一一装进董一飞送过来的几只弹药箱里。六万多大洋,加上几万元钞票等,足足装了二十多个箱子,从外表看这些都是普通弹药箱子。

临天黑时,白宝明拉着铁拐李来到孙家大院。

铁拐李好像有些不愿意:"宝明,我跟你说,我已经答应人家孙掌柜了!"

白宝明不管不顾地拉着铁拐李进来。

铁拐李进了大门,看见院子里站着的刘象庚,惊讶地说道:"是刘先生!"

铁拐李还记着黄河岸边刘象庚出手相救的事。铁拐李一抱拳:"刘先生,铁拐李给您请安啦!"

刘象庚笑着说:"李掌柜,咱们又见面啦!快请进!"

刘象庚拉着铁拐李进了屋子。

李云已经端上茶水来。

铁拐李一抱拳:"刘先生,不知叫在下有何贵干?刘先生的事李某定当全力以赴!"

刘象庚说:"李掌柜果然豪爽!"

刘象庚等白宝明关上门,站起来说道:"李掌柜,明人不做暗事!你也不是外人,这次请你来,是想让你把银行的钱款拉到黑峪口!"

铁拐李抬起头:"刘先生信得过李某,李某感激不尽!请问刘先生,何时出发?"

刘象庚盯住铁拐李:"晚上!"

"今天吗?"

刘象庚点点头。

铁拐李听了,脸上现出为难的神色。城里的孙掌柜有一批货物也要运走,铁拐李答应孙掌柜明天一早出发。

刘象庚问道:"李掌柜有难处吗?"

铁拐李一跺脚:"哎!刘先生对李某有大恩,孙掌柜那头只能打发别人去了!刘先生,咱们看看货物去,好让李某做个准备!"

刘象庚说:"走!"

到了院里,白宝明打开一间锁闭的小屋子,地上堆着二十多个木头箱子。

铁拐李弯下腰试着搬一个箱子,箱子很重,铁拐李用劲才能搬起来。

铁拐李放下箱子看住刘象庚。

刘象庚压低声音:"不瞒李掌柜,这就是银行的钱款!此事关系重大,李掌柜不可泄露箱子里的秘密啊!"

铁拐李正色道:"刘先生,守口如瓶是我们这一行的规矩!"

刘象庚说:"那就好!我们对外只说给部队运送弹药!"

半夜时分,铁拐李拉着五匹骆驼和五头毛驴过来。二十几个箱子被捆在驮架上。一行人悄悄出了县城。铁拐李拉着一头骆驼走在前面,刘象庚坐着一头毛驴和白宝明走在最后。驮队出了县城后找了一条偏僻的山道向黑峪口方向走去。

天快明时他们走到了蔡家崖。

蔡家崖附近有赵承绶骑一军某部的驻地。

刘象庚和铁拐李说:"要趁天黑穿过去。"

铁拐李拉着骆驼快走。牲口脖子下面的铃铛全部被摘掉,大家大气也不敢出,生怕惊动了旁边营地里的晋绥军。

驮队总算有惊无险地穿过了晋绥军的驻地。此时天已经大明。铁拐李在前面一个山坳里停下脚步。刘象庚和白宝明从后面赶上来。铁拐李走得满头大汗,说:"走了好几个时辰,正好在这个山坳里打打尖。"刘象庚看看远处,山沟沟里静悄悄的,牲口们走了一路,气喘吁吁的。

　　刘象庚说:"耽搁不得!让牲口们喘口气就走!"

　　铁拐李说:"好嘞!"

　　铁拐李说完,从骆驼背上摘下草料袋子,挂在牲口们的嘴上。牲口多,白宝明走过来帮忙。

　　刘象庚有些担心,爬上山坡看看周围,发现没有什么异样情况,便退下来坐在一边抽出小烟锅头。还没等他抽两口,白宝明在那边低低地叫他:"先生,快来!"

　　刘象庚小跑过去,只见山那边一队骑兵正向这边跑来。刘象庚脸色大变,急忙招呼铁拐李立刻出发。铁拐李和白宝明手忙脚乱地把草料袋子收回来,驮队急急忙忙向另一条山沟里蹿去。刘象庚把小烟锅头插在腰带上,趴在山坡上没动。那队骑兵飞驰而来,快到跟前时又掉转马头疾驰而去。原来是驻军在操练。刘象庚放下心来,爬下山坡去追赶前面的驮队。

　　刚拐过山口,刘象庚看见前面一伙人拦住了驮队。刘象庚急急跑上前去,发现是李云、刘佩雄、牛霏霏以及刘汝苏、刘易成和陈纪原几个人。白宝明正和李云说着话。李云几个人天没有亮就出发了。孩子们骑在小毛驴上,几个大人也轮流骑一会儿走一会儿。他们走的是大道,没想到在这里两伙人相遇了。

　　前面有个小坑,牛霏霏没看见,一脚踩下去,哎呀一声歪倒在地。铁拐李听见响声反身。刘佩雄扶着牛霏霏起来。牛霏霏咬着牙站起来,脚疼得她直吸溜。

　　刘象庚走上前来,看着牛霏霏痛苦的样子,问道:"牛老师要紧吗?"

　　牛霏霏疼出一头汗:"不要紧,老伯。"

第五章　艰难的转移 | 105

铁拐李走过来:"来,牛老师坐下来!"

刘佩雄扶着牛霏霏坐下来。铁拐李伸手摸一摸牛霏霏的脚踝,抬起头看住刘象庚:"牛老师崴脚啦!"

刘象庚看着远处:"此处不宜久留啊。"

"让牛老师坐在骆驼上。"

牛霏霏在刘佩雄的扶持下来到铁拐李牵的那头骆驼旁边。铁拐李说声"牛老师对不住啦",抱起牛霏霏放在了骆驼上。

大伙继续赶路。快到黑峪口时天已经暗下来。大伙紧绷了一路的神经放松下来,大伙有说有笑。就在这时,旁边的山头上突然冒出六七个蒙面的汉子,这群人举着枪喊叫着向驮队扑来。

孩子们吓得叫起来。李云紧紧抱住陈纪原、刘易成和刘汝苏。牛霏霏和刘佩雄也是脸色大变。刘象庚和白宝明跑到前边来。

铁拐李说:"遇上土匪了!"

刘象庚大惊:"李掌柜快走!我和宝明对付他们!"

铁拐李拉着骆驼就要走,山坡上已经响起枪声,子弹嗖嗖嗖飞过来。

铁拐李低着头跑过来:"刘先生,这可如何是好!"

刘象庚说:"宝明,快抄家伙!咱只能和这群家伙拼了!"

刘象庚他们走的时候,董一飞给了白宝明几颗手榴弹,以防不测。白宝明脸色苍白,紧张得步子也迈不开。

铁拐李吼一声:"宝明,狗日的,快把手榴弹拿来!"

白宝明清醒过来,哆哆嗦嗦地从背包里掏手榴弹。

这时山那边又响起枪声。

铁拐李从骆驼背上露出头,看见山坡上又冲出一伙人,蒙面人四散而逃。那伙人一直冲到驮队跟前。刘象庚认出了为首的人是董一飞。

董一飞提着枪大步走过来:"刘老伯!"

刘象庚说:"一飞啊,幸亏你们来了,不然可就遭殃啦!"

原来董一飞几个人一直在暗中保护着驮队。

董一飞说:"张县长叮嘱我们一定要将老伯安全送到。"

刘象庚诚心诚意地说:"还是县长考虑周全!"

董一飞一抱拳:"刘老伯,前面就是黑峪口了,我们就此返回啦。"

董一飞带着几名游击队队员离开了。

天已经完全黑下来。刘象庚一行回到了黑峪口。

28

岢岚城的鬼子全部逃进了五寨。120师随后将五寨团团围住。

五寨县城城墙坚固,加之八路军当时缺乏攻城的重武器,五寨久攻不下。120师师部认为鬼子火力强大,县城易守难攻,若强行攻城我军伤亡会很大,不如留一部分部队继续围城,将主力部队调到外围围点打援,发挥我军优势,消灭鬼子有生力量。此后八路军一部与地方游击队继续围城,给鬼子造成八路军主力仍在攻城的假象,主力部队则悄悄撤出来,分别穿插至五寨与三岔、神池之间的地方,寻找有利地形,待机消灭前来增援的鬼子。

甄排长他们部队的任务是连夜赶到五寨和神池之间一个叫义井的地方,切断五寨和神池之间的联系并待机歼敌。天黑以后部队就紧急出发了。那是个阴天,似乎要下雪的样子。走了一会儿天就完全黑下来了。不一会儿果然下起雪来。部队在雪地中继续前行。甄排长走在队伍中间。他的左胳膊上包扎着绷带,上次冲锋的时候被一个小鬼子刺刀所伤,好在没有伤到骨头,医生给他敷上药,说过段时间就好了。

甄排长的脸又黑又瘦,已经好长时间没有洗脸了,脸上有汗,有土,有树枝划破留下的血痂,衣服也被挂破好几个洞。甄排长背上的大刀在黑暗中发着亮光。有好几个弟兄牺牲了,甄排长他们来不及好好掩埋战友们的尸体,他们甚至连悲伤也来不及就又出发了。雪还在下着,雪花落在脸上、脖子里,瞬间就融化了,一点凉意便针刺一般掠过全身。他们谁也不说话，上千人的队伍，只听见脚踩在雪地上的吱吱声。

很快他们就要走出大山了。从前面传过话来，让大伙提高戒备心，出了山口就是平原了。甄排长招呼大伙打起精神。现在是半夜时分，天非常黑。有的人非常困，边走边睡觉。有的人饿了，边走边吃干粮。

甄排长看见老班长背着机枪走来。这挺机枪还是前几天战斗后的战利品。老班长喜欢得不得了，说："这可是个好东西啊！"老班长走着、坐着都带着这挺枪，就是睡觉也搂在怀里，一有时间还要把机枪擦抹一下。

他们已经走出山口了。前面有一个大村子，黑乎乎的，什么也看不见。远处有狗吠声传来。

老班长和甄排长说着话："排长，我感觉有些不对劲啊。"

甄排长说："怎么了，老班长？"

老班长说："我也说不清，只是感觉有些不对。"

老班长是多少年的老兵了，他打了无数次仗，对战斗有种敏锐的嗅觉。老班长的话刚说完，前面的村子里突然传来一声枪响。半夜时分，周围特别安静，枪声显得特别刺耳，接着又是几枪。

老班长说："不好，我们遇上小鬼子了！"

老班长从枪声上听出鬼子的三八大盖以及我军回击的枪声。原来我军与从神池出来增援五寨的小鬼子在山口村遭遇了。战斗就这样意外地突然爆发。双方立刻抢占有利地形展开对决。枪炮点燃夜空。八路军先后占领山口村南的几个高地。甄排长他们冲到了东面的一个土丘后面，老班长把背上的机枪拿下来，架在土丘上向山口村的鬼子们射击。

鬼子不仅有重机枪，还装备有山炮、迫击炮。这时鬼子的炮兵开始发挥威力，一颗颗炮弹落下来，顿时发出惊天动地的爆炸声。爆炸过后，石头、树枝、土块铺天盖地地落下来。甄排长从碎石中爬出来，发现旁边的老班长不见了。甄排长急忙扒拉开石头、土块，见老班长被埋在下面。

甄排长呼叫着："老班长！"

老班长动了一下。几个人急忙把老班长拉出来。

老班长变成个土人,吐着嘴里的沙子:"这群狗日的!"

刚骂完,听见炮弹飞来的声音,几个人立刻向土丘下滚去。一颗炮弹落在土丘上,巨大的爆炸声过后,大伙的耳朵什么也听不见了,互相喊着,但谁也不知道对方在喊叫什么。

这时连长从另一边冒着炮火跑过来。

连长一把拉倒甄排长:"甄排长!"

连长大声喊着。甄排长摇摇头,终于听到了连长的喊声。

连长继续说:"鬼子的炮火太厉害了!你带几个弟兄摸到鬼子炮兵屁股后面,给老子干掉这几个小鬼子!"

连长说完就到那边指挥去了。

甄排长一摆头:"弟兄们跟我来!"

老班长提起机枪,和几名战士一起跟着甄排长向鬼子的炮兵阵地摸去。鬼子的炮兵阵地设在山口村后一个隐蔽的小树林旁边,几门山炮连续轰击,给我军造成巨大的破坏。

甄排长他们是从东面绕过去的,子弹从他们头顶上飞过去。现在他们已经脱离战斗阵地,从旁边能看到双方火力交叉形成的弹网。

老班长沙哑着喊道:"排长,你看,鬼子的炮兵阵地在那里!"

甄排长也看到了远处鬼子炮弹划出的弧线。一行人弯着腰,借着夜幕的掩护悄悄向鬼子的炮兵阵地摸去。甄排长他们先钻进小树林里。他们已经看到了鬼子炮兵紧张忙碌的身影。小树林边有负责警戒的鬼子。前面有瞭望哨,鬼子们填好炮弹,修正好参数,然后一拉,远处传来一声巨响。

甄排长低低地吩咐道:"干掉这群小鬼子!"

大伙都把手榴弹拿出来,拧开保险盖,看住甄排长。

甄排长喊道:"打!"

第一批五六颗手榴弹突然从小树林里飞出来。接着是第二批。然后又是一批手榴弹。手榴弹在鬼子炮兵中间炸响。手榴弹的爆炸又引爆了

第五章 艰难的转移 | 109

鬼子旁边的弹药箱,巨大的爆炸声此起彼伏。

老班长手中的机枪叫起来。大伙开着枪冲了出去。鬼子炮兵阵地一片狼藉。

双方激战一天,鬼子无法越过八路军的阻击线,被迫撤回神池县城。同时,其他几路鬼子援军也被八路军打了回去。

五寨成了一座孤城。五寨城里的鬼子担心被吃掉,被迫弃城而逃。

29

现在黄河上覆盖的全是厚厚的冰。黄河两岸的山坡上是皑皑白雪。站在山坡上极目远望,千里黄河在山陕大峡谷中形成一条巨大的冰川。天气已经逐渐暖和了,在向阳的地方冰雪开始慢慢融化,岸边融化的水沤湿大片的土地。

贺麻子正蹲在岸边看着眼前被冻住了的黄河。再有个把月"冰川"就要融化了,到那时他们的渡船就又要开始忙碌了,尽管有些累,但能让孩子们吃饱饭啊,再说了,这世上哪有不累能吃饱饭的活计呢?太阳暖烘烘地照着黄河,"冰川"上泛着的亮光让贺麻子睁不开眼。"冰川"上有过往的人老远和贺麻子打着招呼。

山坡上贺小莲正向这边呐喊着,风中隐隐传来小莲的声音:"爹,吃饭啦!"

贺麻子拄着一根拐杖,慢慢向身后的山坡走去。过年的时候他吃了德兴堂刘象坤刘先生的几服中药,又让刘先生针灸了几天,腿好多了。冷娃还用山柳树枝给他削了一根拐杖,贺麻子有了这根拐杖支撑就能出来进去,特别是经过窑洞前的小山坡时,再也不用担心打滑摔倒了。

贺麻子爬上小山坡,院子里冷娃正在维修他们的渡船。每年冬季黄河上冻后,他们就要把渡船弄上岸。渡船已经跑了好几年,冷娃说船底有了渗水的地方,所以今年雇了几个伙计把渡船弄回院子里来了。渡船就反扣在院子里。冷娃呢,一冬天也没闲着,先是把渡船上几块糟了的木板换掉,然后又一道一道刷上胶水。

贺麻子走过来用拐杖敲敲渡船,渡船发出悦耳的响声。贺麻子问:"冷娃,怎么样了?"

冷娃抬起头,脸上汗津津的,他用手拍着船帮子:"大,再用三年五年没问题。"

四眼看见贺麻子回来了,高兴地过来冲贺麻子摇摇尾巴。

贺小莲站在窑洞门口,看着父亲和冷娃哥:"爹,饭都冷啦。"

捂了一冬天,贺小莲的脸似乎白了许多也胖了许多,两条大辫子用红头绳系着耷拉在胸前,身子散发着女孩子特有的青春气息。

贺麻子就说:"好,好,吃饭,吃饭。"

窑洞的墙壁上贴着大红的"福"字,这还是过年的时候小莲用红纸剪的呢,给这个贫寒的窑洞增添了不少喜庆的气氛。贺麻子和冷娃都跳上炕。贺小莲揭开锅,锅里的热气迅速弥漫了整个窑洞。小莲端上来的是山药蛋、南瓜烩菜,主食是莜面鱼鱼儿。莜面是晋西北一带群众喜爱的一种食物,可做多种花样,有栲栳栳、鱼鱼儿,冷热都可食用。这些鱼鱼儿都是小莲自己用手搓出来的,又细又长。冬天渡船不忙了,小莲就给爹和冷娃哥做起饭。

几个人正吃着饭,院子里四眼叫起来。

听得院门口铁拐李叫喊道:"老哥哥,在家吗?"

贺麻子一听是铁拐李来了,高兴地答应着:"老李头,是你吗?哪股风把你给刮过来啦?"

铁拐李已经推开门进来:"正吃饭呢?"

贺麻子招呼道:"小莲,快给你老李叔拿碗筷,吃饭吃饭!"

铁拐李也不客气,一脱鞋就跳上炕,嘴里夸奖着小莲做饭的手艺:"不知哪个有福气的能娶到小莲,模样俊不说,饭做得也好!"

贺小莲给铁拐李拿过碗筷来,听见夸奖,她的脸羞红了。

贺麻子嘴上谦虚心里高兴,看一眼小莲说:"小莲一个笨丫头,哪有你老李叔说得那么好!"

铁拐李从怀里掏出一瓶老烧酒,看着贺麻子说:"正好有瓶酒,和老哥哥喝上几杯。"

小莲又拿来几只碗,铁拐李就咬开酒瓶盖子,哗哗哗给贺麻子和冷娃一人倒了半碗。

铁拐李举起碗说:"老哥哥,兄弟敬你!"

铁拐李和贺麻子、冷娃碰一下碗,几个人大喝一口。

贺麻子喝完酒说:"老李头,你咋稀罕地来啦?"

铁拐李一抹嘴:"不瞒老哥哥,兄弟有一事相求啊。"

贺麻子抬起头看住铁拐李:"你我弟兄相处十几年,有事快说!"

铁拐李就压低声音说:"十六窑院的大少爷有批货要过黄河。"

冷娃抬起头说:"河上结冰啦。"

贺麻子说:"对啊,河上结冰啦,直接过去就成,又不用渡船!"

铁拐李说:"听说河上的冰开始消啦。这批货金贵着呢,大少爷不放心,让我打听一下走哪一块安全!你老哥是老河工,对河道熟悉得很哪!"

贺麻子放下酒碗:"我说嘛,你怎么跑到这里来啦。"

铁拐李抹一下嘴:"无事不登三宝殿!"

贺麻子自嘲着:"还三宝殿?破窑洞一间!"

几个人哈哈大笑。

贺麻子说:"啥时候走?"

铁拐李说:"天黑以后。"

刘象庚他们回到十六窑院后总觉得不是很安全,小鬼子几袋烟的工夫就会赶到黑峪口,这么多钱放在这里实在太危险了,还是安全地运过黄河去比较安心。刘象庚去黄河边看了几次,也在冰上试着走了几个来回,但河水浅的地方冰层也薄,一不小心就会踩塌冰层掉进河里去。刘象庚不放心,就和铁拐李商量。铁拐李说刘先生担心得是,有一年他就踩塌冰层掉进了河里。河道上贺麻子是老河工,他就是闭着眼也知道冰上哪块厚哪块薄。让贺麻子领着过河,会安全、稳妥一些。刘象庚就打发铁拐李来请贺麻子。

这天天黑以后,贺麻子和冷娃来到黄河边等着铁拐李的驮队。天已经黑下来,整个河道都结着冰。太阳落山后气温骤然下降,从北边刮过来的风很冷地掠过泛着亮光的河面。渡口上静悄悄的,看不见行人。

冷娃紧紧棉衣:"大,听说十六窑院的大少爷办起个银行。"

贺麻子转过身背对着风:"人家是有钱人,想办啥就能办啥。"

冷娃不说话了。是啊,那是有钱人干的事,自己只是一个跑渡船的穷小子,自己的世界里只有黄河、渡船、窑洞,至于银行,那是和自己八竿子也打不着的事。

远处铁拐李的驮队正向这边走来。刘象庚和白宝明也跟着驮队来到岸边。铁拐李把贺麻子和冷娃介绍给刘象庚。

刘象庚一抱拳,对贺麻子说:"久闻贺掌柜大名啊!这次就麻烦贺掌柜啦!"

贺麻子说:"大少爷。"

刘象庚摆摆手制止贺麻子:"我可不是什么大少爷。"

贺麻子就说:"刘先生,领个路有啥麻烦的呢?老李头,咱们过河吧。"

铁拐李说:"就听你老哥的。"

贺麻子拄着拐杖和冷娃在前面走。铁拐李拉着骆驼慢慢走上冰层。骆驼身体本来就重,驮架上还绑着几箱大洋、钞票、元宝,岸边冰层薄,骆驼一踏上去,冰层就咯吱咯吱作响。骆驼全上去了,后面的小毛驴却不肯往冰层上走。白宝明使劲拉着毛驴的缰绳,毛驴仰起头要转身离去。刘象庚也在后面帮忙,吆喝着想让小毛驴跟着骆驼走。

铁拐李看见后面的小毛驴没有跟上来就停住脚步,把手中的缰绳给了冷娃,大步走到后面。

铁拐李说:"这毛驴胆子小,看见冰层不敢走啦。"铁拐李说着从怀中掏出几块早已准备好的布,一个一个给后面的小毛驴蒙上眼,"我以为这群家伙不害怕啦,还是那个样子!"铁拐李给最后一头小毛驴蒙上眼,拍拍毛驴的脖子,"老伙计,有贺掌柜领路呢,放心大胆地走吧。"

铁拐李一挥手,白宝明拉着小毛驴上了河道。小毛驴一头一头跟着上到了冰面上。铁拐李向前面的贺麻子喊着:"老哥哥,走啦!"

贺麻子和冷娃就带着驮队慢慢向河对岸走去。贺麻子在黑暗中看着对岸的山不断地调整方向,河道里哪处深哪处浅他心里记得很清楚,他引着驮队走最安全的地方。快到对岸时,一匹骆驼脚下突然有些打滑,踉跄几步,重重地摔在冰层上。骆驼身体重,摔在冰层上的声音在黑暗中特别大。最后面的小毛驴本来就胆小,听到前面的声音,惊叫一声向旁边蹿去。恐惧是有传染性的,另外几头小毛驴也分头乱窜。白宝明拉住手中的缰绳,这头小毛驴没有跑。铁拐李喊叫着小毛驴的名字,几头小毛驴听见主人的叫声,在冰上站住,铁拐李把小毛驴一一拉回来。这边的骆驼已经自己站起来。远处还有一头小毛驴,铁拐李把手中的小毛驴给了刘象庚,自己向那头小毛驴走去。小毛驴听见有人走过来,又掉转头跑去。它的眼被蒙着,什么也看不见,没跑几步,跑到冰层薄的地方,冰层咯吱咯吱响几声破了个大洞,小毛驴扑通一声掉进冰窟窿里。冰窟窿不大,小毛驴拼命往上爬,前面两个蹄子扒在冰层上,后面整个屁股掉进去。

贺麻子和冷娃已把骆驼和几头毛驴带上对岸。

铁拐李小跑着赶到小毛驴掉进冰窟窿的地方,嘴里骂着:"你这不省心的家伙啊!这下好啦,掉进去啦!"

小毛驴似乎能听懂铁拐李的声音,铁拐李骂完了,小毛驴老实了,停止折腾,等待主人救它。铁拐李围着小毛驴转一圈,他试着拉起小毛驴,但失败了。小毛驴卡在冰窟窿里也非常难受,大口大口喘着粗气。

白宝明在那边照看着驮队,刘象庚、贺麻子、冷娃都赶了过来。

刘象庚说:"大伙一起用力把它弄出来。"

铁拐李说:"你们使不上劲。要有人跳下去,在后面扛住,前拉后推,就能把它救出来!"

贺麻子把拐杖扔掉:"我来!"说着就要跳进冰窟窿。

冷娃拦住贺麻子:"大,我去!"

铁拐李从怀里掏出那天喝剩的半瓶烧酒:"大兄弟,谢谢你!河水冰凉,喝口酒暖暖身子!"

冷娃拿过酒瓶,仰起脖子就是几大口,然后麻利地脱掉棉衣棉裤。

铁拐李说:"大兄弟,你在下边推,我在上面拉!我喊声用劲,就一起用力!"

冷娃点点头,转身跳进河水里。

刘象庚穿着厚棉袍子还冷得够呛,他知道冰层下面的河水会有多冷。

冷娃用肩膀扛住小毛驴的屁股,铁拐李拉住小毛驴的缰绳,刘象庚和贺麻子在两旁扶住,铁拐李喊道:"起!"几个人同时用力。小毛驴也使劲一挣扎,眼看要出来,却又掉下去。

铁拐李说:"大伙喘口气。"

冷娃拿过酒瓶子又猛灌几口。

铁拐李弯下腰拍拍小毛驴说:"老伙计,你要争口气,这次一定要成功啊!"

铁拐李站起来:"来,大伙一起用力!起!"

小毛驴奋起一跃,几个人同时用力,小毛驴被拉上冰面。

小毛驴打着喷嚏,抖着身上的水。

冷娃从河水中爬上来,冷得直打冷战。铁拐李脱下自己的衣服包住冷娃:"大兄弟,好样的!"

贺麻子对刘象庚、铁拐李、白宝明说:"我和冷娃就回去啦!后会有期!"

刘象庚掏出一沓钞票塞在贺麻子手里:"这次多亏了贺掌柜!这点心意呢,贺掌柜一定要收下。"

第五章　艰难的转移

贺麻子推开刘象庚的手："朋友帮忙,不用客气。"

刘象庚说："贺掌柜和冷娃兄弟为人仗义,令人敬佩！这些是我们银行刚刚发行的钞票,一来感谢二位帮忙,二来呢,二位也给我们银行多多做个宣传！"

贺麻子还要推辞,铁拐李走过来,一把拿过钞票,塞在贺麻子手里,说道："你老哥哥有钱是咋的？就不能拿回去攒起来给冷娃兄弟讨婆姨用？"

铁拐李把钱给了贺麻子,打一拳冷娃,喊声："走啦！"

铁拐李拉着前面的骆驼上了路。

刘象庚、白宝明也摆摆手跟着离去。

贺麻子低头看看手中的一沓钞票。天很黑,他看不清手中钞票的样子,但铁拐李说得有道理,是啊,给冷娃攒下来娶婆姨用啊。娶谁呢？小莲吗？小莲好像也喜欢着冷娃呢！贺麻子把一沓钞票小心地揣进怀里。

冷娃在前面走："大,回家吧。"

"嗯！"贺麻子答应一声,拄着拐杖跟在后面。

30

岢岚、五寨先后被八路军120师攻占。

鬼子意识到兵分多路带来的苦处,害怕被各个击破,便将河曲、保德、偏关、神池四县的鬼子合兵一处,退守在神池县城内与八路军对垒。120师将神池团团围住。双方经过激烈较量,鬼子杀出重围,退回内长城外面的朔县。至此,晋西北一带被鬼子侵占的七座县城只剩下宁武还未被收回。

宁武是同蒲路上一处咽喉要地,自古为兵家必争之地,鬼子企图固守宁武。120师主力围住宁武后,派出两路部队:一路穿插至同蒲路东侧的石湖河和宁武北边的斗沟村一带,阻击朔县接应之敌;另一路,也就是甄排长所在部队,埋伏在神山堡一带,阻击鬼子原平方面的援军。围城部队则不断骚扰鬼子。此时八路军已经缴获鬼子几门山炮,枪炮声一响,八路军便摆出一副攻城的架势,宁武城内的鬼子紧急请求临近的朔县和原平守军增援。

神山堡村位于原平西北部的大山中,旁边的山路是原平进入宁武的一条重要通道。古时杨家将就曾在此筑堡防范北部铁骑南侵关内。现在的神山堡已经看不出一个堡的样子,几十户人家散落地住在一个向阳的山坳里。天气已经变暖,山坡上的雪大部分融化,只有背阴的地方有少量积雪。向阳的山坡上,几株野桃树开着粉白色的花。

甄排长他们正在村后的山头上加紧构筑工事。连长说啦,鬼子增援宁武,此处是必经之地!鬼子为了解宁武之围,必然要与我死战,一场血战在所难免!

天气热,不少战士脱下了棉上衣。老班长也光着膀子,他选择一处视线好的地方作为机枪阵地。

甄排长走过来喊着:"老班长,怎么样啦?"

老班长已经挖了一个很深的掩体。老班长探出身子:"排长你就瞧好吧!你看!"

甄排长顺着老班长的手势往前看去,前面正对的就是山下的土公路。

甄排长沿着战壕向后面走去,战士们还在做着最后的完善工作。远处传来飞机的轰鸣声。壕沟前面一个一个传下让大家注意隐蔽的话来。大伙都扔下工具伏在战壕里。不一会儿,几架鬼子飞机飞来。甄排长抬头望去,天空中是几个小黑点,越来越近,小黑点变成了飞机。好像是鬼子的侦察机,往返几次后向北面飞去。

飞机飞走后,当地的游击队组织村民给大家送来了午饭。战士们都聚拢过来。村民们给大家送来的有米粥、馒头、烩菜。多少天了,大伙还没有吃过这么可口的热乎乎的饭菜。大伙有说有笑。

一连四五天都没有发现鬼子。有的说鬼子可能从别的地方过去了。

有的说原平的鬼子不去增援了。太阳明晃晃地照着。战壕里大伙没事,有的睡觉,有的理发,有的把棉衣翻过来晾晒在战壕上。

连长把甄排长叫过去。连长说:"甄排长,你带两个弟兄到前面打探一下,发现情况立马来报。"

甄排长敬礼:"是!"

甄排长带两名战士下到山沟里,刚走到神山堡,就听到远处传来汽车的马达声。甄排长趴在地上,汽车的马达声清晰地传过来。

甄排长站起来叫过一名战士:"赶快回去报告连长,小鬼子来啦!"

那名战士转身向山后跑去。

甄排长让另外一名战士立刻跑进村去告诉村长,让村里的群众赶快向山中转移。

甄排长爬到半山坡上的一块大石头后观察着前面的动向。村里的群众开始向后山跑去。那名战士持枪向甄排长在的地方跑过来。不一会儿,山沟转弯处出现了大批的鬼子。鬼子旁边还有汽车。汽车上也是鬼子。汽车后面拉着山炮。鬼子们好像看见了山坡上的群众,有鬼子向山坡上奔跑的群众开枪。鬼子的枪法极好,枪声过后,山坡上有人滚落下来。

鬼子的汽车轰鸣着开进神山堡后面的山沟里。

埋伏在两山上的八路军立即开火,一时枪声大作。

鬼子训练有素,遇到阻击后迅速组织起火力向山坡上射击。鬼子有重机枪、迫击炮,山头上响起爆炸声。

一部分鬼子从侧面向山坡上爬来。甄排长拿过那名战士的长枪,瞄准一名鬼子开了一枪,鬼子滚落下去。鬼子们发现了甄排长他们,打着枪包抄过来。甄排长又打了几枪,又有几个鬼子倒下。鬼子们趴在山坡上不敢动。

甄排长说:"撤!"

两个人弯腰向山上跑去。

山头上老班长看见了甄排长俩人,将机枪掉转方向,向这边扫射过来,掩护他俩返回战壕里。

枪炮声持续不断,一直打到天黑,双方才停了下来。

山坡上大家抓紧时间抢修工事,同时把牺牲了的战友掩埋在山背后。山下的鬼子们也点起了篝火,开始休息吃饭。

甄排长看着下面,知道小鬼子不会善罢甘休,天明以后只怕又会是一场苦战。

天还没有亮,鬼子的进攻便开始了。这次鬼子改变了作战方法,先是一阵大炮的轰鸣,炮弹呼啸着落在山头上,巨大的爆炸声此起彼伏。山头上的八路军躲在战壕里,炮弹落在战壕里,战壕立马被夷为平地,躲在战壕里的战士被炸得飞上了天。轰炸声刚过,密密麻麻的鬼子便向山坡上爬来。

甄排长从土中钻出来,喊叫着:"鬼子上来啦,打!"战士们从战壕里爬起来,将一颗颗手榴弹扔下去。

……

与此同时,朔县的守军也向宁武增援过去,走到石湖河附近遭到了八路军顽强的阻击。

八路军钉子一般钉在山坡上,鬼子无论如何也冲不过去。天黑以后,鬼子被迫退去。

宁武城里的鬼子得知两路援军无法到达,趁着夜色向朔县方向突围出去。宁武城失而复得。

至此,八路军120师将晋西北七县全部收回。120师一时声威大振。

第六章　秘密访延安

31　战争阴影散去,兴县县城恢复了原来的样子。

蔚汾河上的冰已经融化,河水哗啦啦向西流去。河南岸的蔚山上绿意萌动。山脚的桃树、杏树也妖艳出一片喜悦。

刘象庚带着二十多箱钱款安全回到了孙家大院,回来时正赶上中午饭,张干丞、董一飞和十几名游击队队员散落地坐在院里吃饭。

看见刘象庚进来,张干丞从石桌旁站起来:"刘老伯,你可回来啦!"

跟着刘象庚一起回来的白宝明、铁拐李、刘佩雄、牛霏霏几个人也走了进来。白宝明和游击队队员们打着招呼。刘象庚把铁拐李、刘佩雄和牛霏霏几个人介绍给张干丞。

张干丞夸奖牛霏霏是女秀才,没有霏霏老师,银行的票子还不知道什么时候才能印出来呢。

夸奖完牛霏霏,张干丞看住铁拐李:"李掌柜这次立了大功啦!"

刘象庚说:"李掌柜为人仗义、做事细心,这次多亏了李掌柜!"

铁拐李搓着手说:"应该的,应该的。"

牛霏霏看一眼旁边局促的铁拐李,心里笑出来。这个大老爷们在外面威风凛凛,一见大人物就局促得不知该怎么说话了。不过牛霏霏心里是很感激铁拐李的,撤离路上幸亏有这个大男人,不然自己还不知道有多难堪和狼狈呢。

说话时董一飞已让厨房端出饭菜来,一盆捞米饭,一盆炖烩菜。大伙走得也饿了,立刻盛上饭菜吃起来。白宝明还在请教一位游击队队员如何打枪。

张干丞和刘象庚、董一飞三个人坐在石桌旁。刘象庚一边吃饭一边和他们两个人说着话。

董一飞说:"刘老伯,八路军这次打了个漂亮仗!"

刘象庚抬起头:"是啊,不然我们可就要遭殃啦!"

张干丞说:"八路军损失也不小。这不,358旅撤到咱们兴县休整来了!"

刘象庚吃完饭,把碗筷放在石桌上。

张干丞说:"我的意思是我们不能无动于衷。一来呢,银行拿出一部分钱给八路军购买一些粮食、布匹;二来呢,组织一些头面人物去慰问八路军。"

刘象庚说:"干丞县长考虑得周全。八路军拼死拼活保护咱们,咱们也该慰问慰问人家才对。"

张干丞站起来:"那就这么定了。刘老伯这里给八路军购买物资,我和一飞去组织大家慰问八路军。"

张干丞和董一飞走了出去。董一飞走出去几步,又返回来告诉刘象庚:"甄排长他们也回来了。"

刘象庚看住董一飞:"甄排长?"

董一飞说:"他就驻扎在西关!"

董一飞说完,冲刘象庚摆摆手,反身去追张干丞。

刘象庚头脑中出现了那个一口四川口音、背上背着大刀的年轻八路军排长的形象。

铁拐李吃完饭,过来和刘象庚告辞。

刘象庚拉住铁拐李的手:"李掌柜,本来呢,走了这么长时间,应该让你回家看看才对,但现在有个活计别人还干不了。你李掌柜走南闯北见多识广,银行呢,想让你出去购买一批粮食回来,价钱你不用管,买得越多越好!"

"家里家外就我一个人,回去看谁呢?"铁拐李一抱拳,"刘先生看重李某,李某不会让刘先生失望的。告辞!"

铁拐李一抱拳,大步走出孙家大院。

那边的牛霏霏正看着这边的铁拐李,看见铁拐李走出去,她起身喊一句"李掌柜",追了出去。

铁拐李在大门口站住,等着身后跑来的牛霏霏。

牛霏霏追出来低下头:"谢谢李掌柜一路照顾!"

铁拐李道:"嗨!我以为牛老师有什么吩咐的呢!那是个啥事?回去吧,回去吧!"

铁拐李一挥手,转身离去。

牛霏霏看着铁拐李的背影,心中胡思乱想着。李掌柜一路照顾她不说,到了黑峪口又把她背出来背进去。多少年来,还没有人这么关心过她、照顾过她。她从小父母双亡,长大后又寄人篱下,她有的只是孤独、寂寞,哪有什么人照顾过她呢?

刘佩雄跑出来,顺着牛霏霏的视线看到了前面远去的铁拐李:"牛老师,大伯叫你。"

牛霏霏和刘佩雄返回来。

刘象庚笑着和牛霏霏说:"霏霏老师,一元的票面呢,我看再改一改就可以啦。"

牛霏霏说:"大伯说得是。我这几天就赶出来。"

过了三四天,刘象庚带着白宝明和铁拐李去西关慰问甄连长他们。铁拐李拉着四五头毛驴,驴背上驮着采购回来的白面、大米,白宝明在另一边赶着两头大肥猪。

甄连长他们是在收复宁武后返回兴县的。连续几个月的征战,使战士们的身心都疲惫到了极点。这次虽然打了大胜仗,但部队伤亡也不小,连长就是被鬼子的炮弹炸死的。连长牺牲后,甄排长被火速提拔为特务连连长。上级让特务连在兴县抓紧时间补充兵员,休整身心。战士们回到兴县倒头就睡,一连睡了五六天,大伙才慢慢恢复过来。

甄连长知道自己肩上的担子更重了,因此休息几天后就开始组织大家恢复训练。老连长说过,平时多流汗,战时少流血。必须让战士们掌握过硬的本领,打起仗来才能得心应手。

这天早上,连部第一次吹响了紧急集合的军号。甄连长穿戴整齐,在院子里等着大家。大伙揉着眼从几个屋子里跑出来。有的人衣服还没穿好,有的连枪也没有拿。

老班长边穿衣服边问:"连长,有情况?"

甄连长说:"有情况!"

老班长急忙问:"鬼子在哪儿?"

甄连长不高兴地说:"老班长,你现在已经是排长啦!没情况就睡懒觉啊?鬼子来了,你这个样子怎么应付得了!"

老班长没再说话,站在队伍前面大声喊着:"全体都有,立正!"

刘象庚他们来到部队的时候,战士们刚刚训练完。

甄连长为了调动大伙的情绪,就让战士们围成一圈进行摔跤比赛。

甄连长脱了上衣亲自上阵,接连摔倒几位战士。

老班长把衣服一脱,跳进场子里,一抱拳说道:"连长,俺来讨教几招!"

甄连长说:"老班长,拿出你的啥子真本事来"

老班长两手一伸扑了上去。

两人你来我往,打得难解难分。

战士们有的给连长加油,有的给老班长加油,一时叫喊声响成一片,连刘象庚过来也没有发现。

旁边一位战士一转身发现了刘象庚,刚要喊连长,刘象庚伸手制止

第六章 秘密访延安 | 123

了他。

刘象庚抱着膀子饶有兴致地看着甄连长摔跤。

老班长卖个破绽,甄连长一摸老班长的大腿,老班长乘势钩住甄连长的脚踝,一用劲,甄连长摔倒在地。

围观的战士们看见老班长得胜了,使劲鼓着掌。

老班长一仰脖子说:"连长,得罪啦!"

甄连长坐在地上满头大汗:"偷袭不算!再来!"

这时白宝明那边的两头猪受到惊吓四处乱窜,一群战士喊叫着抓这两头肥猪。

甄连长一抬头看见了人群中站着的刘象庚,立马跳起来:"是刘先生来啦!"

甄连长拉住刘象庚的手:"欢迎欢迎!"

刘象庚也拉住甄连长的手:"你们辛苦啦,甄连长!"

人群闪开,李掌柜拉着五头小毛驴出现在甄连长眼前。

刘象庚说:"这是大伙的一点心意,请甄连长收下!"

那边的老班长他们把两头肥猪抓住了。

甄连长跳到一个高台上:"同志们,县里慰问我们来啦,给我们送来了白面、大米、肥猪!今天晚上我们就能吃上肉啦!"

大伙听到今晚有肉吃了,都使劲鼓掌。

甄连长看住大伙,扳着指头问大伙道:"吃了肉干啥子呢?"

大伙就说:"训练!"

甄连长又问:"训练完干啥子呢?"

大伙说:"打鬼子!"

甄连长一挥手:"老班长,杀猪!"

32

牛霏霏坐在屋子里织坎肩。

她织的是一件毛坎肩，两根针上下翻飞，很快织出一个圆圆的圈。她织得很认真，也很专注，织一会儿还会用手指量一下尺寸。坎肩尺寸很大，明显是给一位男士织的。

牛霏霏想着织一件毛坎肩送给李掌柜。

她实在想不出拿什么去感谢人家，回到宿舍摘下自己脖子上的红围巾时有了主意。她三把两下把红围巾拆开，拆下来的毛线不够织一件毛衣，她比画来比画去，觉着够织一件毛坎肩。票子的图案已经设计完成，她有的是时间。李掌柜风里来雨里去，需要有个坎肩给他保暖啊，不管怎么样，这总是她的一点心意。

她的桌上还摆着那位八路军的画像，只是她没有了当年想见一面的强烈愿望。他在哪里呢？他来无影去无踪，四处打仗，谁知道在哪里呢？牛霏霏想到这里抬起头，看着画框中的八路军，轻轻叹口气。或许她和这位八路军只有一面之缘。她伸出手把画框反扣在桌面上。她停住手中的活计。过去的已经过去了，是啊，那一幕，好像是一件很遥远的事了。

"牛老师。"门外传来刘佩雄的喊声。

牛霏霏急忙站起来，把手中织了一半的毛坎肩塞在枕头下面。

刘佩雄已经推开门进来："忙啥呢，牛老师？哦，是在织毛衣吗？"

刘佩雄看见了牛老师枕头下压着的红毛线。

牛霏霏整理着桌上的东西，掠掠头发说："是啊，织一件毛衣呢。"

刘佩雄夸奖说："牛老师手好巧啊！牛老师，我大伯叫你呢，问你票样改得怎么样啦。"

牛霏霏说："改完了。正好我要给你大伯送过去呢，走吧。"

两个人说完走出宿舍。

牛霏霏和刘佩雄赶到孙家大院送票样时，正赶上一群东北军人来银行闹事。

东北军的一个营长带着十几个士兵骂骂咧咧地来到孙家大院。

营长拔出短枪喊叫着:"刘象庚,你给老子滚出来!"

士兵们也喊叫着:"刘象庚!刘象庚!"

刘象庚正在谋划印新钞票的事,听到屋外的喊叫声跑出来,看见这群军人,一抱拳:"各位,各位,在下便是刘象庚!"

营长一把抓住刘象庚:"刘象庚!你给老子听着!老子和八路军一样都是抗日军人,八路军有吃有喝,老子连汤也喝不上啦!你厚此薄彼,是何道理?"

士兵们在一旁用枪托砸着地面:"快说!快说!"

牛霏霏和刘佩雄刚好进来,看见刘象庚被抓,刘佩雄叫道:"大伯!"

刘象庚明白了这群东北军人的来意,他把营长的手从脖子底下挪开,看一眼进来的刘佩雄和牛霏霏,抬起头对着周围的东北军士兵们说道:"刚才这位老总说得没错,诸位和八路军一样都是抗日军人,都是保家卫国的英雄好汉!大伙都知道,今年刚过罢年,小鬼子就兵分三路对我们动手了,岢岚、偏关、保德、河曲、神池、五寨、宁武七座县城被鬼子占领了啊,兴县也危在旦夕。是八路军冲向了小鬼子,是八路军和小鬼子打了整整三个月,是八路军把小鬼子赶跑啦!弟兄们,你们也是军人,八路军没日没夜地打了三个月,他们穿的是啥?吃的是啥?他们死了多少好弟兄?今天他们回到咱兴县休整一下,诸位弟兄,你们说,咱们应不应该去慰问慰问这些劳苦功高的弟兄?是的,银行是给他们送了一批粮食,是给他们送了几头肥猪,你们说,银行做错了吗?刘象庚在这里给诸位弟兄拍个胸脯子,诸位弟兄打了胜仗回来,刘某人一样会去慰问你们!"

可能是说到了这群东北军人的痛处,营长一挥手:"刘象庚,咱们走着瞧!"

刘象庚一抱拳:"刘某人等着诸位得胜而归!"

营长带着这群士兵退出孙家大院。

刘佩雄说:"大伯,这群人好凶啊!"

牛霏霏说:"大伯,您说得真好!"

刘象庚看着走出孙家大院的东北军,没有说话。

这时白宝明引着长兴堂的田掌柜进来了:"刘先生,田掌柜来啦!"

刘象庚看见田掌柜,笑了出来:"田掌柜来得正好!快请进!牛老师,你把票样给我吧。"

牛霏霏把修改好的一元钞票票样给了刘象庚。

几个人进了屋子,白宝明给刘象庚和田掌柜倒上茶水。

刘象庚说:"又要麻烦田掌柜了。田掌柜,你看这次的图案怎么样?"

田掌柜没有看票样,把票样推给刘象庚说:"刘先生,长兴堂的纸用完啦!"

刘象庚把票样拿起来:"不能再买一些?"

田掌柜说:"刘先生不知道,几家卖纸的铺子早关门了,这些天用的都是长兴堂往年的一点存货!"

"附近有没有?岢岚?五寨?"

田掌柜摇摇头:"刚打完仗,恐怕比我们还惨。西安那边有,只是远水解不了近渴啊。"

刘象庚站起来在地上走来走去。

过了黄河离西安就不远了。西安?是啊,多少年没有去过了。只要西安有,就不愁弄不回来。

刘象庚说:"田掌柜辛苦了。你回去歇上几天,纸的事刘某来想想办法。"

田掌柜告辞出去。

第六章 秘密访延安 | 127

33

现在,是黄河上跑渡船最好的时候。

天气不冷不热,雨季也没来临,此时的黄河显得如此雍容大度和宁静安详。积冰已经融化,河道里河水增多,远远看去,河水好像静止不动,走近了你才能看到,黄河水一如既往地向下游流去。河两岸的山坡上开始变绿,大雁也从南方飞回来了,一切给人的感觉都是这样轻松和富有生机。

唯一有危险的是,黄河上游偶尔会漂下几座巨大的冰峰。它们从很远的地方来,有的走到半路上就融化了;有的一路跌跌撞撞漂过来;有的已经融化得很小了,老远望去是一块冰,在太阳下还闪着耀眼的白,漂过来的时候又消融得什么也没有了。只有很少的较大的冰峰才会慢悠悠地滑过来,看着慢,其实不慢,等你看见的时候它可能已经到了眼前。不过这些对于老艄公们来说就不是什么为难的事了,他们见得太多了,他们会很好地躲开冰峰,自如地活跃在黄河上。

贺麻子的渡船在积冰消融后就跑开了,那时候天气还冷,现在越来越热。冷娃早脱了厚棉衣,穿的是夹棉的汗衫子,有时候跑上几趟出汗了,索性连汗衫子也脱了,露着古铜色的壮实的上身。天气热了,贺麻子的腿就利索多了,更重要的是他又能上渡船了。他实在是在家里待不住了,只有上了船,他才感觉他的整个精气神又回来了。贺麻子在黄河上跑了几十年,黄河就是他的衣食父母,他太熟悉这位老伙计了,他喜欢听黄河的声音、闻黄河的味道,直至脱光身子鱼一样钻进黄河里。年轻的时候,贺麻子是这一带水性最好的艄公,他可以一口气在黄河里潜游很远。现在老了,特别是腿疼以后他很少再下到黄河里了。岁月不饶人啊,贺麻子常常会看着黄河叹息一声。

贺麻子上了船,贺小莲就在家里给父兄做饭。贺麻子他们早晚在家里吃,只有中午的时候是在船上吃的。小莲送过中午饭去,有时候就留下来在船上帮忙。小莲熟悉渡船上的活计,站在船上招呼客人,父亲累了她还能替换一下。小莲喜欢哼山曲儿,有的客人熟悉了就会喊着让小莲唱上一嗓子。黄河上长大的女儿没有那么扭扭捏捏,小莲边干活边张口给大伙唱一首山曲儿。小莲会唱的很多,客人们有时候还要点曲儿。大伙听得最多的是小莲唱的《走西口》:

  ……
  走路你要走大路,
  莫要走小路。
  大路上人儿多,
  拉话解忧愁。
  喝水你喝长流水,
  不要喝泉水。
  泉水里蛇摆尾,
  操心喝坏你。
  ……

更多的时候,小莲会唱一些男女情爱方面的山曲儿:

  ……
  豌豆豆开花一点点红,
  拿针缝衣想哥哥。
  想哥哥想得见不上面,
  口含冰糖也像苦黄连。
  大河没水养不住鱼,
  妹子离不开哥哥你。
  一对对百灵钻天飞,

多会儿盼得见上你。

……

有的客人就会起哄:"小莲,哥哥远在天边,近在眼前呢!"

另一个就说:"人家小莲俊得很,你这是癞蛤蟆想吃天鹅肉,想得倒美!"

人们都哈哈大笑起来。

这是20世纪30年代战争阴影下的黑峪口,大伙也没有多少娱乐的东西,更多的是对战争、死亡的担忧和恐惧,现在难得有这么一会儿开心的时候。

小莲唱完山曲儿埋头干活,船上一时安静下来,只听到渡船在河水中航行的声音。

嵇子霖很长时间没有来坐渡船了,小莲偶尔会想起那个也会唱山曲儿的小白脸。那个小白脸嘴甜、热情也大胆,不像她的冷娃哥,就知道干活、干活、干活。爹已经隐隐地提示过她几次了,她也知道了冷娃哥的身世,冷娃哥不是她的亲哥,爹的心意是想让她跟了冷娃哥。从小她就是在冷娃哥的呵护下长大的,冷娃哥不是亲哥,胜似亲哥。她无数次地想过和冷娃哥成亲的场面,冷娃哥一把把她抱起来,然后回到冷娃哥的热炕头上。但冷娃哥就像个木头人似的,她多希望冷娃哥就像小时候一样抱她啊,但冷娃哥长大后就没再抱过她了,连手也不敢拉一拉。他怎么就不知道妹子的那点小心思呢?

小莲看着船头上站着的冷娃,心里骂着这个呆子、木头!

快天黑的时候,刘象庚、白宝明、铁拐李几个人来到岸边,他们还拉着两头小毛驴。

事情不是很忙,刘象庚决定亲自到一趟西安。给银行采购纸张、油墨是一回事,他还有一个小秘密:他想顺路去一趟延安,一来向组织汇报工作;二来他得到消息,两个女儿刘亚雄和刘竞雄都在那里,正好趁此机会看看两个闺女。父女已经很长时间没有见面了，不知道这两个女儿现在过得怎样了。120师358旅正在兴县休整，他临出发的时候张干丞还去358旅那里为他开了一封去西安八路军办事处的介绍信，希望办事处的同志能协助刘象庚采购回银行急需的物资。

渡船返回来，铁拐李老远就看见了贺麻子："老哥哥！"

贺麻子也看见了岸上的铁拐李、刘象庚和白宝明。

他们已经打过交道了，贺麻子站起来和岸上的人打着招呼。

铁拐李是老驮夫，白宝明是德兴堂的伙计，这两个人贺小莲认识，她还没见过刘象庚。"爹，那位是谁？"贺小莲指一指刘象庚。

贺麻子说："闺女啊，他就是十六窑院的大少爷刘象庚！"

贺小莲说："爹，他就是刘象庚？"

"现在又办银行呢。"

天色暗下来，岸上没别的客人，几个人先把两头小毛驴小心地拉上渡船。铁拐李知道小毛驴胆子小，事先就给它们蒙上了眼睛，两头小毛驴乖乖地上了船。

刘象庚看见了贺小莲就说："闺女好俊啊！"

贺麻子就拉着贺小莲过来："这是大少爷。"

刘象庚说："贺掌柜，我不是什么大少爷。"

"你看我又忘记了，是刘先生，刘先生。"

渡船开始向对岸划去。

刘象庚看着后面的贺麻子："贺掌柜，票子花了吗？"

贺麻子说："舍不得用呢。"

铁拐李就说："贺麻子是留着给冷娃娶婆姨用呢，冷娃你说是吧？"

冷娃没说话。

铁拐李说："你们看，冷娃一听娶婆姨，还害臊呢。"

大伙笑起来。

这边白宝明和贺小莲说着话。

贺小莲问白宝明:"你不在德兴堂啦?"

白宝明得意地说:"不在啦!现在是银行里的伙计啦。"

"银行?银行是干吗的呢?"

白宝明就说:"干吗的呢?"白宝明给贺小莲比画着说,就是印票子的地方,就是和大洋一样能买东西的票子。

小莲一脸的羡慕:"真不简单!"

"那当然啦!刘先生干的事能简单了吗?"

很快就到了对岸。冷娃把踏板搭在岸上。刘象庚和白宝明先上岸,然后铁拐李把小毛驴一头一头拉上去。刘象庚背着手走在前面,白宝明和铁拐李一人拉一头小毛驴跟在后面,三个人慢慢消失在黑暗中。

贺小莲说:"这些人真能耐啊!"

冷娃撤回踏板。贺麻子坐在船尾抽着小烟锅头,火星在黑暗中一明一暗。渡船掉过头向黑峪口这边划来。哗……哗……哗……贺小莲听见渡船航行在水面上的声音。

34

西安果然是一个繁华的大地方。

西安历史上做过好几个朝代的都城,留下了西安古城、钟鼓楼、大雁塔、小雁塔、慈恩寺等大量古迹。黄河是西安的一道天然屏障,抗日战争全面爆发后,许多政府机构、人员撤退到这边,更多的达官贵人、有钱的大户人家也先后逃到了西安城里。西安一时成为那个时代很少的一个繁华都市。

铁拐李和白宝明两个人是第一次来到西安城,刘象庚边走边给他们介绍路边的一些景致。刘象庚几十年前就来过西安,他的贡生还是在西安参加考试取得的。西安城城墙高大厚实,进了城门人很多,人们的穿戴与兴县截然不同,街上有自行车,有黄包车,还有黑色的小汽车……白宝明两只眼看也不够看,就觉得这回可是见了大世面了,回到黑峪口够给过去的小伙伴们吹一辈子的牛!

刘象庚几个人到了西安城正是中午时分,刘象庚就说:"走,咱们去个小饭馆。"

白宝明说:"刘先生,西安真大啊!"

原先在白宝明的眼里兴县就是天底下最大的了,来到西安一看,他这才知道什么叫个大。

铁拐李不屑地说:"宝明啊,一看你就是没见过世面的人!西安是大,但还大得过老北平?大得过天津卫?老北平咱没去过,天津卫咱老李也是去过的。有一年我去天津卫送货,娘呀,走了好几天也走不出去,那才叫个大!"

刘象庚听着铁拐李和白宝明的话没有出声。是啊,他做过河北省建设厅的官员,也做过天津商品检验局的官员,他在北平、天津先后生活过许多年,现在都成回忆了。

他们来到西城墙下的一个小饭馆里。西安的小饭馆里卖的都是以面食为主的饭。店小二引着铁拐李把两头小毛驴拴在小饭馆后面的院子里。铁拐李从驮背上摘下草料袋子,两头小毛驴便很安静地吃起来。三个人来到前面的店堂里。小饭馆三间门面,里面也很干净。不少桌子旁已经坐了客人。小伙计引着三个人来到靠窗户的一张桌子旁坐下来。

刘象庚说:"李掌柜吃过西安的羊肉泡吗?"

饭馆里弥漫着一股羊膻味,不少客人吃的就是西北一带特有的羊肉泡。

铁拐李看着别的桌子上客人的羊肉泡说:"早就听说啦,百闻不得一见啊,今天可算是见着啦!"

白宝明低低地说:"刘先生,可比得上咱们的帽儿汤?"

刘象庚笑着说:"宝明啊,帽儿汤虽好,也是一味!这饭菜呢好比大千世界,五花八门,什么都有,各有各的好处,你吃一吃就知道了。"

铁拐李说:"嗨,萝卜青菜,各有所爱!"

小伙计过来了,刘象庚就说:"好,那我们就吃羊肉泡!小伙计,三碗羊肉泡。"

小伙计喊着:"三碗羊肉泡咪!"

不一会儿,小伙计端上三只空碗来,另一个盘子里盛着六个厚厚的、干干的馍。

白宝明说:"这不就是烧饼吗?"

刘象庚说:"西安人叫馍。你看,要把这些馍细细掰碎,能吃一个就掰一个,能吃两个就掰两个。"

白宝明和铁拐李都照着刘象庚的做法把馍掰碎。

小伙计过来把三个人的碗拿回去。

一会儿,小伙计用木盘端着三只碗出来:"又香又好吃的羊肉泡来了!"

三只碗里是热乎乎的羊肉汤,羊肉汤上漂着葱花、香菜、红辣椒,汤里有粉条和被掰成小碎块的馍。

铁拐李闻一闻:"真香哪!"

白宝明不说话,低头吃起来。白宝明吃得快,碗里的馍很快就捞完了,看看刘象庚,还想再要几个馍。走了一上午,白宝明饿了。

刘象庚说:"宝明年轻,那就再来一个。"

当时白宝明还有点意见,心里说着这个刘先生,就是再来两三个馍又有何不可?事后白宝明才知道,这种馍是死面的,被羊肉汤越泡越大,吃多了会撑得慌!

下午的时候,三个人来到了八路军驻西安办事处。八路军办事处在西安一个叫七贤庄的地方。这是一个比较大的建筑群,有八九个环环相连的四合院,里面有接待室、机要室、译电室、电台室、会客室、住房等几十间屋子。

白宝明把358旅开的介绍信送进去没多久,院子里有穿着八路军服装的人出来接待他们。

这是一位年轻的八路军战士,见到他们,立马就是一个军礼,然后看着刘象庚说:"您就是刘象庚刘先生吧?"

刘象庚说:"鄙人就是刘象庚。"

八路军战士说:"久闻先生大名!快,请进!"

八路军办事处热情接待了刘象庚一行。原来不仅120师的首长给办事处写来介绍信,远在延安的王若飞也给办事处发来电报,说刘象庚的农民银行全力支持八路军抗战,办事处务必要帮助刘象庚购买所需物资。

有了办事处的帮助,刘象庚的这次采购很快就完成了。

第三天,刘象庚和八路军办事处的同志们告别。

几个人走出西安城门后,刘象庚吩咐铁拐李把纸张、油墨运回孙家大院,他和白宝明要去延安走一趟。

刘象庚说:"李掌柜,那就拜托啦!"

铁拐李拉着小毛驴:"刘先生放心!李某会把这批货安全送回去的。"

刘象庚说:"那就回去见。"

铁拐李一抱拳:"回去见。宝明,照顾好刘先生。"

白宝明拉着另一头小毛驴,和铁拐李摆摆手。

刘象庚和白宝明向北面走去。

铁拐李拉着小毛驴走了几步,想起什么,又返回城内。在城门附近一个店铺前,铁拐李把小毛驴拴好,然后进了店内。他想给牛老师买个小礼物,这是他第一次给女人买东西,铁拐李转来转去不知买什么好。

有个小伙计看见他寻找货物,就问他想买什么。铁拐李吭吭哧哧说了半天,小伙计明白了铁拐李的意思,先是给铁拐李拿来几件旗袍,然后又是丝绸,铁拐李都摇摇头。这些都贵啊,铁拐李没有那么多钱。小伙计给铁拐李拿来一面小镜子,从外面看是一个木头盒子,打开盒盖,里面就是一面小镜子。铁拐李从小镜子里看到了自己:黑红脸膛,络腮胡子……

如果是牛老师那就好看多了。铁拐李笑出来,拿出钱付给小伙计。铁拐李还想再买一点什么给小莲。小伙计又给他拿来一个小铁皮盒子,盒子上还印着一位穿着旗袍的女子。小伙计说这是雪花膏,女子专用的。铁拐李拧开盖子,一股香味扑鼻而来。

铁拐李把小镜子和雪花膏揣进怀里走出店铺。

刚刚半前晌,太阳很亮很刺眼。

铁拐李拉着小毛驴向渡口走去。

35

该是那天出事啊。

这是多少天后冷娃和贺麻子说的话。

出事之前毫无征兆,黄河上还是一如既往地平静。中午吃了饭,贺麻子身上不舒服,返回家里,贺小莲和冷娃划着渡船往来接送客人。大概是下午时分,从黄河上游突然漂下几块积冰,积冰远远地看去就是几个白点,慢慢漂过来变成了大小不等的冰块。冷娃见惯了这些积冰,每年开了河总要遇上这么几次,看到了他就把船停在安全的地方,等这些冰块过去了再把船划出去。如果在河中间遇上了,也不要紧张,惹不起还躲不起吗?所以这次冷娃也没怎么当回事,等那些积冰漂过去了,他喊声"走啦",划出渡船。

天空非常蓝。冷娃撑着杆看着远处的天。天上有几只大雁盘旋着飞来飞去。船上的人们开始鼓动贺小莲唱首歌。当时小莲没情绪,禁不住人们的劝说就抬起头:"唱就唱呗。你们说,唱哪首呢?"

人们都喊:"《兰花花》。"

《兰花花》是流传在那一带的一首非常有名的民歌。民歌讲述了一个真实的爱情故事。黄河边上有一位叫兰花花的姑娘,兰花花长得俊,是十里八乡有名的大美人。情窦初开的兰花花喜欢上了当红军的兵哥哥,兵哥哥打仗走了,狠心的父母把兰花花嫁给了财主家的儿子,兰花花不开心,郁郁而亡。兵哥哥回来了,却再也见不到自己的心上人。

小莲清清嗓子就唱起来：

> 青线线那个蓝线线,
> 蓝格莹莹的彩,
> 生下一个那兰花花哟,
> 实实地爱死个人。
> 五谷里那个田苗子儿,
> 数上高粱高。
> 一十三省的女儿哟,
> 数上兰花花好。
> ……

人们都知道兰花花的故事,现在经小莲唱出来,又是一番滋味。歌唱完了,船也到岸了。冷娃把踏板扔到岸上,大伙陆续下了船,这边的客人又一个一个上来。

天已经暗下来。

冷娃说:"小莲,跑了这一趟咱就回家!"

冷娃把踏板抽回来。

贺小莲说:"哥,听你的。"

冷娃站在船头上拿起撑杆:"走啦!"

船刚刚启动,岸上有人喊着:"小莲,等等我,小莲!"

贺小莲站起来,她听出是稆子霖的声音,心怦怦地跳。小莲向岸上喊着:"稆子霖,是你吗?"

稆子霖气喘吁吁地跑到岸边:"小莲,是我!"

贺小莲朝后面喊着:"哥,是稆子霖!"

冷娃一点也不喜欢这个小白脸。冷娃不情愿地把船停下,然后把踏板抽出来搭在岸上。

穄子霖笑嘻嘻地跑上来:"谢谢冷娃哥。"

冷娃没理他。

穄子霖穿过人群来到后面,跳下船舱,和贺小莲并排坐在一起。贺小莲往旁边挪一挪,瞅一眼穄子霖,穄子霖也正看她。穄子霖大惊小怪地说:"小莲,几天没见,你是越长越俊啦!"

贺小莲心里高兴,嘴上却说:"胡说!几天没见?几个月了吧!"

渡船掉过头向黑峪口方向划来。

穄子霖笑嘻嘻地看住小莲:"看看,想我了吧?一日不见,如隔三秋!"

贺小莲推一下穄子霖:"谁想你呢!美得你!"

穄子霖笑着说:"小莲,你张开嘴。"

贺小莲不知道穄子霖要干什么。

穄子霖说:"张开嘴,张开嘴!这是牛肉干,好吃得很!"

贺小莲张开嘴,穄子霖喂给她一根牛肉干。

牛肉干又干又咸。

穄子霖说:"怎么样?"

贺小莲摇摇头说:"不怎么样。"

这时谁也没看到一个巨大的危险正悄悄向渡船袭来。黄河上游一块巨大的冰块漂了下来,由于天色暗,大伙谁也没看见,冰块顺着河水在黑暗中急速而下。

渡船划到了河道中间。

穄子霖说:"小莲,来,我替你一会儿!"

穄子霖边说边把手搭在贺小莲的手上,贺小莲一惊,把手抽出来。

一位客人突然叫起来:"快看,有东西撞过来了!"

冷娃听到喊声大吃一惊,只见一块巨大的冰块向渡船撞来。

冷娃本能地拿起撑杆,但为时已晚,冰块瞬间就撞在了渡船上,一声巨响,渡船四分五裂,客人们还来不及喊叫就落入水中。

……

冷娃浮出水面开始救人。

贺小莲也浮出水面:"稔子霖!稔子霖!"

贺小莲抹一把脸上的水,看着黑黝黝的河面。

远处冷娃在叫她:"小莲吗?赶快救人!"

贺小莲钻入水中。

客人们一个一个被冷娃和小莲救回到岸上。

"还有人吗?"冷娃大声喊着。

岸上有人说:"都上来啦。"

冷娃从河水中爬上岸。小莲也从另一边爬上来。冷娃坐在岸上发着愣,他还没有从刚才的惊魂中清醒过来。跑了这么多年渡船,他还是第一次遇上这样的事。

小莲撩起头发问道:"稔子霖上来了吗?"

黑暗中有人喊着:"稔子霖!"

没有人应答。

贺小莲站起来,在那边的人群中找来找去不见稔子霖的身影。小莲慌了,卷起手向黄河上喊着:"稔子霖——"

大伙都站起来,一起喊着:"稔子霖——"

冷娃和小莲又沿着黄河向下寻找了一晚上,也没找到稔子霖。稔子霖就这样失踪了。

36

陕北的地貌具有明显的黄土高原特色,就像一幅大写意,四周都是大团大团的黄。黄土坡、黄土梁、黄土沟……那黄浩浩荡荡、漫无边际。

第六章 秘密访延安 | 139

刘象庚和白宝明一老一少向延安走来。

路上树也少,没有遮阳的东西,白宝明走得满头大汗。

刘象庚骑在小毛驴上,看到前面土崖下有个阴凉的地方,和白宝明说道:"宝明,我们到前边歇一歇。"

白宝明反过脸:"这地方太阳毒啊,刘先生。"

刘象庚头上顶着一块毛巾,身上全是汗。

刘象庚说:"毒得很。宝明,给你水!"

刘象庚把水葫芦给了白宝明。白宝明接过来,拧开盖子咕咚咕咚喝几口。两个人到了阴凉处停下来。刘象庚下了毛驴。白宝明牵着小毛驴到了另一边,摘下草料袋子,学着铁拐李的办法把袋子套在小毛驴的脖子上。白宝明走过来,从包袱里摸出几个干馍,给了刘象庚一个,自己拿一个。这些馍还是八路军办事处给带的呢。两个人边吃馍边说着话。

白宝明问道:"刘先生,延安大吗?"

刘象庚说:"大。"

白宝明:"比西安大吗?"

刘象庚笑一笑:"宝明,你怎么就喜欢比个大呢?"

白宝明不好意思地嘿嘿笑一笑。

刘象庚看看这个憨厚的没见过世面的白宝明,没说话。

刘象庚边吃馍边看着远处。

远处的官道上看不见一个人,更远的土坡上一群羊翻过去了,风中传来放羊汉子唱的信天游。

刘象庚的眼前出现了两个女儿刘亚雄和刘竞雄的形象:一个三十来岁,一个二十来岁,三十来岁的是亚雄,二十来岁的是竞雄。亚雄个子不高,但敢作敢为,颇有男子气概;竞雄瘦弱,一副文弱书生模样……虽然是两个女儿,但刘象庚一直把她们当儿子来培养。刘象庚希望两个女儿能像男子一样建功立业,所以给两个女儿取的名字,一个叫亚雄,一个叫竞雄。他很早就把亚雄带出去读书了。亚雄也争气,从太原女子师范学校毕业后考入北京女子师范大学，后又到莫斯科中山大学留学。几个孩子当中最像他的就是亚雄，满腔正义又忧国忧民。后来他又把二女儿竞雄送了出去。

白宝明看看日头："刘先生，还远吗？"

现在是大中午，刘象庚说："太阳落山前就到了。走，宝明。"

白宝明站起来，拉一把刘象庚。

两个人又向延安走去。

黄昏时分，刘象庚和白宝明终于看见了延安城里的那座宝塔。

刘象庚首先找到的是二女儿刘竞雄。当时竞雄正在延安党校学习，当竞雄跑出校门看到门口站着的刘象庚时，她几乎不敢相信自己的眼睛。爹，是啊，这就是那个几年未见的爹！刘竞雄小女儿一般飞过来，她扑在父亲的怀里，然后呜呜呜地哭起来。刘象庚抚摸着女儿的背，抿着嘴，什么话也说不出来。

刘竞雄哭够了，抹把泪，拉起刘象庚的手笑出来："爹，咱们回家！"

刘象庚给她介绍旁边的白宝明："竞雄，这是宝明。"

刘竞雄不好意思地向白宝明伸出手："你看我，只顾和爹说话了！"

白宝明点着头嘿嘿笑着。

天已经黑下来，刘竞雄把刘象庚和白宝明引到一处干净的小院子里。刘竞雄已经结婚了，她的丈夫叫安子文，正好回延安开会来了。刘竞雄烧火做饭，很快一锅和子饭做好了。安子文还没有回来，刘象庚、刘竞雄和白宝明三个人吃起饭来。

刘象庚几口扒拉完饭，把碗推到一边："你大姐不是也在这里吗？"

刘竞雄又给刘象庚盛一碗："爹，大姐已经回到山西去了，她现在是游击队的教导员，正领着队伍打鬼子呢！"

刘象庚笑出来："是吗？我刘家也出了女将军啦！好！古有花木兰，今有刘亚雄！"

正在这时,安子文推门进来:"爹,你看谁来了?"

安子文身后进来的竟然是刘象庚的老朋友王若飞。

王若飞原名王运生,号继仁,1896年10月出生在贵州安顺,1904年入贵阳达德学校学习,其间读到《木兰辞》中的名句"万里赴戎机,关山度若飞",遂改名若飞。王若飞青少年时期即参加了辛亥革命及反对袁世凯复辟帝制斗争。1922年在法国勤工俭学期间,他与赵世炎、周恩来等人发起成立了旅欧中国少年共产党。1923年,他赴苏联莫斯科东方劳动者共产主义大学学习,同年转为中国共产党党员。回国后,他先后担任中共豫陕区委书记,中共中央秘书部主任,中共江苏省委常委、农民部部长、宣传部部长。1931年在包头,因叛徒出卖,王若飞不幸被捕。1937年5月,在北方局营救下,王若飞返回太原,8月回到延安,任中共陕甘宁边区党委宣传部部长、统战部部长。1940年,王若飞任中共中央秘书长,1944年11月任中共中央南方局工委书记,1945年8月作为中共代表随同毛泽东、周恩来赴重庆参加国共和平谈判。1946年4月8日,王若飞在从重庆飞回延安途中不幸遇难。王若飞在包头被捕后,刘象庚曾利用自己和傅作义的关系搭救过他。王若飞出狱回到太原后,刘象庚与他多次彻夜相谈,也在王若飞的介绍下加入了中国共产党。

看到王若飞进来,刘象庚惊喜地叫起来:"若飞,是你啊!你怎么知道我来啦?"

王若飞走过来拉住刘象庚的手,看看安子文和刘竞雄说:"有他们在,我能不知道你的消息吗?"

刘象庚说:"你来得太好啦,我也正想见你呢!"

王若飞从怀里掏出一瓶酒:"竞雄,能不能弄几个菜来?正好和老伯痛饮一杯!"

刘竞雄跑出去四处搜寻,找来一包花生米、一包牛肉干和几颗鸡蛋。

几个人上了炕围在一起。

刘象庚端起杯:"若飞,幸亏有你帮忙,采购非常顺利!老伯敬你一杯！"

王若飞拦住刘象庚："老伯,错啦！你白手起家建起银行,又全力支持八路军抗战,这是多了不起的事啊！你是我们的榜样,理应我们来敬你！"

四个人举起杯。

喝完酒,刘象庚给王若飞详细介绍了自己按照北方局的指示,从太原返回兴县参加兴县动委会,以及在兴县抗日政府支持下创办农民银行的经过。

几个年轻人都认真听着刘象庚的介绍,他们能想象得到在战乱年代建立一个银行所要付出的艰辛和努力。

刘象庚可以说是创造性地完成了北方局的指示。王若飞紧紧拉住刘象庚的手,非常真诚地说："老伯,辛苦啦！你做得非常好,值得我们学习！"

那天他们几个人聊了很长时间。先是聊银行的发展、银行在战争中的作用、我党早期关于建立和发展银行的一些思路和做法,后来谈国内形势、当前战局、根据地的建设等等。

刘象庚开始还能搭上话,到后来就很少能插进去,他就坐在旁边认真听着这几个年轻人的讨论。几个年轻人精力充沛,高瞻远瞩,尽管当时日寇步步紧逼,形势十分紧张,但他们对抗战胜利充满了坚定的信念！回到自己的卧室里,刘象庚很长时间睡不着觉,他翻过来掉过去,一直想着年轻人们的话。

刘象庚在睡梦中被二女儿刘竞雄叫起来。原来天已经大亮,窗户外面传来八路军训练的口号声。

安子文和王若飞已等在门外。

王若飞要带刘象庚去见一位客人。

延安当时是陕甘宁边区政府所在地,也是中共中央所在地。多少年后刘象庚回忆起来,延安留给他的最大印象就是亮,天是亮的,太阳是亮的，连人们的脸上也是亮的。没有阴暗，没有压抑，有的是朝气蓬勃，有的是希望和未来！

王若飞引他去见的是刘少奇。

也是一个干净的院子。

刘象庚见了面说："这不就是胡服同志嘛！"

刘少奇做北方局负责人时化名胡服，当时还想把太原刘象庚的家当成北方局的活动中心。

刘少奇见到老朋友非常高兴。刘少奇拉着刘象庚的手说："你是刘少白，我是刘少奇，你我一字之差啊。"

王若飞说："张王李赵遍地刘嘛。"

几个人哈哈大笑。

刘象庚说："少奇同志是北方局领导，我正好给少奇同志汇报一下工作。"

刘象庚就把自己按照北方局的指示返回兴县创建农民银行的经过说了一遍。

刘少奇听得很细，不时插问，听完汇报后夸奖刘象庚的银行办得好，并鼓励他把银行继续办下去，利用银行优势，发展经济，支持抗战。

聊到最后，刘象庚说："我有一个想法，不知当讲不当讲。"

王若飞就说："刘老伯，您可畅所欲言。"

刘象庚是中共地下党员，王若飞又是他的入党介绍人，这次见到王若飞，刘象庚就想公开自己的党员身份。

刘少奇和王若飞互相看一眼。

王若飞说："此事呢，研究后给老伯一个答复。"

后来在刘象庚临离开延安前，王若飞转达了首长们的意见。首长们研究后认为，兴县局势复杂，刘象庚不公开身份更有利于开展工作。

刘象庚记不清是第几天了，王若飞安排他去见毛泽东毛主席。

刘象庚记得特别清楚的是,那天的天气特别好。刘象庚换上了一身干净衣服。

多少年后,刘象庚仍然清晰地记着那天的情景。

也是一个干净的小院子。

主席热情地拉住刘象庚的手。

主席说,你是前清贡生,又是民国议员,还是中共地下党员,我毛泽东久仰大名了。

主席说话风趣幽默,很快打消了刘象庚的紧张心理。

刘象庚给主席介绍了创办农民银行的经过。

主席夸奖他,好你个刘象庚啊,一席话,一支烟,就从人家士绅们口袋里把钱掏出来,真不简单啊!我曾说过,全党同志都要学会做经济工作,如果我们的战士连饭也没的吃,衣服也没的穿,边区人民的生活丝毫没的改善,何言抗日救国啊?

刘象庚一直注视着眼前的主席,他细细地打量着、听着,回到十六窑院后不止一次向李云感叹,那真是个了不起的人啊!

当时陕甘宁抗日根据地成立了陕甘宁边区银行,刘象庚特意让王若飞安排他参观了银行,并和当时的银行经理进行了座谈。这次延安之行,刘象庚听到了首长们对银行的肯定,了解到我党其实早在红军时期就建立了银行,抗战全面爆发后,几乎在兴县农民银行成立的同时,陕甘宁抗日根据地也成立了陕甘宁边区银行,随后晋察冀抗日根据地建起了晋察冀边区银行。特别是对陕甘宁边区银行的参观,让刘象庚了解到了边区银行的性质、作用,也让他有了把兴县农民银行办得更好的思路和信心。

此后山东抗日根据地、晋冀鲁豫抗日根据地、华中抗日根据地等分别建起了北海银行、冀南银行、江淮银行等,发行了北海币、冀钞、江淮币等货币……

第七章　小莲的烦恼

37

渡船毁了，贺麻子一家陷入困境。

"怎么就那么大意呢？"贺麻子含着烟锅头责怪冷娃道。渡船是他们一家人的依靠啊，现在依靠没了，他们该怎么生活呢？不是不能再打一条渡船，但那得需要多少钱啊！

"全怨我！"贺小莲站在门口绕着辫梢说。小莲一直责怪自己，那天如果自己早一点发现那个冰块就好了。

冷娃哼一声站起来出去了。冷娃没说话，他心里一直怨恨那个小白脸。那真是个丧门星，那个小白脸来了总要惹出一些是非！这下好啦，渡船也毁啦。

小莲知道冷娃哥心里怨她，冷娃哥不喜欢嵇子霖，甚至有些讨厌嵇子霖，她能从冷娃哥的言行举止里看出来。这次是自己让嵇子霖上了船，也是自己让嵇子霖掌舵的，可就在嵇子霖掌舵的一瞬间事故发生了。嵇子霖现在生死不明，全家人依靠的渡船也毁了，小莲心里难过到了极点。

贺麻子站起来去追冷娃："冷娃，你要干啥去？"

冷娃肩上挎了一盘绳子，腰中插着一把斧头："大，我去山上转一转，看看能不能找到几棵山柳树。"

做渡船用山柳木最好，被水浸泡后不易裂缝。是啊，生活还要继续，渡船毁了，他们只能再打一条。大年纪大了，小莲还小，冷娃知道自己要把这个家支撑起来。

贺麻子说:"冷娃你等一等,大知道哪里有山柳树。"

贺麻子说完,吩咐小莲照看好家,他和冷娃去山上寻找山柳树。

小莲站在门口,一直等到看不见爹和冷娃哥了,才坐在门口的石头上想心事。

阳光很暖和地照着小莲,小莲手托着下巴望着远处。

四眼摇着尾巴来到小主人身边,小主人似乎没有心情和它说话,四眼只好很乖顺地躺在小莲的脚边。

那个死鬼!小莲心里骂着嵇子霖。那天竟然摸她的手!那天晚上嵇子霖在替她掌舵时趁机把手放在了她的手上。小莲伸出手看一看,阳光下几根手指头通红通红的。是啊,那是小莲第一次接触冷娃哥以外的男人,她能感觉到嵇子霖的手很细很绵。毕竟是做生意人的手啊,小莲感叹着,不像她和冷娃哥的,常年在黄河上干活,手上的皮肤粗糙不说,还裂开许多口子。特别是冷娃哥的手,又大又粗糙,拉住她时硌得她生疼生疼。嵇子霖的手绵不说,还很温暖,虽然仅仅是那么一瞬间的触碰,但那点很暖和的感觉还是在小莲的心里保存了很长时间。只是不知道这个死鬼现在究竟在哪儿。第二天她和冷娃哥、爹又找了一天,一直找到黄河下游的罗峪口,就是没有嵇子霖的任何消息。爹说没有消息就是好消息,如果被河水淹死了,那也总能见到他的尸体啊,现在什么也没有,这小子可能还活着,可能是自己爬上了岸,也可能是被河上的人救了。小莲听了安心了许多,也在心里向河神爷爷祈祷着,让嵇子霖能够平安地回来。

天不早了,小莲想着该给爹和冷娃哥做饭了。

小莲站起来回到窑洞里。

她想给爹和冷娃哥做烩菜、油糕,这是爹和冷娃哥最喜欢吃的饭了。她不能替爹和冷娃哥分担忧愁,只能用做好饭来表达自己的歉意。尽管爹和冷娃哥都没有埋怨她,但她在心里一直责怪着自己。

小莲点着火,然后把切好的山药蛋、南瓜放进锅里。山柴噼噼啪啪烧着,锅里的水很快烧开了。家里有几碗黍子面,小莲全倒出来。这些面黄黄的,用水和好放进锅里蒸熟就可以了。小莲挽着袖子,干这些活的时候既熟练又麻利。现在一切都安顿好了,小莲就坐在灶火前加着山柴,火光映红了小莲的脸。

四眼好像饿了,跑进来四处搜寻着,想找一点能吃的东西。

小莲摸摸四眼的头:"四眼,你又饿啦?"

四眼摇摇尾巴。

小莲站起来,给四眼拿来半个玉米面饼子。

四眼一口就叼进嘴里,唖吧唖吧很香甜地吞咽下去。四眼吃完还想吃一点,抬着头看着小莲。

小莲点一下四眼的额头说:"你呀,就是个饿死鬼,怎么老是吃不饱呢?"小莲把剩下的半个玉米面饼子拿起来,看看四眼,扔到半空中,四眼跳起来叼住。

小莲看住四眼:"四眼,吃饱饭就出去吧。"

四眼不想走,小莲说出去吧出去吧,就把四眼撵出门去。

糕面蒸熟了,小莲揭开锅盖,热气弥漫了整个屋子。小莲把糕面揉起来,然后捏成一个个大小均匀的小糕。有一个有点大,小莲左右看一看,重新捏了一遍。按正常的步骤,下一步小莲就可以在油锅里炸这些糕了,但贺麻子家里油很少,小莲没舍得炸油糕,油金贵得很呢,用完了就不能做菜了。小莲只是倒了很少的一点油,抹在这些精巧的小糕上。油是当地产的一种胡麻油,发着暗红色的亮光。她把胡麻油抹在小糕上,窑洞里便飘逸着胡麻油那特有的淡淡的清香。

现在饭菜好了,就等爹和冷娃哥回来吃了。

小莲走出窑洞向山后望一望,山上没有爹和冷娃哥的身影。小莲就向窑洞后面的山坡走去。四眼看见了,从那一头箭一般射过来。

小莲站在山坡上,卷起手来,朝着山后的树林里喊着:"爹!"

小莲喊着:"冷娃哥!"

山后只有静静的白云和吹过去的风。

小莲又喊了几声,爹和冷娃哥没有回应她。

小莲又往上走了一段,边走边喊爹和冷娃哥。小莲心里想着,日头已经偏西了,爹和冷娃哥不饿吗？他们找到山柳树了吗？为什么打船不能用杨树或者松树呢？山坡上到处都是这些树啊,还有枣树。

四眼不知发现了什么,在那边叫几声,向西边跑去。

小莲喊着:"四眼,四眼！"

四眼不听小莲的召唤,箭一般射向远处。

不是发现什么野兽了吧？小莲担心四眼吃亏,拾起一根棍子在后面追去。

小莲跑了很远,跑得上气不接下气,向四面看一看,哪里还有四眼的影子？

小莲就又卷起手来喊着:"四眼！"

四眼从山的拐弯处向小莲射来。

四眼跑到小莲跟前,小莲才发现,四眼嘴里叼着一只野兔。原来四眼发现了野兔,一直把野兔追到手才肯罢休。这是一只土灰色的野兔,小莲从四眼口里拿过来的时候,感觉这只野兔还很重。四眼下口重,野兔已经没了命。

小莲心里想着,爹和冷娃哥这下有肉吃了。她摸着四眼说:"四眼真是个好孩子！走,咱们回家。"

小莲刚站起身,从山的拐弯处射出一群骑兵来,马蹄声隆隆,扬起一片灰尘。四眼很害怕,躲在小莲身后。小莲靠在山路边摸着四眼的头:"四眼不害怕,四眼不害怕。"骑兵们从小莲身边奔驰过去。

小莲摇着头把头发上的灰土抖落掉。

前面的骑兵们勒停马,一个军官模样的人打马来到小莲跟前。

这个军官是刘武雄,他已经从连长升到营长了。刘武雄看看小莲,问道:"喂,你叫什么名字？"

小莲抬起头，看见马上一张年轻的脸："贺小莲！"

刘武雄笑起来："哦，贺小莲！哪个村的呢？"

贺小莲说："黑峪口。"

刘武雄惊讶道："谁家的闺女？"

"贺麻子的闺女。"贺小莲瞪着眼反问道，"你是谁？"

刘武雄哈哈笑出来："果然是贺麻子的闺女，够胆量！"

刘武雄打马离开，跑前几步后又转回来："喂，贺小莲，有一股鬼子窜过来了，小心啊！我叫刘武雄。"

刘武雄和那群骑兵跑远了。

贺小莲看着远去的骑兵。

刘武雄不就是德兴堂刘象坤的儿子吗？由刘象坤小莲突然想到了刘象庚，那天她在渡船上见过这个人啊。刘象庚，刘象庚！小莲想起来了，这个刘象庚不是开了银行吗？银行里不是有很多钱吗？如果刘象庚能帮他们一把，他们家的渡船不是就有了吗？哪里还需要爹和冷娃哥去找山柳树呢！

对啊，为什么不能去城里找一下这个刘象庚呢？刘象庚坐过她家的船！小莲看看手中的兔子，正好送给刘象庚啊。对，这就去找刘象庚！

小莲看一眼四眼："走，咱们去找刘象庚！"太阳光下，小莲抱着兔子在前面走，四眼小跑着跟在小莲后面。小莲就这样引着四眼去县城找刘象庚。

38

竟然是刘佩雄发现了来偷袭的鬼子。

刘佩雄从军政训练班结业后，就和几个女生参加了董一飞的游击队。刘佩雄问过大伯刘象庚，刘象庚说："你的两个姐姐在八路军那边打鬼子呢，现在你也到了队伍上，好，抗日三姐妹，也是一段佳话！"刘象庚叮嘱佩雄注意安全,说她爹惦记着她。佩雄是刘象庚三弟刘象文的姑娘,三弟身体不好,刘象庚答应三弟到了城里照顾佩雄。刘佩雄答应一声,和几个女生跑出去。

刘佩雄随着游击队到了东山一带活动。

刘佩雄她们去的东山,当地人称它"石猴山",据说这是因为山头上有几块巨石酷似猴子。山上有茂密的林子,翻过石猴山就到了岢岚、岚县。董一飞带着游击队爬上石猴山,大伙爬到半山坡的时候就气喘吁吁了。有上了年纪的队员喊着:"队长,歇一歇再走吧。"董一飞抬头看看,周围都是树,阳光从树的缝隙中照射下来。队员们满头大汗,停下脚步看着董一飞。董一飞一挥手:"那就歇一歇吧。"游击队毕竟不是正规部队,走了一上午大伙都累坏了,现在能休息了,便四散着瘫在地上。

游击队组建后还没有真刀真枪地和小鬼子干过,大伙也不知道小鬼子长什么样子。

有人躺在树下就说:"队长,都说小鬼子来啦,这么些日子了,也没见过个小鬼子啊。"

另一位说:"不是让八路军给打跑了吗?"

那一位说:"就是来了也不尿他!甄连长说啦,小鬼子也不是三头六臂!"

董一飞靠在树上听着大伙说话。

他这次带游击队到这边活动,主要是担心岚县那边的鬼子过来偷袭。八路军358旅休整后已转战到别处,张干丞让董一飞注意东山一带的情况。

游击队停下休息,刘佩雄她们几个刚加入不久的女队员高兴坏了。

六七月间正是山上各种野花次第开放的时节。

这边是树林,远处是草坪,草坪上开着各种叫不上名字的小花。即使是战争年代,也无法磨灭女孩子们爱美的快乐的天性。刘佩雄她们几个嘻嘻哈哈着跑到那边的草坪上,把开得娇艳的野花采摘下来,有的攥成一

第七章 小莲的烦恼 | 151

把,有的还插在自己的头发上。刘佩雄则躺在草坪上。天空很蓝,阳光明明亮亮地照着,空气中弥漫着青草和野花的香味。

或许是着凉的过,刘佩雄的肚子突然难受起来。

刘佩雄坐起来,用手紧紧捂着自己的肚子。

有个女孩看见刘佩雄痛苦的样子,问道:"佩雄姐,怎么啦?"

刘佩雄摇摇手说:"没事的。"

刘佩雄看看四周,捂着肚子向远离人群的小树林走去。

后边有女孩子喊着:"佩雄姐,我陪你去吧!"

刘佩雄使劲摆着手。

小树林子在山坡的这边,刘佩雄钻进树林里,那边是女孩子们说笑的声音,她想走得远一些,就向另一边跑去。已经很远了,再也听不见伙伴们的笑声了,刘佩雄停下脚步。她看看身后,身后都是树,再往前边看,山下面竟然是一条山路,山路上隐隐传来说话的声音。刘佩雄大吃一惊,往前走了几步,扒开树叶看下去,惊得目瞪口呆!只见山路两边坐着密密麻麻的小鬼子。小鬼子们也在休息,喝水的喝水,吃干粮的吃干粮。刘佩雄已经能看清楚离自己最近的鬼子的脸了。

刘佩雄捂住嘴,大气也不敢出。她忘记了肚子的疼痛,后退着一步一步向草坪这边转过来。她爬上草坪,急忙向林中的董一飞跑去。她的伙伴们还躺在草坪上,有人看见了奔跑过去的刘佩雄,疑惑地说:"佩雄是怎么啦,跑得那么急?"女孩子们听见了都坐起来。大伙都看见了跑下草坪的刘佩雄,还在愣怔当中,草坪后面突然传来一声枪响。山上很安静,枪声传过来显得特别响亮。女孩子们听见枪声清醒过来,站起身没命地向这边跑来。有个女孩子被草绊倒了,鞋也甩出去,她爬起来就跑,连鞋也顾不上穿。

树林里的男队员们看见了跑过来的刘佩雄。

"佩雄,发生了什么事?"有人在这边喊着。

董一飞站起来,大伙都转过身。

刘佩雄跑到董一飞跟前,大口喘气,脸色惨白,心里喊着"鬼子来啦",可嘴里怎么也喊不出声音。

董一飞说:"佩雄,不要急,慢慢说,发生什么事了?"

一声枪响传了过来。

随着枪声刘佩雄喊出了声音:"鬼子来啦!"

战斗就这样急促地打起来。这是游击队成立以来第一次和鬼子相遇。

董一飞组织游击队队员在树林里向蔓延过来的鬼子开枪。

他们且战且退,退到一个山头上,伏在石头后面向追过来的鬼子射击。

游击队只有十几条枪,有几个拿的还是打猎用的猎枪,不少人没有枪,只有一把大刀。

鬼子们发现对手的火力不是很强,打着枪一直紧追不放。

董一飞叫过几名队员:"你们赶快回去,立马报告县长,就说小鬼子打过来了!"

几名队员弯着腰离开。

董一飞让队员们节约子弹,等鬼子近一些再射击。

董一飞看看鬼子近了,喊道:"打!"

刘佩雄他们和一些没有枪的游击队队员向后面跑去。

子弹嗖嗖嗖地从头顶上飞过去。

大伙没人说话。

刘佩雄他们一直跑到石猴山上一个叫黑龙潭的地方才停了下来。

天很快暗下来。

远处的山头上传来手雷的爆炸声。

一会儿,董一飞带着十几名游击队队员撤了下来。

董一飞提着枪过来,脸上有汗、血、灰土。几名队员受伤了,有几名队员牺牲了,大伙心情都很沉闷。

董一飞沙哑着嗓子:"弟兄们,检查一下还有多少子弹。"

有的有几颗,有的已经打完了。

董一飞说:"此处不宜久留,趁天黑我们要突围出去。"

一行人悄悄向山那边走去,刚走出不远,前面发现了包抄过来的鬼子,大伙又向另外一边跑去。刘佩雄一直跟在董一飞后面。她既紧张又害怕,没想到第一次随游击队出来就遇上了小鬼子。大伙正跑着,前面传来枪声,这边也有鬼子。鬼子发现了黑暗中准备突围的游击队,立马打着枪扑了过来。游击队队员们且战且退。刘佩雄在黑暗中跑着,有鬼子扔过手雷来,手雷在刘佩雄身后爆炸,刘佩雄被爆炸产生的气浪击倒。几名游击队队员倒下了。刘佩雄刚爬起来,又有一颗手雷在她身边炸响。由于距离太近,刘佩雄被掀起来挂在树上。刘佩雄眼前一黑,什么也不知道了。

39

铁拐李返回兴县时县城里已经乱成一团。

人们提着大包小包的东西往南北两山跑去。

铁拐李拦住一个要跑的人:"掌柜的,发生什么事啦?"

那个人抬起头看住铁拐李:"鬼子来啦,快跑吧,再不跑就来不及啦!"

铁拐李还想问一句,那人已转身离开。铁拐李想着,已经到了城里,总要回孙家大院看一看啊。他拉起小毛驴向孙家大院走去。小毛驴背上驮着刘象庚从西安给银行采购回来的纸张和油墨。

走到复兴隆酒楼下,铁拐李遇到了东张西望的贺小莲。

贺小莲抱着兔子,身后跟着四眼。

贺小莲站在酒楼下,想找个人打听一下农民银行的地址。

铁拐李走过来:"这不是小莲吗?小莲,你在这儿干吗呢?"

贺小莲转过身看见了风尘仆仆的铁拐李,脸上露出惊喜的笑:"是李叔!找刘象庚来啦。李叔,刘象庚在哪儿呢?"

铁拐李拉着贺小莲来到路边:"小莲,你找刘象庚干吗?"

贺小莲说:"打船!"

铁拐李问:"打船?"

贺小莲低下头,声音变低:"我家的渡船没啦,想求刘象庚……帮我们打一条船!"

铁拐李叫起来:"傻孩子,啥时候啦,还要找刘象庚!你没看见吗?大伙都在跑,小鬼子很快就要打过来啦!"

贺小莲躲开铁拐李:"我要找刘象庚!"

"小莲,刘象庚去了……"铁拐李看看周围没人,说道,"刘象庚去陕北啦!赶快回去,再迟就走不了啦!"

铁拐李拉起小毛驴离开贺小莲,边走边回头挥着手:"赶快回去!"

贺小莲将信将疑地看着远去的铁拐李。起了风,风把贺小莲额前的头发吹乱。

贺小莲低头看看四眼,心里和四眼交流着:"四眼,你说,咱们回去吗?"

四眼抬头看着小主人。

贺小莲继续在心里说着:"我出来这么长时间,爹和冷娃哥要急坏了。"她对四眼说:"四眼,咱们回家!"

已经是黄昏了,等回到黑峪口恐怕会是半夜了。

贺小莲害怕起来:"四眼,快跑啊!"

贺小莲小跑起来。是啊,那么长的山路,万一遇上野猪或者什么厉害的野兽呢?现在贺小莲才真的后悔起来,这是自己第一次离开家,没有了爹,也没有了冷娃哥,小莲感觉如此孤单和恐惧。过去一直有爹和冷娃哥,她遇到什么困难了,总有冷娃哥护着她,可是现在呢?

第七章 小莲的烦恼 | 155

小莲跑出兴县县城,天就完全黑了下来。

前面是更深的黑。

她不敢停下来,只能硬着头皮向前面跑去。

孙家大院门口,张干丞领着几名游击队队员准备撤离。城里大部分群众已经撤出去了,政府里的人也撤到了北山上,张干丞不放心的是农民银行里的资金。刘象庚还没有回来,小鬼子突然来偷袭,要不是董一飞他们在东山上缠住小鬼子,现在还不知会出什么乱子呢。放在银行地窖里的六万多大洋已经来不及转移了。

这个地窖是他们建起银行后秘密挖好的,就在孙家大院的后院里,洞口隐蔽在一张八仙桌下面。地面上铺的都是大青砖,只有八仙桌下面的砖是活的,拿过砖头就露出地面,把地面上的石盖揭起来就是地窖的洞口了。这个洞口只有刘象庚、张干丞等很少的几个人知道。张干丞看看没什么破绽才走出孙家大院。

恰好铁拐李拉着小毛驴走来。

张干丞看见铁拐李大吃一惊:"是李掌柜!"

铁拐李也看见了张干丞,拉着小毛驴急忙走过来:"张县长,这是给银行运回来的物资啊。"

"刘老伯呢?"

"刘先生和宝明往陕北去了,过几天才能回来。"

"李掌柜,小鬼子很快就会打过来,你也赶快离开!这批物资呢,找个地方掩藏起来,千万不能落在小鬼子手上!要不跟我们一起走?"

铁拐李迟疑一下,他想起了中学里的牛霏霏老师,不知道牛老师跑出去没有。"不,你们走吧,我有地方躲藏。"

张干丞和铁拐李告别后离开。

铁拐李拉着小毛驴急急忙忙向兴县中学走来。

牛霏霏果然还没有离开。

铁拐李找到牛霏霏时,牛霏霏正挎着个小包准备离开。天已经黑下来,学校里其他人都已经跑光了。铁拐李拉着小毛驴站在牛霏霏的宿舍门口。

牛霏霏推开门,看见门口站着的铁拐李,眼泪哗地就流下来。她正发愁呢,她没有家,也不知道要躲到哪里去。过去有刘佩雄招呼她,现在能依靠谁呢?她去找过刘象庚,但刘老伯还没有回来啊。

两个人刚走出校门,城东便响起枪声,小鬼子已经打进了兴县县城。两个人又向西门方向跑去。他们刚跑出没多远,西面有人跑过来,说西门也被小鬼子占领了,接着就看见西面有房屋燃烧冒起的火光。他们两个被迫退回到学校里。

铁拐李把校门从里面用木棍顶好,然后卸下小毛驴背上的驮架,找个不引人注意的地方把驮架藏起来。小毛驴怎么办呢?铁拐李左右看一看,把小毛驴拉进一间宿舍里,给小毛驴喂上草料,带上门出来。牛霏霏一直看着铁拐李干这些,他的沉稳和干练让牛霏霏紧张的心情平缓了许多。

远处响起了鬼子砸门搜索的声音。鬼子很快会搜索到这里。

铁拐李拉着牛霏霏向后面跑来,进了宿舍,觉得不安全,跑到厨房里,也没有躲藏的地方。牛霏霏突然想起学校储藏山药蛋的地窖来。两个人急急忙忙跑到地窖口跟前,铁拐李掀起盖子,牛霏霏慢慢爬下去,铁拐李也转身爬下去。一队鬼子已经砸开校门闯进校园里。

地窖里黑咕隆咚的,什么也看不见。两个人靠在洞壁上,屏住呼吸,盯着地窖口。有鬼子走过去的脚步声,有砸烂玻璃的声音。鬼子似乎发现了小毛驴,地面上传来小毛驴挣扎的嘶鸣声。铁拐李在黑暗中站起来,牛霏霏在后面拉住他的衣服。

远处有房屋被点着,大火映红了半个天空。火光透过缝隙射进地窖里,牛霏霏看见了铁拐李脸上被愤怒扭曲的表情。快天明的时候,外面突然枪声大作,还有手榴弹爆炸的隆隆声。

第七章 小莲的烦恼

原来窜入兴县县城的是日军第九混成旅团第十八大队的鬼子。鬼子们侵入兴县后只是遭到一些零星的抵抗,黄昏之后就攻占了县城。八路军120师358旅得到鬼子偷袭兴县的消息后连夜返回,与赵承绶的骑一军联合,向窜入县城里的鬼子发起了攻击。第十八大队队长是村川大佐,听到枪声后他果断下达命令,趁八路军没有包围,率队向岚县方向退去。

40

刘佩雄睁开眼时天已经黑了。

她借着星星的亮光发现自己被架在了一根树杈上,她低低地呼喊着:"队长,队长。"

没有人回应她。她试着站起来,才觉着浑身疼痛得厉害,脸上也有湿漉漉的东西,她摸一把,发现是血。刘佩雄咬着牙爬下树来,往前走了一段路,差点被脚下一个软软的东西绊倒。刘佩雄弯下腰看清楚了,是一位她认识的游击队队员。刘佩雄使劲摇晃着,低低地喊着那人的名字,那人一动不动,这位游击队队员早已经牺牲了。

刘佩雄继续往前走,她边走边喊着:"有人吗?有人吗?"

周围只有死一般的寂静。

也不知走了多长时间,刘佩雄终于走出了大山,她看到了远处山路上点燃的火堆。刘佩雄高兴起来,终于见到人了。她以为是董一飞他们,一路小跑着赶过去。

快到跟前时,有人站起来说话,刘佩雄一听,叫苦不迭,原来是一群赶来增援的鬼子。刘佩雄大气也不敢出,贴住山根悄悄向后退去。她不小心碰下一块小石头,小石头滚落的声音在寂静的山路上显得格外响亮,引得那边的鬼子向这边喊话。

刘佩雄伏在地上一动不动。

鬼子们没有发现异常。

刘佩雄原路退回去,她不敢走大路了,弯着腰爬上旁边的一个小山坡,山上都是树,她就在树林里穿行。穿过树林到了沟底,对面又是一个山坡,刘佩雄咬住牙爬上去。这个山坡不是很高,爬上去她就沿着山脊行走。

天开始亮起来,刘佩雄能看清楚周边的景物了,她站下来仔细分辨着方位。四周是更高的绵延的大山,她不知道自己在什么地方,也分辨不出东南西北。好在太阳升起来的地方已经发出亮光,她知道兴县县城应该在与太阳升起的地方相反的方向。

刘佩雄确定好方位,继续向前走去。

董一飞他们去了哪儿呢?其他人还好吗?特别是她的那几位女同学,也不知道突围出来没有。好几位队员牺牲了,昨天还和他们一块行动,今天他们就再也起不来了。

刘佩雄又累又饿,走了几步,不小心被一块石头绊了一下,刘佩雄腿一软摔倒在地。

那是个斜面的山坡,刘佩雄尖叫着滚落下去。

滚到沟底,刘佩雄伏在地上半天没动,刚要站起来,有人跑过来将她紧紧踩住!

"抓住一个奸细!"有人踢了她一脚,那一脚正好踢在刘佩雄受伤的地方,刘佩雄忍不住叫出声。

"你是谁?"另一个人把刘佩雄翻过来。

刘佩雄看清楚了,站在她面前的是几个晋绥军军人。实在是太累了,刘佩雄眼一闭昏了过去。

刘佩雄睁开眼时发现眼前站着的竟然是堂哥刘武雄。

刘佩雄一下坐起来:"哥,是你?!"

刘武雄用马鞭把帽子顶一下:"幸亏落在我的手里。"

刘武雄接到命令,让他带领所部埋伏在兴县通往岚县的另一条山路上,防止村川大佐从这里逃走。刘武雄他们一直待在这里。昨天夜里士兵们说抓住一个奸细,刘武雄前来查看,才发现这个昏死过去的所谓奸细是他的堂妹刘佩雄。

刘武雄已经给刘佩雄的伤口进行了包扎。

刘佩雄说:"哥,我们的队伍被小鬼子打散了!"

刘武雄不屑地说:"就那几条破枪,能打得过小鬼子吗?"

刘武雄看见刘佩雄不高兴,要和他争论,就伸手制止道:"打住——先不讨论这个,你先吃饱肚子再说。"

刘佩雄身旁放着面包、罐头。

刘佩雄确实饿坏了,拿起面包就吃:"哥,我睡了多长时间?"

刘武雄坐在刘佩雄对面说:"你呀,躺了整整一天!"

天色已近黄昏。

刘佩雄说:"哥,你最近回家了吗?"

刘武雄摇摇头。

这时一个士兵跑过来:"报告,山下发现了鬼子骑兵!"

刘武雄立马站起来:"走!"

果然是一小队鬼子骑兵向这边扑来。这是从岚县方向过来接应村川大佐的鬼子。

刘武雄喊声:"上马!给老子把这群王八蛋干掉!"

上百名士兵立刻跃上马背,然后抽出军刀在前面摆开阵势。

鬼子骑兵尽管人数不多,但毫无惧色,举着明晃晃的弯刀呼叫着向刘武雄这边冲来。

刘武雄吼一声:"杀!"

刘武雄带着骑兵向鬼子扑去。双方立刻纠缠在一起。刀光闪烁。血肉翻飞。往来冲杀几个来回,十几个鬼子被斩落马下,刘武雄杀得浑身是血,剩余的鬼子骑兵掉转马头要走。

刘武雄说:"哪里走!追!"

大队人马追去,刚到转弯处,埋伏在那里的鬼子射来密集的子弹,刘武雄前面的士兵纷纷中弹。刘武雄他们掉转马头退回来。此时从县城撤退出来的村川大佐也带着大批日军杀了过来。刘武雄腹背受敌,抵挡一阵后,被村川大佐杀开缺口冲了过去。

41

那天冷娃他们回来时已近半下午了。

走了很远的路也没找到一棵合适的山柳树,贺麻子回到院子里就坐在石头上闷闷不乐地抽烟。

冷娃推开窑洞的门,炕上放着小莲做好的烩菜、油糕,饿坏了的冷娃挖上菜、夹上糕大口大口吃起来。饭菜已经冷了,但香味还在,冷娃三口两口就是一碗。

冷娃又盛了一碗,朝着外面喊道:"大,吃饭啦!"

贺麻子磕掉烟灰站起来,进了窑洞发现小莲不在,贺麻子就返到院子里喊着:"小莲!四眼!"

小莲和四眼都不在。四眼如果在早跑过来了。

冷娃说:"大,小莲一会儿就回来啦,你不用担心!"

贺麻子回来坐到炕上,边吃饭边嘟囔:"这丫头,又到哪里疯去了?"

冷娃说:"大,小莲长大了,丢不了啦!"

贺麻子听见那个"丢"字,心里不高兴,抬头看一眼冷娃:"你说的是甚话呢,那可是你的亲妹子!"

贺麻子把亲妹子的"亲"字咬得重重的。冷娃听见贺麻子不高兴了,埋头吃饭。

天黑以前小莲还没有回来,贺麻子急了,冷娃也心慌了。毕竟现在是兵荒马乱的年头,谁知道会发生什么事呢?两个人就出来四处寻找。贺麻子去了镇子上,冷娃则到了山坡上。

第七章 小莲的烦恼 | 161

冷娃边走边喊:"小莲!四眼!"

没人回答冷娃的喊声。天已经暗下来。

冷娃小跑起来,他学着小莲的样子卷起手来:"小莲!"

这时从山坡上下来一位老者,冷娃认识这位老者。老者说他中午的时候见过小莲,小莲好像跑到那边去啦,老者给冷娃指一指方向。冷娃顺着老者指的方向追去。

半路上冷娃发现了地上的血迹。冷娃转一圈,发现血迹向县城方向延伸去。冷娃摸一下闻一闻,他闻出来有兔子的味道。冷娃站起来,向更远的地方望去,山路上一个人也没有。

冷娃就是想一千次也不会想到,地上的兔子血和小莲有关联。

冷娃又原路返回来。

"小莲!"冷娃喊着。

"四眼!"冷娃用更大的声音喊着。

冷娃回到窑洞时贺麻子还站在当院,看到冷娃一个人回来他就喊道:"冷娃,小莲呢?"

冷娃摇摇头。

贺麻子叹息一声蹲下来:"小莲啊,你真要把爹急死啦!"由于担心,贺麻子压抑地抽泣起来。

冷娃还从来没见贺麻子哭过,一直以来贺麻子在冷娃的心中就是一个顶天立地的汉子,现在这个汉子竟孩子似的绝望地抽泣起来。

冷娃心里不好受。

是不是自己责怪了小莲,小莲赌气走了呢?

冷娃想到这里,心里更难过了。

他掉头向山坡上跑去。

小时候小莲也赌气跑过。有一次冷娃惹了小莲,小莲就躲在一棵大树上。冷娃和爹四处寻找,他们怎么喊小莲都不答应。原来小莲在树上睡着了。天气凉,小莲冻醒了才听见冷娃的喊声。

冷娃再次在黑暗中喊着:"小莲!"

他希望这次小莲还是和小时候那次一样,在什么地方睡着了,然后奇迹能够出现。

"小莲!"冷娃走一阵跑一阵。不找到小莲决不回家,冷娃暗暗下着决心。

小莲跑过蔡家崖就迷了路。四周是大团大团的黑,小莲一下找不见方向了。小莲跑得满头大汗,衣服也被汗湿透,被凉风一吹,身上凉丝丝的。

"四眼,我们该从哪里走呢?"

小莲茫然四顾。

四眼朝着看不见的远处汪汪汪叫几声。

此时在更远的地方,一匹饿狼正站在山头上凝望着远处。这是一匹灰色的狼,在黑暗中瞪着可怖的眼睛,它在寻找食物。

小莲摸黑继续前行,不知道走了多远,小莲累得弯下了腰。

是啊,这一天小莲跑了多少路,从黑峪口跑到县城,又从县城跑出来,没吃一口饭,没喝一口水,小莲的两条腿实在迈不动了。

小莲对四眼说:"四眼,咱们就在这里歇一歇吧。"

小莲靠着旁边的一棵大树坐了下来。

小莲的眼睛已经适应了周围的黑暗,她看清了身边的景致,原来这是一个小山沟,她不知道这个小山沟离黑峪口还有多远。周围都是树,远处是黑黝黝的山。四眼很乖巧地躺在小莲的身边。小莲把怀中的兔子放到一边,用手摸着四眼的脖子。

"四眼,爹和冷娃哥会来找我们的。"

小莲安慰着四眼,也安慰着自己。天这么黑,又在一条不知名的小山沟里,小莲很害怕。刚才跑还不觉着疲困,现在坐到树下了,所有的饥饿、所有的疲惫一下就袭上来。小莲的上下眼皮打起架,她不敢睡着,也不断提醒着自己。又过了一会儿,小莲头一歪,靠在树上睡着了。

那匹饿狼正迈着小碎步向这边跑来。

它已经好几天没有吃一顿饱饭了,它的耳朵很灵敏地搜索着周围可能出现的猎物信息。

小莲正做着结婚的梦。

窑洞里贴着大红的喜字。门外还有娶亲的唢呐声。小莲穿上了红嫁衣,头上还盖着新娘子专用的红纱巾。她的新郎是谁呢?当然是冷娃哥了。冷娃穿上了新郎官的衣服,帽子上还插着花。冷娃好像很害羞,在众人的推搡下,冷娃和小莲站在一起。一拜天地,二拜高堂,夫妻对拜。夫妻对拜完小莲悄悄抬起头,新郎突然变成了嵇子霖。睡梦中的小莲叫起来:"怎么是你呢?冷娃哥呢?"小莲看见冷娃哥扔下大红花扬长而去。小莲追着出去,冷娃一把推开小莲。小莲跌坐在地上哇哇大哭起来。

小莲被四眼愤怒的叫声惊醒了。小莲醒过来,见四眼正向看不见的远处咆哮着。小莲也向远处看去,黑暗中一双令人恐惧的眼睛正一动不动地打量着她。"狼!"小莲尖叫一声,本能地往后退缩着。

冷娃哥多次给她描述过狼的样子,现在这个传说中可怕的动物真的让她遇上了。小莲左右寻找着能保护自己的东西,她看到离这棵树不远的地方有一棵更大的树,便想转移到那棵树的背后。她看看对面那双亮亮的眼睛,悄悄向后移去,后退了几步,又伸出手把扔在树旁的兔子拿过来。

四眼咆哮着,向狼发出威胁的叫声。

"四眼,过来!"小莲低低地喊着。

这棵树果然很粗,更令小莲开心的是,这棵树的背面竟然有一个被雷击中后形成的树洞,小莲试了试,刚好能爬进去。她拿起一根树枝,又把几块石头放到树洞口,然后和狼对峙着。

那匹狼非常有耐心,它尾随着来到离树洞不远的地方,前面就是它的美味,它很优雅地看着大树旁边的猎物。四眼在叫,狼知道那是四眼在虚张声势，它根本不理会那个被人类宠溺坏了的小东西，倒是躲在大树背后的那个人让它有所戒备。狼卧下来，还闭上了眼睛。

四眼叫累了，停下来，两只眼睛警惕地注视着趴在地上的狼。半夜时分，狼站起来，现在该是动手的时候了，它小心翼翼地走过来。四眼立马跳起来，然后后退着发出低低的吼声。

小莲举着棍子喊叫着："冷娃哥！冷娃哥！"

狼一步步逼近，四眼实在忍不住了，跳起来向狼扑去。四眼跳得很高，但在那匹狼面前，四眼就成了小把戏。四眼刚跳起来，狼就一跃而起，闪电般地把四眼的脖子咬住，然后奋力一甩，四眼尖叫着滚落一边。

四眼忍着剧痛爬到小莲跟前。

狼小心地走过来。小莲喊着叫着驱赶着狼。狼向外面走了几步。小莲看见了树洞旁的兔子。小莲捡起兔子扔过去："给你兔子！不要咬我的四眼！"

狼向后退了几步，看见扔过来的是一只兔子，叼起来，躲到黑暗中咔吧咔吧吃起来。

小莲趁狼吃兔子的时候把四眼抱进树洞里。四眼的脖子流着血，小莲扯下一块衣服给四眼包扎起来。

冷娃哥，你怎么还不来救我呢？小莲恐惧地想着。

狼吃了兔子，再次绕到树洞对面。天快亮了，狼要在天亮前发出致命一击。

狼走几步，突然扑上来，小莲举着树枝胡乱抵挡。狼用两个爪子不停地向小莲进攻，一只爪子已经搭在了小莲的肩膀上。就在这危急时刻，躲在小莲身后的四眼箭一般射出去。四眼是那么勇敢和义无反顾。由于四眼是突然袭击，狼毫无防备，四眼一口咬住狼的脖子。狼反过头来也紧紧咬住四眼的脖子。四眼的脖子本来就受了伤，现在被狼咬住，更加难受。狼使劲甩着脖子上的四眼。四眼死死咬住，不肯松口。狼一用劲，四眼的脖子被狼咬断。

远处传来冷娃的喊声:"小莲!四眼!"

小莲听见了,大声呼应着:"冷娃哥,我在这里!"

那边的冷娃好像听见了小莲的回应:"小莲,你在哪里?"

小莲大声叫着:"冷娃哥,我在这里!"

冷娃向这边跑来。狼看见了从远处跑来的冷娃。冷娃似乎也看到了这匹狼,呐喊着举着石头飞奔过来。

狼看看地上的四眼,心中有些不舍。它想带走它的猎物,但那个威猛的男人已经跑过来了,它只好慢慢后退着一步一步离开,离开老远了,才转身跑去。

小莲爬出树洞抱起四眼:"四眼,四眼!"四眼没了气息。

冷娃跑过来:"小莲,四眼怎么啦?"

小莲看见冷娃,哇地哭出来,放下四眼扑进冷娃的怀里,用小拳头砸着冷娃的胸脯:"哥,你怎么才来啊,哥!"

小莲哭得稀里哗啦,她是那么委屈、伤心。她把这一夜的担惊受怕和疲惫劳累全都哭出来了。小莲的泪哗哗哗地流,流得冷娃的衣服湿了一大片。

冷娃把四眼就地掩埋在大树旁,然后抱起小莲向家里走去。

小莲的两只手臂环绕着冷娃的脖子。她紧紧地抱着冷娃。她现在才知道她的冷娃哥是多么重要。

山头上太阳已经升起来。

冷娃低头看看怀中的小莲。小莲好像睡着了,脸上又是土又是泪。

在冷娃的心中,不管小莲脸上有什么,那都是黄河岸边最好看的脸,就像小莲歌里唱的兰花花,"一十三省的女儿哟,数上兰花花好"。

冷娃忍不住轻轻亲吻小莲一口。

第八章　灵活放贷款

42 这年秋天,兴县产销合作社在县城里的复兴隆酒楼成立了。

当时已经是深秋季节,街上的杨树叶子变黄,对面的蔚山上是漫山遍野的枫叶。枫树叶子是逐渐变红的,先是绿,然后慢慢变黄,再后来就是红。那是一团一团的红,波涌似的漫向远处,站在酒楼上远远望去,蔚为壮观。

酒楼的二楼上即将举行一场宴会。当然,这是为产销合作社的开业举办的一个酒宴。产销合作社是兴县动委会、县政府支持成立的另一个抗日组织。由于战争,晋西北一带日用物资紧缺,组建产销合作社的目的,就是把当地的山药、药材、瓷器等土特产销售出去,然后从别的地方购进本地紧缺的布匹、火柴、纸张、煤油等物资。银行由刘象庚负责,产销合作社就由牛照芝筹备、组建。牛照芝以自家的复庆永商号为基础,建起了兴县产销合作社。

张干丞、董一飞等人来了,八路军、晋绥军、东北军的代表也陆续到达,牛照芝一一和大家打着招呼。

张干丞和董一飞站在窗户前说着话。

张干丞说:"队员们情绪怎么样?"

董一飞说:"经过这段时间的休整,已经好多啦。"

张干丞说:"好好总结一下经验教训,让大伙从战争中学习战争。"

董一飞长出一口气。牺牲了几位队员,董一飞心里不好受。

这时牛照芝走过来。

张干丞迎过去,握住牛照芝的手:"牛先生为抗日大业再立新功!"

牛照芝摆着手说:"县长过誉了!我只是尽一份职责而已。况且没有少白支持,我也是寸步难行啊。"

产销合作社能成立的一个重要原因,是有兴县农民银行的支持。银行可以为产销合作社提供资金。合作社用农民银行的钞票购回本地特产,把这些特产卖到敌占区,就可以换回法币、大洋、伪钞,然后用这些法币、大洋、伪钞从敌占区购进急需物资。

说到刘象庚,张干丞抬起头来:"怎么没看见刘老伯呢?"

"是啊,这个财神爷怎么还没到呢?"

此时刘象庚正在孙家大院里一个人踱着方步。

刘象庚是在等一元钞票的印刷消息。

八路军打跑鬼子后,刘象庚就组织田掌柜他们开始印刷一元面额的钞票。纸张、油墨是从西安购回来的,原以为会很快印刷出来,没想到印刷几次都以失败告终。开始是油墨有问题,油墨调好了,纸张又出了差错。从西安买回来的纸与原来的土纸相比,既厚又光滑,印了几次,都是着墨不匀。师傅们反复试验,终于找到了问题所在。这批纸厚,不能像印土纸一样印,要放慢速度,着墨不匀的问题就解决了。

不一会儿,白宝明和田掌柜从外面进来。

白宝明老远就喊着:"先生,出来啦!出来啦!"

刘象庚看住田掌柜。田掌柜走过来,把新印出来的一元钞票递给刘象庚。

刘象庚接过来细细端详,然后把钞票对着太阳看了半天,图案清晰,着色匀称,特别是纸张,有了硬度,不像上一次的土纸,软不说,还不耐磨,用几次就破损了。

刘象庚把钞票抖一抖,脸上难得地露出笑容:"田掌柜啊,出了大力啦！"

田掌柜长出一口气："您老满意就好。"

复兴隆的小伙计跑到孙家大院门口。

小伙计看住刘象庚："您是刘象庚刘先生吗？牛掌柜请您去复兴隆酒楼呢。"

刘象庚一拍额头："你看我，把这么重要的事给忘啦！田掌柜，抓紧把这批钞票印出来吧。"

白宝明和田掌柜走出孙家大院。刘象庚随着小伙计去了复兴隆酒楼。

那天牛照芝给大伙准备的是当地有名的六六席。六六席，顾名思义，就是六盘六碗。这是非常讲究的一桌饭菜，没有一定的经济实力难以操办。六盘菜花样各异，重要的是六碗肉也是各不相同，有羊、土鸡、牛排、野猪、山兔等。

刘象庚到了以后，酒宴就开始了。

牛照芝给大伙倒上酒，站起来说道："承蒙各位抬举，合作社办了起来。以后呢，还要仰仗各位鼎力支持！牛某敬各位啦！"

牛照芝说完，举杯一饮而尽。

大伙都说着祝贺、恭喜发财之类的话。

张干丞说："有了银行，我们解决了票子的问题；现在有了合作社，我们就解决了穿衣吃饭的问题。有衣服穿，有饭吃，我们就能和小鬼子对着干下去啦！"

有人提议让刘象庚说几句话。

刘象庚从兜里摸出刚刚印出来的那张一元钞票："各位当家的，这是咱银行刚刚印出来的一元钞票！什么意思呢？这一元钱就是一块大洋，我估算了一下，这批纸张能印五六万元，老少爷们，这就相当于有了五六万现大洋。现在成立了合作社，五六万现大洋能换回多少急需的东西啊！"

酒宴进行了很长时间。

刘象庚和张干丞返回孙家大院时天已经暗下来。

张干丞真心诚意地说:"谢谢刘老伯!没有你,我都不知道该怎么办啦!现在有了银行,有了合作社,我这个兴县动委会主任就好当啦。"

刘象庚说:"都是为了打鬼子,你和我还客气什么?况且,我还是你的经济部部长嘛。"

两个人哈哈哈笑出来。

张干丞说:"时间不早了,刘老伯,你早点休息。"

张干丞回到后院,刘象庚进了自己的屋子里。

一会儿白宝明跑进来。

刘象庚惊讶地问道:"宝明,你怎么回来啦?不是让你在长兴堂监印吗?"

白宝明说:"黑峪口有人捎过信来。先生,您父亲病重啦,家里让您赶回去呢。"

刘象庚看住白宝明:"啥时候的信?"

白宝明说:"半下午的时候。"

刘象庚看看外面的天色:"宝明,你让李掌柜明天早上送我回去吧。"

白宝明答应着跑出去。

刘象庚从延安返回的时候老父亲的身体就有些不舒服,二弟配了几服药调理了一番,说是好了,其实病根还是没有除掉。人生七十古来稀,毕竟是八十多岁的人啦。

刘象庚一个人抽着烟想着心事。

43

早上起来天上突然下起雨来,就是那种秋天的雨,又细又密。

贺麻子抬起头看看天,朝冷娃的窑洞那边喊一声:"冷娃,下雨啦!"

贺小莲从自己的窑洞里出来，还披着雨衣，跑进院子里伸出手淋着雨："爹，我也去。"

冷娃推开门，好像刚睡醒的样子，嘴里嘟囔一句："这鬼天气！"

贺麻子看一眼贺小莲，心里其实不想让小莲去，但知道又拗不过这个傻闺女！

小莲想做的事她是一定要办成的！上次为了找刘象庚差点丢了性命，歇了没几天，听说刘象庚回了黑峪口，她立马去了十六窑院，真的就找到刘象庚了，刘象庚还真的帮助他们打了一条船！

刘象庚说："渡船归你们啦，打船的钱呢，以后就用你们给银行运送货物的工钱抵销。"

刘象庚以这种方式给贺麻子一家发放了贷款。

当时兴县农民银行除过解决八路军的军需外，还拿出一部分资金投资产销合作社，发放贷款，支持当地经济发展。由于是战争时期，为了方便群众，贷款更多的时候是以实物进行的。

贺麻子没拿一分钱，白白得到了一条船，一家人高兴得几天睡不着觉。

他们吃渡船，喝渡船，渡船就是他们的全部。他们尝到了失去渡船那种空落落的滋味。现在他们真的又拥有了一条船，心里怎么能不高兴呢？他们真心诚意地感谢刘象庚，也第一次真实地感受到了农民银行给他们这些穷苦人带来的好处。

三个人沿着小路向渡口方向走去。

小莲伸出手："哥！"

下了雨，路有些滑，小莲要拉住冷娃走。冷娃伸出手拉住小莲。

可能是下雨的原因，渡口边人不多。

刘象文和刘佩雄站在人群中。刘佩雄打着油纸伞，脚前放着行李箱，伞下站着刘象文。

刘象文捂着嘴，忍不住还是咳嗽几声。他的身子更加瘦弱，脸色也不

第八章 灵活放贷款 | 171

是很好看。

刘佩雄说:"爹,你就回去吧,外面有些凉。"

刘佩雄要到延安去。大伯和她说啦,竞雄姐姐就在延安。延安是青年们心中向往的地方,刘佩雄一听说竞雄在那边,就打定了主意要去。刘象文开始不同意。刘象庚倒是支持佩雄的决定。刘象庚说:"孩子,你去了就知道啦,那里是我们的希望和未来啊!"佩雄一直佩服这个有远见卓识的大伯,她相信大伯说得没错。

刘象文止住咳嗽,面对着佩雄。

小雨落在佩雄的头发上,顺着发梢又流到佩雄脸上。刘象文掏出手绢,给闺女揩掉脸上的雨水。

刘象文说:"到了那边照顾好自己。"

刘佩雄说:"爹,我已经长大了!况且还有竞雄姐姐,你就不用担心啦!"

冷娃把踏板搭到岸上,客人们陆续上了船。

刘佩雄把油纸伞给了刘象文,提起行李上了渡船。

刘佩雄站在渡船上向刘象文挥着手:"爹,回去吧!"

刘象文站在渡口上没有动。

他知道自己的病,他不知道闺女此次远去还能不能再有见面的机会。孩子是有抱负的人,他总不能因为自己的病让孩子委屈待在家里吧。

渡船远去。

刘象文眼里慢慢涌出两颗泪珠。

渡船很快到了对岸,岸上的人群里,铁拐李拉着一头小毛驴站着。铁拐李看见了贺麻子,大声喊着:"老伙计!"

贺小莲也看见了铁拐李,上次正是铁拐李告诉她赶快离开县城的。贺小莲向岸上的铁拐李招着手:"李叔!"

贺小莲喊完,对旁边的贺麻子说:"爹,上次多亏了李叔!"

贺麻子抬起头:"你李叔是条汉子!"

冷娃把踏板搭在岸上,铁拐李拉着小毛驴上来。小毛驴的驮架上驮着重重的货物。

贺麻子说:"老李头,你这是……?"

铁拐李拍拍驮架说:"去了趟西安,给银行采购货物啦。"

贺小莲就说:"李叔,你去西安啦?西安好不好?听说那可是个大地方!"

铁拐李就从怀里摸出一盒雪花膏:"丫头,这是给你的。"

贺小莲惊讶地说:"李叔!"

铁拐李点着头:"拿去拿去。"

贺麻子说:"让你李叔破费啦。"

贺小莲把两只手在衣服上擦一擦,双手接过那个小盒子。盒子很精致,上面还印着一个穿着旗袍的时髦的女士。

铁拐李说:"打开,打开闻一闻。"

小莲就拧开盖子,一股雪花膏的清香味道弥散开来。

铁拐李问:"香不香?"

贺小莲说:"香!"

铁拐李哈哈大笑:"小莲长得俊,再抹上雪花膏,你可要小心啊,别让汉子们抢了去!"

铁拐李一句话说得贺小莲羞红了脸。

渡船向这边划来。

铁拐李拍拍船帮子,和贺麻子说着话:"老伙计,船怎么样?"

贺麻子感激地说:"不瞒你老李头,这次要不是刘象庚帮忙,我可就惨啦!"

铁拐李说:"是啊,老伙计,你可能不知道,这头小毛驴也是银行买的,我那头让鬼子拉走啦。"

两个人就感叹刘象庚这个人,以及刘象庚办起的这个银行。

贺麻子说:"是咱穷人的银行!"

第八章　灵活放贷款 | 173

铁拐李说:"能替咱穷苦人想的银行,不多!"

44

父亲刘守模的病是老病,加之天气变化,一下严重起来,好在有刘象坤在身边,吃了几服药又慢慢稳定下来。

刘守模躺在炕上,头上搭一块毛巾,看着坐在地下的刘象庚说:"少白,爹可能不行啦。"

刘象庚笑着安慰道:"爹的身体硬朗着呢。象坤说啦,爹的身体没有大毛病!"

刘守模说一句话后显得很累,缓一缓说:"爹走以后,这个家就交给你啦!"

刘象庚的母亲听见这句话,掉过身子抹眼泪。

刘象庚也很难过,但还是挤出笑来说:"爹说的哪里的话,有爹在,儿子们就有主心骨!"

刘守模一直在喘气,过了好一会儿说:"你三弟身体不好,你多照顾他!"

刘象庚说:"儿子记下啦,爹你就放心吧。"

这时李云站在门外给刘象庚使着眼色,刘象庚一回头看见了李云。

刘象庚母亲就说:"你有事就忙你的去,这里有我呢。"

刘守模抬起手向外摆一摆。刘象庚提着衣服下摆出来。

刘象庚下了台阶,问道:"怎么啦,李云?"

李云似乎怕被正房里的两个老人听见,拉着刘象庚到了自己西面的窑洞里:"二弟他们过来啦。"

刘象庚进了里间屋子,看见二弟刘象坤两口子愁眉苦脸地坐在那里。

刘象庚弯下腰问道:"你们两个怎么啦?愁眉苦脸的。"

刘象坤叹口气,扭过脸去。

刘象坤夫人看一眼刘象庚:"武雄出事啦!"

刘象庚怔住:"武雄出事啦?武雄出什么事啦?"

刘象坤夫人看一眼李云。

李云说:"小鬼子从武雄的防区跑啦,上面追查下来了!"

李云吞吞吐吐没有把话说完,急得刘象庚一跺脚:"怎么说的都是半截子话呢?追查下来怎么啦?"

李云看住刘象庚:"上面要枪毙武雄!"

刘象庚听了这话,站在那里半天没动。

刘象坤夫人抹着眼泪:"大哥,求你救救武雄!武雄要是有个三长两短,我也不想活啦!"

刘象坤夫人低低地抽泣起来。刘象坤一个劲地唉声叹气。

刘象庚摸出小烟锅头,点起来,抽了一口,然后背着手在地上走了几步,抬起头向外面喊着:"宝明!"

李云说:"宝明没回来。"

刘象庚知道,要救武雄,只能去求武雄的顶头上司了。武雄的顶头上司是一个姓侯的师长,刘象庚和这个侯师长没打过交道。不过刘象庚想起一个人来,这个人能和侯师长说上话。

刘象庚对李云说:"李云,你去新一师找一下续范亭师长,求续师长通融一下吧。"

新一师师长续范亭与刘象庚相识多年。

李云站起来就走。

刘象坤夫人说:"嫂子,我和你一起去。"

李云说:"不用。等一会儿宝明回来,我和宝明去就可以啦。你们在家等我的信儿吧。"

第二天李云就从新一师返回,带回续范亭的一封信。信是写给那个姓侯的师长的,续范亭的意思是,大敌当前,正是用人之际,可让武雄戴罪立功。

刘象庚拿着这封信,和刘象坤说:"二弟,武雄有救啦!走,咱们去见一见这位侯师长。"

侯师长他们的驻地在兴县的甄家庄。

刘象庚去的时候,侯师长正在宴请他的几个部下。

勤务兵进来报告,说农民银行的刘象庚带着粮食、猪肉慰问部队来啦。

侯师长一听,摸着光头哈哈大笑起来:"诸位啊,你们说,这刘象庚干什么来啦?"

一个团长说:"他妈的,这个刘象庚不是什么好鸟,把银行的钱全给八路啦!"

另一个也说:"这老小子眼珠子里全是八路,就没瞧得起我们骑一军!"

侯师长伸出两手往下按一按:"诸位少安毋躁!这个刘象庚慰问我们是假,来救他的侄儿是真!哼,这次让他吃不了兜着走!开门迎客!"

刘象庚、刘象坤兄弟两个来到侯师长的屋子里。

侯师长坐在桌子后面,地上站着四五个荷枪实弹的部下。

刘象庚一进门就抱拳说道:"侯师长啊,弟兄们保家卫国辛苦啦,少白代表银行慰问弟兄们来啦。"

侯师长啪啪啪鼓了几下掌。

侯师长站起来冷冷地说:"刘掌柜说得好!军人以保家卫国为天职,但有的人竟然私自撤退放跑敌人,刘掌柜,你说,此人该当何罪?"

侯师长看住刘象庚。

刘象坤扑通给侯师长跪下:"犬子罪当诛!念在他忠心报国的分上,求师长网开一面!"

侯师长哼一声:"大敌当前,军纪岂能儿戏!"

刘象庚见侯师长在气头上,就和刘象坤返回十六窑院,临走时把续范亭师长的信给了侯师长。

过了几天,刘象庚和二弟再次来到甄家庄。

这次侯师长客气了不少。

侯师长说:"续将军的信看过啦。"

侯师长说可以让刘武雄戴罪立功,但刘象庚要给他们骑一军解决一万块大洋的饷银,一个子儿也不能少,而且不能拿银行的破票子顶账!

侯师长说完一抱拳:"兄弟军务在身,失陪啦!"侯师长走出门,骑马离去。屋子里留下刘象庚和刘象坤兄弟两个。

一万块大洋,这可是个天文数字啊!刘象坤一下瘫在地上。刘象庚拉起刘象坤:"站起来,二弟,活人还能叫尿憋死吗?这次是救武雄,是私事,不能动用银行的钱。但二弟,我们刘家就是砸锅卖铁也要把武雄救出来!"

刘象庚背着手离去。

刘象坤跟着出去:"哥,有办法吗?"

刘象庚头也不回:"卖地!"

刘象坤抄着手跟在后面。刘家还有几百亩地,但那是祖宗留下来的啊,况且一家人还全靠这些地生活呢。

刘象庚说:"救人当紧!人都没啦,要那些地干啥呢?卖地这个事呢,就不要让爹知道啦。"

刘象坤不住地点头。

刘家卖了几百亩好地,又把黑峪口的几个铺子典当出去,好不容易才凑够一万块大洋。

45

新年这天,银行里给大伙吃饺子。

刘象庚说,大伙辛苦了一年,银行没啥能感谢诸位的,买了点白面,给大伙吃一顿羊肉饺子吧。

半下午的时候银行就关了门,大伙嘻嘻哈哈自己动手包饺子。馅是羊肉胡萝卜,油是胡麻油,馅拌好后屋子里就散发着胡麻油的香味。银行里有了会计、出纳、美术师等十来个人。开始的时候大伙和县政府的人在一块吃饭,人多了就另外起了火。

上灯的时候饺子就煮好了。

刘象庚吩咐白宝明,过去看看张干丞和董一飞回来没有。

白宝明很快跑回来:"刘先生,县长他们还没回来呢。"

刘象庚说:"那就给他们留出一些来。"

吃饭前,银行给大伙发了这个月的薪水。刘象庚最多,十二元,牛霏霏老师是六元,白宝明是三元。

银行小食堂平时就是大烩菜,玉米面窝窝,高粱面,偶尔有一顿两顿白面馒头。

大伙端着碗吃起了饺子。

正好铁拐李拉着小毛驴回来。

白宝明笑着说:"李掌柜好口福,来一碗饺子!"

铁拐李笑着说:"一进大门就闻到了香味,原来你们在吃饺子啊!那我可就不客气啦。"

厨房里的师傅早给铁拐李端过碗来。铁拐李端起碗往四周一看,发现牛霏霏老师不在,就问白宝明:"宝明,怎么没看见牛老师呢?"

白宝明站起来:"哎,牛老师呢?"

有人在那边喊着:"牛老师在后面设计票子呢。"

鬼子撤走后,牛霏霏就从学校搬到了孙家大院,学校里人少,不安全。刘象庚在孙家大院靠里的地方给牛霏霏找了间干净的屋子。

这是两间小耳房,里面一间做了卧室,外面靠窗户的地方放着一张桌子,成了牛霏霏画画的地方。此时牛霏霏正趴在桌子上仔细修改着一张面额是五角的钞票图案。图案的主题是县城东面的石猴山。牛霏霏觉得山头上的那几块石头画得不够理想,修改完,觉得满意了,才扔下手中的笔站起来。卧室里生着一个小火炉,外面的工作间有些冷,牛霏霏呵着手在地上走几圈。

桌子上除过画稿外,还立着一面小镜子。牛霏霏拿过小镜子,镜子里出现了一个女子姣好的面孔。牛霏霏左右瞅一瞅,把头发掠上去。这个小镜子还是李掌柜送给她的。牛霏霏低头看着手中的小镜子。想到李掌柜,牛霏霏脑海中出现了那个魁梧的、腿有些残疾的男人的形象。

门外响起铁拐李的大嗓门:"牛老师!牛老师!"

牛霏霏听见李掌柜的声音有些慌乱,掠掠头发,想去开门,发现手中还拿着那面小镜子,就拉开抽屉把小镜子放进去,走过去要开门,和推门进来的铁拐李撞个满怀。

铁拐李碗中的饺子差点被撞翻。

牛霏霏退后几步,抱歉地说:"你看我,总是冒冒失失的。"

铁拐李把碗放在桌子上:"还热乎着呢,快吃吧。这是新票子吧?霏霏老师真了不起!"

铁拐李看见桌上的钞票图案,伸着大拇指。

牛霏霏说:"你看,这是咱们的石猴山。"

牛霏霏就站在铁拐李的旁边。

铁拐李说:"你们文化人,真了不起!"

牛霏霏端起碗靠在门框上吃饭。

铁拐李站在那里,觉得无话可说,便迟疑着推门出去:"我到前面去啦。"

牛霏霏追出来喊一声:"李掌柜!"

铁拐李在院中站住,他希望听到牛霏霏说句让他留下来的话,牛霏霏没了下文,铁拐李便大步离开。

铁拐李走了几步,听见身后牛霏霏关门的声音。

铁拐李回到前面,大伙的饭也吃得差不多了。

铁拐李拉着白宝明回到宝明的屋子里。

铁拐李从怀里掏出半瓶白酒:"宝明,陪老叔喝上几杯!"

白宝明看看铁拐李,笑嘻嘻地说:"李掌柜一脸不高兴,霏霏老师惹你啦?"

铁拐李又从怀里掏出半袋兰花豆:"人家惹我干吗呢? 一个老驮夫!"

铁拐李举起瓶子,咕咚咚咚喝几口,然后把瓶子给了白宝明。

白宝明接过瓶子,扑哧笑了。

铁拐李靠在墙上,往嘴里扔了几颗兰花豆:"有什么好笑的呢? 傻小子!"

白宝明喝一口酒,抹抹嘴:"我知道你为啥不高兴!"

铁拐李坐起来:"为啥?"

白宝明看住铁拐李:"为啥? 还不是为个女人!"

一句话说得铁拐李再不作声。

铁拐李拿过酒瓶子,又是咕咚咚咚几口。

白宝明怕铁拐李喝多了,一把抢过他手中的酒瓶子:"李掌柜算啦,那是天鹅肉,你能吃到嘴里吗?"

是啊,霏霏老师是有文化的人,自己一个大老粗,人家凭什么喜欢上你呢? 一个在天上,一个在地下,本来就不是一路人。

铁拐李一拍腿:"唉,宝明兄弟,不说她啦,喝酒!"

白宝明说:"这就对啦! 老叔,俩人不喝闷酒,我给老叔哼上几句解解闷!"

铁拐李说:"那就哼上几句。"

白宝明下地把门关好,然后说声"老叔不要笑话",就低低地哼起来:

……
  过了一回黄河没喝一口水
  交了一回朋友没亲妹妹的嘴。

捡了一块双人毡没和妹妹睡，
　　哥哥走了妹妹你后悔呀不后悔？
　　……

宝明唱得不是很好，但那种伤感的味道还是有的，听得铁拐李一个大老爷们眼泪稀里哗啦流下来。

那天铁拐李喝了半瓶酒就醉了。

白宝明叹息一声，知道铁拐李心里苦，就给铁拐李盖上被卧，让他安心睡去了。

46

黄河一如既往地向前流去。

正是半下午的时候，太阳已经落到山那边。贺麻子和冷娃划着渡船到了岸边，冷娃把踏板搭到岸上，船上的人陆陆续续下去，岸上等着要到黑峪口这边的人又一个一个来到渡船上。贺麻子坐在船尾，抽出烟锅头，划着火柴点燃抽起来。天气说冷就冷了，黄河上掠过来的风吹在身上有了寒意。贺麻子把薄棉袄紧一紧，他的老寒腿又在隐隐作痛。

冷娃在前面忙乱着。

冷娃挽着裤腿，赤着脚，在踏板上来回接送着客人，有时候帮客人提东西，有时候扶着客人上船。

"冷娃哥！"岸上有人喊。

冷娃正提着一位客人的行李上船，他觉得声音很熟，反身看见了正踩着踏板跑上来的秫子霖。

冷娃惊讶地喊道："秫子霖，是你！"

秫子霖笑嘻嘻地跑过来："冷娃哥，我还活着！"

冷娃砸一拳秫子霖："你小子，这么长时间也不捎个信儿来，我还以为

第八章　灵活放贷款　| 181

你喂了王八啦!"

嵇子霖笑着说:"我的命大,王八吃不了!"

嵇子霖打量着渡船:"冷娃哥,新打的?"

冷娃说:"让你小子害苦啦!不打新的,让我们去喝西北风?"

嵇子霖帮着冷娃把踏板抽回来,听见冷娃的话,说道:"冷娃哥,你好不讲理!坐你的船差点丢了命,我不埋怨你也就罢啦,你倒说起我来!"

冷娃说:"去去去,再掉下去喂了王八我可担待不起!"

船尾的贺麻子喊道:"嵇子霖!"

嵇子霖抬起头:"大叔,是我!"

贺麻子说:"没事就好,没事就好!"

冷娃开始掉转船头:"你小子,害得我们找了你好几天!"

嵇子霖压低声音说:"你还说呢!掉下去又撞到了冰块上,要不是被人救起来,小命也没啦!你看,现在还留着疤呢!"

嵇子霖撩起额头上的头发,露出被冰块撞出的疤痕。

冷娃说:"活该!"

嵇子霖说:"冷娃哥,怎没见小莲?"

这小子还打着小莲的主意!

冷娃一用劲,渡船向前滑去:"抓牢!小心再掉下去!"

嵇子霖不死心:"大叔,小莲呢?"

后面的贺麻子传过话来:"小莲回家做饭去啦。"

窑洞里,贺小莲正给贺麻子、冷娃做着饭。

灶坑里的山柴噼噼啪啪燃烧着,锅里的水已经烧开,正冒着热气,小莲把淘洗好的小米倒进去。小莲做的是和子饭,现在要把面和起来,等贺麻子和冷娃回来,把面条下进去,一锅和子饭就好了。

小莲穿着一件颜色淡了许多的红夹棉袄,她挽起袖子边和面边哼着山曲儿:

……
哥哥你要走西口
小妹妹实难留。
提起你走西口呀,
小妹妹泪花流。
……

小莲哼着山曲儿,似乎想起了什么,就朝窑洞外喊着:"四眼!"

以前她一喊四眼的名字,四眼就会摇着尾巴跑进来,现在窑洞外面没有任何动静。

四眼为救她已被那匹狼咬死了。想起四眼的死,小莲心里难过起来。窑洞里一时安静下来,只听见灶坑里山柴燃烧的声音。

就在小莲做饭的时候,窑洞后面的山林里,几个男人正打着抢走小莲的主意。

这几个男人就是上次贺麻子送过河去的那几个逃兵。

他们已经落草为寇,当起了土匪。

这几个家伙一直惦记着小莲的美貌,他们昨天就从黄河那边过来了,想把小莲抢过黄河去做他们几个的压寨夫人。

爹和冷娃哥还没有回来。

小莲推开门走出来,院子外面已经很暗了,远处的黄河发出一道亮亮的光。小莲向前面的小路上看一看,也没看见爹和冷娃哥的身影。

小莲转身返回窑洞里,她摸索着火柴想把油灯点着,这时门后转出一个人,把她的眼捂住。

小莲以为是冷娃哥和她玩呢,就说:"冷娃哥?"

第八章　灵活放贷款　| 183

捂住她眼的人没说话。

冷娃哥的手粗糙得很,小莲感觉那人不是冷娃哥,这人的手很绵,小莲突然喊道:"嵇子霖!"

那人松开手。

小莲点着油灯。

小莲看清楚了,站在面前的正是那个掉进黄河里的嵇子霖。

小莲扑上去就是几拳头:"嵇子霖,你个死鬼!"

嵇子霖不动,任凭小莲打他。小莲打了几拳哭出来:"我还以为你淹死啦,害得我和冷娃哥找了好几天,你也不来个信儿,死鬼死鬼死鬼!"

嵇子霖抓住小莲的拳头,一把把小莲抱进怀里,他紧紧地抱着小莲。小莲在嵇子霖怀里呜呜呜地哭泣。这么长时间了,她以为这个死鬼真的给淹死了,现在竟突然出现在她的眼前。嵇子霖埋下头,使劲亲吻小莲的眼睛。

嵇子霖要亲吻小莲的嘴巴时,小莲一把推开嵇子霖。油灯下小莲哭得成了个泪人,她擦擦眼睛看着嵇子霖。

嵇子霖在窑洞里显得更高了,几个月没见,脸似乎黑了不少,瘦了不少。嵇子霖看着小莲,流着泪的小莲是那么让人怜爱。

嵇子霖拉住小莲的手,他还想抱住小莲,小莲笑着说:"子霖哥,你也饿啦,正好吃一碗我做的和子饭!"

小莲推开嵇子霖的手,坐到灶坑前添上山柴,然后把切好的面条下进锅里。

嵇子霖还站在地上。

小莲说:"还愣着干啥?快上炕啊!"

嵇子霖说"好",脱了鞋跳到炕上。

小莲给嵇子霖端过饭来。

嵇子霖闻一闻:"真香!"

小莲露出笑脸:"香就多吃一碗!"

穄子霖大口吃起来。

正在这时,院子里突然传来咚的一声响。

两个人互相看一眼。穄子霖立马趴到窗户上,看见几个黑影窜进院子里。

穄子霖说:"不好!"穄子霖吹灭灯,跳下地,把门关好。

穄子霖压低声音:"小莲,快躲起来!"

小莲爬到炕沿下。小莲也听到了院子里传来的脚步声。一会儿有人过来推门,门哗啦哗啦快要被推开。

穄子霖爬到炕沿下,拉着小莲退到灶坑旁边,拔出怀中的短枪喊道:"喂,你们是干什么的?"

门外推门的声音突然停下来。

院子里的土匪们听到屋里男人的喊声吃了一惊。

一个土匪喊道:"我们是晋绥军,你是哪一部分的?"

屋里的穄子霖说:"我是八路军!"

络腮胡子低低地骂一句:"真他妈的丧气!走!"

土匪们退出了院子。

小莲等听不到外面的声音了说道:"子霖哥,你到底是什么人?"

穄子霖把短枪插进怀里:"小莲,不瞒你说,我是八路军的交通员。"

小莲重新把灯点亮。

小莲像看一个陌生人似的看住穄子霖:"为啥不早说呢?"

穄子霖想拉住小莲,小莲后退一步。

穄子霖说:"一言难尽!"

山路上传来冷娃哥的声音:"小莲,小莲!"

小莲推开门:"你走吧,走!"

穄子霖还想说什么,小莲已一把把穄子霖推出去。

冷娃推开门跑进来,闻到了锅里散发的香味:"好香哪!"

看见小莲一脸不高兴的样子,冷娃问道:"小莲,怎么啦?"

第八章　灵活放贷款 | 185

小莲没说话。

贺麻子进了屋子:"冷娃,好像有人来过院子里!"

小莲说:"爹,你们吃饭吧,我累了。"

小莲说完回到隔壁自己的窑洞里。贺麻子看一眼小莲,不知道小莲怎么就不高兴了。小莲回到自己的窑洞没有点灯,她就那么在黑暗中坐在炕沿上。嵇子霖怎么就突然变成了八路军?他究竟是个什么样的人呢?

47

熬到旧历年年底,老爷子还是撒手而去了。

老人离去了,十六窑院突然显得那样空旷和冷清。冬天一直没下雪,天是那种灰蒙蒙的白,刘象庚一直抄着手站在院子里。对于父亲的离去他心里早有准备,但当这一天真的来临的时候心里还是空落落地难受。有父亲在,不管自己年龄有多大,总觉得还是个孩子,父亲的离去让他一夜之间有了一种苍老的感觉。这些天他总是回忆起父亲年轻时的点点滴滴。父亲是个读书人,一直希望他们能够学有所成,对他们的成长也抱着一种很宽容的心态,并没有强求他们什么。自己这次回乡兴办农民银行,老父亲虽然不明白背后的真正用意,但还是给予了他极大的支持。银行成立时老人家打发二弟给他送来几百块大洋,虽然钱不多,但那是老人家的一种态度,老人家支持他,也相信他一定会干出一番名堂。现在银行已经建立起来,也印出了自己的钞票,一切正向好的方向发展,老人家却突然离去了。

白宝明在院里挂着红灯笼。

白宝明站在梯子上反过脸看着刘象庚:"先生,这样可以吗?"

这些灯笼已经挂了好几年了,上面还有父亲画的几幅小品,有五女拜寿、富贵牡丹等内容。以前一进腊月父亲就忙开了,灯笼都是他亲手制作,用竹篾子或者高粱秆扎出各种造型,再将一种比较薄的能透出亮光的红纱纸糊在架子上,一个灯笼就完成了。父亲喜欢画画,糊完灯笼就提笔在灯笼上作画,三笔两笔,一只小动物、一朵莲花……就出现在灯笼上。刘象庚记得父亲做这些的时候特别认真,戴着眼镜在油灯下一笔一画地细细描摹。几十年前的事就好像发生在昨天一样。

李云出来给他肩上披条围巾:"外面天气冷,你不能老是这么站着。"

刘象庚叹口气:"娘好些了吗?"

老父亲走了,老母亲也病倒了。

李云说:"大姐在那边照料着呢。今天是年三十了,一会儿二弟、三弟都要过来,你现在是一家之长,也要打起精神来。"

刘象庚说:"你说得对,我只是心里有些难过。"

李云停了一会儿说:"不知汝苏在那边怎么样?"

前些日子刘象庚把刘汝苏送到延安上学去了。

刘象庚说:"你不用担心,竞雄和佩雄不是在那边吗?还有啥好担心的?"

李云说:"我是觉得孩子有点小,从来没有离开过我,一下走这么远,总是有些不放心。"

正说话间,二弟刘象坤进来了。

刘象庚说:"武雄回部队上了吗?"

刘象坤说:"回是回去了……"刘象坤犹豫了一下,没有说出后半句话。

刘象庚问道:"看你说话吞吞吐吐的,武雄怎么啦?"

刘象坤说:"还能怎样?这次回来心情一直不好。"

刘象庚说:"男子汉大丈夫,拿得起也要放得下。"

刘象坤说:"谁说不是呢?他妈的意思是武雄年纪不小啦,不如给他讨上一房婆姨,也收收他的心。"

刘象庚说:"武雄有中意的人吗?这可要尊重孩子的意愿。时代不同

第八章 灵活放贷款 | 187

了,大人不能包办一切。"

刘象坤说:"这个我懂!他妈问过武雄,武雄还真的看上一个姑娘,哥,你猜是谁?"

刘象庚说:"是吗?这个武雄!是哪个大户人家的千金?"

刘象坤说:"哥,你可能想也想不到,武雄看上了贺麻子的闺女!"

刘象庚问道:"就是跑渡船的贺麻子的闺女?"

刘象坤说:"还能有哪个贺麻子?我和他妈有点想不通,你说一个军官,怎么能看上贺麻子的闺女呢?"

刘象庚扑哧笑了:"这个武雄呀,还真有眼光!贺麻子的闺女我见过,还真的是咱们黑峪口的一枝花呢。"

刘象坤说:"那姑娘去德兴堂看过病,模样也周正,但是……"

刘象庚说:"但是什么?你们两口子呀,就是嫌弃人家配不上武雄,认为人家是跑渡船的,与你家儿子不般配。老脑筋!我倒觉得,只要孩子们愿意就成。"

屋子里牛爱莲和刘象坤、刘象文的夫人都在忙乎着饭菜,大家进来后一起到刘守模的画像前鞠个躬。

刘象庚说:"看这个样子,仗也不知道会打到什么时候。以后的日子可能会越来越难,大家要有过苦日子的准备。"

是啊,战争还在继续,未来究竟会怎样谁也不知道,明年一家人还能这么安安静静地吃个团圆饭吗?

第九章　建设根据地

48

晋西北十年九旱,这一年似乎旱得格外厉害。

一冬天没下雪,开春以后又是漫天的西北风,风卷着沙尘呼啸着掠过去。

孙家大院里,张干丞忧愁地看着发黄的天空。

"谷雨前后,点瓜种豆。"谷雨已经过去了,老天爷还是没有一点下雨的意思。现在正是播种的季节,他去乡下看过了,土地旱得根本种不下去,如果错过下种的时间,今年粮食的收成就要出问题,粮食出了问题……张干丞不敢往下想了。

张干丞觉得还是要和刘象庚商量一下,看看刘象庚有什么好主意。正如牛照芝说的,刘老伯是一个足智多谋的人,每每遇到困难了,这个干瘦的老头儿总能想出好办法。筹建银行就是最好的例子,没有本金,没有机器,几乎什么也没有,愣是让这个老头儿给建了起来。

张干丞来到前面的院子里,银行的人说,刘象庚和白宝明一大早就出去了。

张干丞正在失望之际,刘象庚骑着铁拐李的小毛驴回来了。铁拐李在前面牵着毛驴,白宝明跟在后面,三个人头发上、身上全是土。

白宝明进来后呸呸呸地吐着嘴里的沙子。

张干丞迎接过来:"刘老伯,你到下面去了?"

刘象庚下了毛驴:"情况不容乐观啊,干丞!"

张干丞说:"老天爷不下雨,这可如何是好!"

刘象庚摸出小烟锅头,没说话。

旁边的铁拐李说:"外面有小鬼子,天又旱成这个样子,成心不让老百姓活了!"

刘象庚看住张干丞说:"我倒是得到一个好消息,这倒不失为一个解救办法。"

张干丞抬起头:"刘老伯,快说说看。"

刘象庚说:"听说八路军在蔡家崖那边帮助百姓种地呢。"

张干丞问道:"八路军?有啥好办法呢?"

刘象庚看见张干丞疑惑的样子,说道:"挑水种地!"

张干丞听了刘象庚的话,脸上有了笑意:"刘老伯,我有主意啦。天旱不说,不少困难户连种子也买不起。可不可以这样呢,刘老伯?银行呢出面购买些种子回来,然后给困难群众发下去。群众有了种子,再加上八路军的帮助,也能种下去不少。秋收以后,再让大伙还上银行的费用。"

这种贷款后来叫"青苗贷"。刘象庚思忖着说:"这倒是个办法。秋收以后看情况,收成好就收点利,收成不好一厘也不收。"

张干丞:"就这么干!时间不等人,我这就把区公所的人张罗回来,让大伙自救!"

张干丞和刘象庚几个人打声招呼,匆匆忙忙出去。

刘象庚吩咐铁拐李:"李掌柜,你再辛苦一趟,和会计一块出去,替银行买些种子回来。"

铁拐李:"放心吧,刘先生,这是救命的事,我这就去办。"

安排完这些事,刘象庚磕掉烟灰,卷起小烟袋:"宝明,咱们也走!"

"刘先生,去什么地方呢?"

刘象庚说:"蔡家崖。"

在蔡家崖帮助百姓们种地的正是甄连长他们所在的部队。旅首长下达了命令,让各部队休整的同时抓紧帮助驻地附近的百姓挑水种地。

甄连长天未亮就带领全连战士到了地里。甄连长到了地头傻了眼,他从地上抓起一把土,土从指缝间哗哗哗流了下去。

老班长凑过来说:"连长,没水种不下去啊。"

甄连长瞅一眼老班长:"啥子话嘛,有水还用得着你吗?"

远处的地头上坐着几个老农,甄连长和老班长走过去。

甄连长问道:"老乡,附近有水吗?"

一个老农看一眼甄连长说:"南面就是蔚汾河。"

甄连长站起来向南面望过去,不知是天色未明还是路远,根本看不见蔚汾河。

甄连长蹲下来和几个老农商量着:"老乡,我们是八路军,是过来帮助大家种地的。"

几个老农互相看一看,好像有些不相信。

一个老农说:"旱成这样了,种不下去啊。"

另一个说:"种下去也活不了,白浪费!"

老班长说:"活人还能叫尿憋死?把河水拉过来不就成啦!"

甄连长说:"我们拉水,你们种地,怎么样,老乡?"

几个老农有些迟疑。

老班长说:"错过季节,再种下去也熟不了啦!"

是啊,地种不进去,一家人吃啥呢?

甄连长说:"地里有了粮食,一家人就有救啦!"

几个老农被说动了,回村里去招呼大伙出来种地。

老班长站起来发愁地说:"连长,用啥家伙拉水呢?"

甄连长说:"去找牛掌柜想想办法。"

甄连长以前和张干丞去过牛照芝的家,两人很快来到牛照芝的府上。

牛照芝认识甄连长,听说甄连长他们要帮助村里拉水种地,牛照芝伸出大拇指:"果然是仁义之师啊!"

牛照芝喊来管家,让管家把家里的拉水车借给八路军。

牛照芝说:"连长同志啊,我有个建议,你看如何。"

甄连长说:"牛掌柜讲嘛。"

牛照芝说:"难得贵军如此仁义!我家后院有一口水井,先用井水,井水不够用了再拉河水。"

天已经大亮,地头上有人开始耕地。由于牲口少,几位壮实的八路军战士自己拉着犁地。

更多的战士用拉水车、水桶、盆子等工具把水运到地头上。

一开始村民们出来得不多,有的战士就帮着往翻开的土地里撒种子。这些土地种的都是玉米,快到中午的时候,一大块土地已经种了进去。

牛照芝领着几个伙计,挑着几担绿豆稀粥、馒头来到地头。

甄连长笑嘻嘻地迎上来。

撒下种子的地方都洒了水,水洇湿了一小块地方。牛照芝看着土地上密密麻麻的水迹,啧啧赞道:"了不起!了不起!"

牛照芝舀了一碗稀饭:"甄连长,弟兄们辛苦啦!牛某给大伙煮了一锅绿豆稀粥,不成敬意,不成敬意!"

甄连长接过碗咕咚咕咚喝完,擦擦头上的汗:"谢谢牛掌柜!弟兄们,牛掌柜给大伙送来馒头、稀饭啦!"

战士们说笑着三三两两地走过来。

牛掌柜看着远处的田地说:"照这么下去,再有两三天这片地就种完啦。"

甄连长说:"牛掌柜,我们旅长说啦,要和老天爷抢时间。"

牛掌柜说:"你们旅长说得对,错过了下种的时间,就没收成啦。"

两个人说话间,远处有几个骑兵打马驰来,后面好像还有几个骑兵在追赶他们。前面的骑兵慌不择路,突然窜进刚刚种了玉米的地里。这边吃饭的八路军战士都端着碗站起来。

有的战士喊着:"快出去!"有的嚷道:"把好端端的地给糟蹋啦!"田地里还在忙碌的村民们也大呼小叫起来。

老班长带着几位战士向那几个骑兵扑去。

老班长他们几个都是特务连的老战士,个个身手了得,一会儿就押着几个晋绥军的士兵过来,一个八路军战士在远处拉着几匹马。

老班长把一个少尉模样的军官推到前面:"快走!"

那个少尉满脸灰土,显然刚才进行过一番打斗。少尉把衣服上的土拍打一下,站在一边,不肯说话。

老班长说:"咦,糟蹋了人家的田地还有理了?"

少尉转过身对着甄连长:"我军正在演习,贵军无故阻拦,是何道理?"

甄连长说:"贵军演习也不能践踏百姓的田地啊!"

少尉冷笑一声威胁道:"践踏百姓的田地?哼!你赶快放我们回去!不然的话……"

甄连长鄙夷地问:"不然会怎么样?"

少尉说:"吃不了兜着走!"

牛掌柜见两军要产生误会,急忙拦住甄连长,压低声音说:"甄连长,消消怒气!附近是骑一军的防地,好汉不吃眼前亏,不如放了他们!"

老班长抓下帽子踢一脚少尉:"打小鬼子你们网得很,欺负自己人倒是有一套!老子就不信邪啦,不放你,能把老子怎么样?"

一位八路军战士叫起来:"连长,快看!"

甄连长随着喊声转过身,那边的山坡上拥出无数的晋绥军士兵,这边的山洼处也出现了大量的骑兵。

老班长喊声:"抄家伙!"

大伙抄起家伙迅速散开。

甄连长说:"牛掌柜,赶快离开!"

牛掌柜一跺脚:"自相残杀,让敌人笑话啊!"

第九章 建设根据地 | 193

牛掌柜话还没说完,那边山坡上已经开始向这边射击。

两边突然枪声大作。

枪声响起来,甄连长的头脑冷静下来,但为时已晚。

49

刘象坤拗不过儿子,只好打发媒婆来贺麻子家提亲。

媒婆来的时候正是晚上,贺麻子一家刚吃完饭。

媒婆是黑峪口一带非常有名的人物,五十五六岁,个子不高,但特别精明,到了门口就叫起来:"贺掌柜在家吗?"

贺麻子一听是媒婆:"是媒婆来了。"

媒婆的到来让三个人颇为惊讶。

贺小莲抬起头看着冷娃说:"是给哥提亲来了。"

冷娃急得脸都红了:"胡说!我才不稀罕她提亲呢!"

贺小莲低低地笑出来:"你不稀罕我还稀罕呢!早点给我找一位嫂子,也让我有个伴。"

贺麻子急忙跳下地:"稀客!稀客!"

贺麻子刚推开门,媒婆已风风火火地进来,看见炕上坐着的冷娃、小莲,忍不住夸奖道:"贺掌柜好福气啊!早就听说贺掌柜有一双好儿女,今日一见,果然了得!"

贺麻子说:"她大姑快炕上坐。大姑是忙人,今天能来肯定有事要说。"

媒婆盘腿坐在炕头上,笑吟吟地说:"贺掌柜果然是个明白人!我呢是无事不登三宝殿!贺掌柜你要有喜事啦!"

贺小莲给媒婆倒了一碗热水端过去。媒婆一直盯着小莲,贺麻子就猜到了媒婆的来意。贺麻子想让小莲嫁给冷娃,就不冷不热地说:"穷人家哪有什么喜事呢!"

媒婆说:"贺掌柜,自古道,男大当婚,女大当嫁。小莲是咱黑峪口有名的大美人,现在有户好人家看上咱小莲啦!"

小莲一听是给她提亲,喊一句:"我不嫁!"跑回自己的窑洞。

媒婆笑嘻嘻地说:"这可是打着灯笼也找不到的好人家啊。"

贺麻子说:"冷娃,先到你那边去,我和大姑说说话。"

冷娃拉着脸摔门出去。

贺麻子说:"她大姑,孩子们有啥不周全的多担待。不知大姑给小莲说的是哪户人家的孩子?"

媒婆探过身子:"贺掌柜你就是梦一千次也梦不到这么好的事!也是小莲有福气,这户人家呢又有地又有钱,咱闺女过去就是少奶奶!"

贺麻子靠在墙上抽出烟袋:"只怕小莲没那个福分啊。"

媒婆说:"贺掌柜,你可不能这么说。古话说得好,人的命,天注定!咱小莲一看就是那有福气的人!"

贺掌柜抽口烟:"人家少爷能看得上咱小莲吗?"

媒婆一拍大腿:"贺掌柜问得好!人家再好,女婿没看上,那就是给咱金銮殿也不会让闺女嫁过去的。少爷不仅看上了小莲,而且和他爹娘说啦,非小莲不娶!你说,这不是咱小莲的福气是什么?"

贺掌柜问道:"她大姑,说了半天,究竟是哪户人家的公子呢?"

媒婆坐直身子,卖了一个关子:"远在天边,近在眼前!"

贺掌柜把黑峪口的大户人家在头脑中过一遍,摇摇头说:"还是想不出来。"

媒婆伸过头,一字一字说道:"这位少爷姓刘名武雄!"

贺掌柜吃惊地抬起头:"刘武雄?是十六窑院的刘武雄吗?"

媒婆说:"怎么样?吃惊了吧!一个黑峪口还能有第二个刘武雄吗?人家现在还是堂堂国军少校营长呢!"

贺掌柜靠在墙上,半天说不出话。

十六窑院在黑峪口是多么显赫的家族啊,刘武雄又是一位军官,他怎么能看上自己这个老艄公的女儿呢？媒婆临走时让贺掌柜尽快给她个回话，如果小莲没啥意见，刘家很快就会送来聘礼。

媒婆走后，冷娃和小莲进来。

两个人靠在炕沿上没有说话。

他们显然都听到了媒婆说的话。

小莲绕着辫梢，用脚尖蹭着地。贺掌柜吧嗒吧嗒抽着烟。过了好一会儿，贺掌柜说："媒婆的话你们都听到了，我想听听你们两个人的主意。"

两个人谁也不说话。

贺掌柜就说："冷娃，你是啥态度呢？"

冷娃看一眼小莲，嘟囔一句："看小莲吧。"

小莲看一眼冷娃："我不嫁！"

冷娃说："人家是十六窨院的少爷，人家还是军官，去哪里找这么好的人家呢？"

冷娃明显说的是反话，气得小莲一跺脚："要嫁你去嫁！"

小莲说完跑出去。

贺麻子看一眼冷娃："你就不能说点让小莲高兴的话？"

冷娃抬起头："大！"

冷娃想说什么，但话到嘴边又咽回去。

"大，我回屋睡觉去啦。"

冷娃带上门出去了。

贺麻子看着冷娃的背影抽着烟。

贺麻子知道冷娃的心思。冷娃喜欢小莲，小莲也喜欢冷娃。冷娃哪里都好，为人实在，也能吃苦，对小莲那是真的好，可就是言短，不会哄着小莲。刘家是好，但小莲去了未必就会幸福。只是该如何拒绝这门亲事呢？刘家多次给予他们帮助，刘象坤给小莲治过病，刘象庚还帮助他们打了条新船，哪一件都是让贺麻子感恩戴德的大事！现在若断然拒绝，心里似乎又觉得过意不去。但不管如何,贺麻子有自己的主意,那就是看小莲和冷娃的态度。两个孩子把话说明了,那就给他们把喜事办了,也省得夜长梦多,生出别的是非。

至于刘家……

唉,这真是一件愁人的事啊!

50

刘象庚赶到蔡家崖的时候冲突已经停了下来。

骑一军不依不饶,认为八路军破坏团结,要求严惩"凶手"。

为了维护来之不易的团结抗日局面,旅部撤销了甄连长的连长职务,甄连长和老班长被关了禁闭。

事后很长时间才知道,这都是骑一军故意找八路军的碴儿。

阎锡山在秋林秘密召开了高级干部会议,要求撤销新军中的政委,并把牺盟会派遣到各地的已经暴露身份的共产党员县长全部撤换掉。好在刘象庚、张干丞没有暴露身份,两人没有受到牵连,八路军也做出了让步,局势没有进一步恶化。但他们谁也没料到,一场更大的风暴正在酝酿中。双方部队撤离后,田野上一片狼藉。

刘象庚本来是想看看八路军如何挑水种地的,没想到到了这里遇上这么一档子事。

刘象庚蹲在地头上,心里骂着:"造孽啊!"

白宝明说:"先生,粮食还能长出来吗?"

刘象庚苦笑着摇摇头,但嘴里说:"能!"

希望总是要有的。天旱成这样,不能也要能,不然百姓们怎么能活下去呢?

刘象庚把被马蹄践踏出来的种子又用土掩埋好。

能种下去多少就要种下去多少,收获一点可能就会救活一个人。刘象庚赌气似的做着这些。白宝明看见了,也挽起袖子跟在刘象庚后面。刘象庚毕竟上了年纪,干了一会儿就累得直不起腰来,索性跪在地上,仔细地搜寻着露在外面的种子,好在用水浇过的地方还有湿气。

天快黑的时候,牛掌柜家的管家来到地头上。

管家卷起手喊着:"刘先生!"

白宝明站起来看着身后的人:"先生,是牛掌柜家的。"

刘象庚想站起来,或许是跪得久了,站了几次没有站起来,白宝明扶着刘象庚站起来。

刘象庚捶着背:"老喽,老喽。"

白宝明指着地头说:"先生,您看。"

刘象庚反过脸。干了一下午,他们两个人把被践踏的土地收拾好不少。

刘象庚脸上难得地露出笑容。

管家小跑着过来:"刘先生,我们当家的请您过去呢。"

刘象庚说:"正好我也要见一下你们当家的。宝明,去牛掌柜家讨杯酒喝。"

牛照芝已经在等候刘象庚了。

牛照芝看见刘象庚浑身是土,哈哈大笑起来:"少白兄怎么一下变成土行孙啦?管家,快给刘先生换件干净衣服。"

刘象庚一摊手:"又要打扰贤弟啦。"

刘象庚跟着管家梳洗一番,又换了一件干净的长袍出来。

牛照芝夸奖说:"这才像我们的刘先生嘛。来,炒了几个小菜,与先生痛饮几杯。"

地当中的桌子上已经摆好几样菜,有腌萝卜、兰花豆、炖羊肉、炒粉条。

刘象庚坐下后说:"贤弟对这件事怎么看?"刘象庚指的是晋绥军与八路军的冲突。

牛照芝喝完酒说道："我看此事不一般。"

刘象庚说："我也觉得蹊跷！骑一军怎么会因为这点小事大打出手呢？也不怕小鬼子笑话！"

牛照芝伸过头来："让小鬼子笑话的事还少吗？这些人怎么就不长点记性呢？"

牛照芝指指自己的头。

刘象庚说："真是让亲者痛仇者快啊！"

牛照芝说："不瞒老兄，我担心的不是这一次，我担心这恐怕是个开始！如果上面真的有了别的心思，兄弟阋墙，那后果就不仅仅是让小鬼子笑话啦，我们可真的要亡国灭种啦！"

牛照芝担心的还有在牺盟会的儿子牛荫冠，他没有把对儿子的担心和刘象庚说出来。

刘象庚说："贤弟担心得是！来，喝酒！"

刘象庚在蔡家崖喝完酒回到县城已经是后半夜了。

牛掌柜担心得不是没有道理，他知道阎锡山的为人，多疑、善变，就想着自己的那一亩三分地。

孙家大院门口，哨兵告诉刘象庚，下午的时候，李云带着刘易成和陈纪原来到银行了。

刘象庚心里一暖，向自己屋里走去。

走到院子里时，刘象庚看到院子中间堆了大量粮食。这个铁拐李真的很能干哪，刘象庚心里赞叹着。这些粮食是银行购买回来准备给困难百姓发下去做种子用的。他蹲下来看着眼前的粮食，想着如果这些种子都能种下去，大伙就能渡过难关了。

两个孩子睡着了，李云还在油灯下看书。

刘象庚推门进去，李云站起来。

油灯下，李云还是显得那么年轻、漂亮。

刘象庚把李云揽在怀里，拍拍李云的背："也不打个招呼就来啦。"

第九章　建设根据地　| 199

李云说:"还不是不放心你嘛。"

刘象庚心里暖暖的,一天的疲惫、劳累、愤怒此时似乎都被抛在了脑后。

可能是十五过后了,从窗户望出去,西天上有半钩残月。

李云在旁边发出香甜的鼾声。刘象庚睁着眼望着窗外。

51

天亮以后,贺麻子和冷娃去了渡口上。

屋子里,贺小莲躺在炕上没有动。窗户上已经大白了,屋子里非常安静。小莲几乎一夜没合眼。媒婆的到来让她不能不想许多问题。她的眼前走马灯似的掠过几个男人的身影。

她首先想到的是嵇子霖,瘦瘦的身条儿,帅气的模样,一张讨女孩子喜欢的嘴巴。说心里话,小莲不止一次对嵇子霖动过心,与冷娃哥比起来,嵇子霖热情、有活力,可嵇子霖总是有那么一点让小莲不放心的地方。究竟不放心什么呢?小莲想了半夜也想不出个所以然。嵇子霖不可靠吗?但他是个八路军啊。他是个滑头吗?似乎也不是。她只是有那么点担心,有那么点不踏实。

至于刘武雄,她压根就没有放在心里。她和刘武雄仅仅说过一次话,尽管刘武雄是十六窑院的少爷,也是许多女孩子心仪的对象,刘家也帮助过他们许多,但小莲对刘武雄没有一点感觉,她甚至记不起刘武雄的模样。刘家是好,十六窑院是好,但小莲不爱慕虚荣。她是黄河边长大的女孩,她性子野,自由、任性、无拘无束,有一条船就够了,至于其他,那都是很遥远的事。

小莲想得最多的还是冷娃哥。

想到冷娃哥,小莲连呼吸都变得均匀了。这是一个深入小莲血液中的男人,他无时无刻不在小莲的心中。冷娃哥是和她一起长大的男人,他们就那么形影不离地生活了二十年,她几乎是在冷娃哥的呵护下一天天长大的。冷娃哥疼她、爱她、呵护她,她甚至想象不到有一天会离开冷娃哥。冷娃哥壮实、可靠,有冷娃哥在,她的心里就很踏实。

可是,小莲对冷娃哥也有些不满意的地方。

冷娃哥什么都好,就是有些不懂小莲的心!

木头!真是根木头!

想到这里,小莲就会狠狠地在心里骂几句冷娃。

她已经是大姑娘了,已朦朦胧胧懂得了男女之间的事,她也不止一次地给冷娃哥暗示过,可是这根木头怎么就不懂得她的这颗心呢?她做过好多梦,梦中她甚至几次躺在冷娃哥怀里,她早已在心里承认了冷娃哥就是她的男人,可是这根木头怎么连拉她的手也不敢了?

那次遇到狼后冷娃哥亲了她,其实她没有睡着,她紧紧抱着冷娃哥,她期盼着冷娃哥有进一步的行动,但这根木头就那么抱着她,再没有了任何表示。小莲想到了嵇子霖,如果当时换作是嵇子霖……

小莲不愿意往下想了。

已经半前晌了,小莲爬起来。窑洞里没有别人,天气又很暖和,小莲就出去抱捆山柴回来。身子已经很长时间没有擦洗了,小莲想趁爹和冷娃哥不在的时候擦一擦身子。小莲热了一锅水,把水舀在一个盆子里,然后到门口把门关好。小莲一件一件把衣服脱下来,她就那么赤身裸体地站在地当中。她的皮肤很白,肌肉饱满而瓷实,就像一株熟透的红高粱,每一个地方都显现着一种壮实、青春、旺盛的生命气息。

小莲把水一瓢一瓢从肩头浇下来,水顺着小莲的身体滑落到地上。

她想了一晚上,也比较了一晚上,她觉着还是冷娃哥最称她的心。

冷娃哥有许多不是,但冷娃哥是最让她感到踏实的男人。有冷娃哥在,她很安心。

想到这里,小莲长长地出了口气。

问题想通了,小莲的心情也明朗起来,此时她特别想哼几句酸曲儿。

第九章　建设根据地　|　201

小莲边浇水边低低地哼唱起来:

……
荞麦皮皮架墙墙飞,
一颗真心给了你。
心里有谁就是谁,
哪怕他别人跑断腿。
荞麦皮皮架墙墙飞,
咱二人相好一对对。
你有心来我有意,
咱二人永远不分离。
……

听得院子里扑通一声响,小莲停住哼唱,拿起衣服抱在胸前,然后走到窗户前向外面看一看,院子里一片白花花的阳光。小莲急急忙忙把衣服套在身上。上次几个"晋绥军"过来,差点没把小莲吓死,要不是嵇子霖,还不知道会发生什么事呢。

小莲穿好衣服推开门,远处是黄河水,山脚下是黑峪口集镇,集镇上隐隐传来人们说话的声音。

小莲把盆里的脏水倒在院子里。

她把铁拐李给她的那盒雪花膏拿出来,揭开盖子,抹一点涂在脸上,屋子里很快有了雪花膏的味道。

真香啊! 小莲吸吸鼻子。

时候不早了,该是给冷娃哥和爹做饭的时间了。小莲把雪花膏盒子小心地压在枕头下。

她盘算了一下,今天要做冷娃哥喜欢吃的饭。冷娃哥喜欢她做的莜面,然后弄个土豆丝,那就再好不过了。

小莲扎好辫子出去。

他们家的柴火放在土崖下,有一些高粱秆子,更多的是冷娃哥砍回来的山柴,一捆一捆,整整齐齐地堆在那里。

小莲擦洗了身子,浑身上下清爽了许多。她边走边跳,来到柴火前,挽起袖子。就在小莲弯腰的一刹那,柴火堆里突然冒出两个蒙面的人。

小莲惊得连喊叫也来不及,两个蒙面人手脚麻利地把小莲抓住,然后装进一只放粮食的口袋里。

小莲明白过来,她使劲蹬着,嘴里拼命喊着:"放开我!放开我!冷娃哥,快来救我!"

一个蒙面人断后,另一个蒙面人扛起口袋匆匆逃到后面的树林里。口袋里的小莲还在叫喊着。

贺麻子家的门大开着,门口还放着小莲准备和面的盆子。

院子里白花花的阳光很是刺眼。

52

晚上贺麻子和冷娃回来看不见小莲的身影。

贺麻子拿起门口的和面盆子喊叫着:"小莲!小莲!"

冷娃去了小莲屋子里。

小莲屋子里空空荡荡的。

贺麻子有种不好的预感:"冷娃!"

冷娃一脸焦急:"大,小莲不是去了山后吧?"

贺麻子摇着头。

冷娃跑上屋后的山坡,卷着手喊着:"小莲!"

小莲能去哪儿呢?上次遇到狼后,小莲就表示过,再也不会一个人出去啦。

天已经暗下来,冷娃返回院子里,看到柴火堆那边躲着一个人。冷娃从山坡上跳下去,一把把那人扯出来:"你是谁?躲在这里鬼鬼祟祟干什么?"

冷娃举拳要打,那人一推冷娃,喊道:"冷娃哥,我是嵇子霖!"

冷娃一拳打过去:"打的就是你!嵇子霖,你个王八蛋,快说,把小莲藏在哪儿啦?"

那边的贺麻子也过来了。

嵇子霖没有提防,被冷娃一拳打倒在地。

嵇子霖抬起头,鼻子已流出血来。听见冷娃的话,他问道:"冷娃哥,小莲呢?"

冷娃举起拳头又要打嵇子霖:"你个王八蛋,把小莲藏起来还在装糊涂!"

贺麻子把冷娃的拳头拦住:"嵇子霖,你给我说实话,小莲是不是你藏起来啦?"

嵇子霖一下跳起来:"大叔,我喜欢小莲不假,可怎么会藏起小莲来呢?大叔你快说,小莲哪儿去啦?"

贺麻子放开冷娃的手:"唉!"

嵇子霖又看住冷娃:"冷娃哥,你快说话呀,小莲哪儿去啦?"

冷娃一把推开嵇子霖:"小莲不见啦!"

嵇子霖焦急地喊着:"快找啊!兵荒马乱的,小莲要是有个三长两短,冷娃哥,我跟你没完!"

嵇子霖嗓子有了哭音,他跑上屋后的山坡。

"小莲!小莲!"嵇子霖边喊边向林子那边跑去。

院子里,贺麻子和冷娃蹲在窑洞门口。

一会儿嵇子霖跑回来:"大叔,找不到小莲啊!小莲,你究竟去了哪儿呢?"

贺麻子抬起头来,小莲不会这么无缘无故地出去的。

嵇子霖说:"不是又被什么人弄走了吧?"

嵇子霖讲了上次几个"晋绥军"闯进来的事。

听嵇子霖提起晋绥军,贺麻子抬起头说道:"是这狗日的干的?"

冷娃一下站起来:"大,是谁?"

冷娃把拳头攥起来,恨不得一拳砸死那个绑走小莲的人。

贺麻子说:"昨天媒婆才来过。你们说,谁有那么大胆子,敢把小莲抢走呢?"

冷娃咬着牙说:"刘武雄!"

嵇子霖说:"刘武雄是谁?"

冷娃说:"十六窑院的少爷,晋绥军的一个营长!"

嵇子霖说:"冷娃哥,咱们走!就是死也要把小莲救出来!"

贺麻子说:"黑天半夜的,你们天明以后再去找刘武雄。"

嵇子霖说:"夜长梦多!救回小莲要紧!"

贺麻子多看了嵇子霖一眼,想不到这个白面书生对小莲也是一往情深。

第二天天刚亮,冷娃和嵇子霖就来到了甄家庄。甄家庄正是那个姓侯的师长驻扎的地方。有人出来告诉冷娃和嵇子霖,刘武雄犯了错误,死罪免了,但受到惩罚,被师部打发到东山的军马场放马去了。

骑一军的马场也在石猴山一带。

他们所在的地方是一个平缓的山坡地带,这里阳光好,水草足,是一个天然的牧场。骑一军退到兴县后,就选中这里作为他们的军马场了。

军马场里牧养着几百匹军马。这些军马都是骑一军从内蒙古购买回来的蒙古马。马儿还小,在军马场里长上几个月后才能调入作战部队冲锋陷阵。

刘武雄一开始来了心情低落,每天除过喝酒消愁外就是呼呼睡大觉。

有一次他没事了骑马兜风。那是一匹刚刚调教好的马,一身棕红色的毛,四只马蹄上又额外长出几簇白毛。蒙古马高大威武,刘武雄看见这匹马就知道这家伙可能非同一般。刘武雄跳上去一抖缰绳,马儿箭一般射出去。马儿越跑越快。刘武雄骑过好几匹马,他知道这是一匹难得的千里驹!骑兵喜欢的就是马。有了这匹马,刘武雄的心情一天天好起来,他每天都要骑着这匹骏马奔驰一番。

这天刘武雄刚骑着马回来,有个士兵就跑过来告诉他,军营门口有两个年轻人找他。

刘武雄以为是当地的山民,就说:"不见!"

士兵说:"这两个人来了半天了,说不见到您绝不离开!"

刘武雄掉转马头:"看看去。"刘武雄骑着马来到军营门口,那个士兵小跑着跟过来。

冷娃和秵子霖正蹲在远处的一棵大树下吃干粮,他们跑了一天一夜,秵子霖怀里有几个干馍,拿出来与冷娃分享。

士兵向他们喊着:"喂,快过来。"

秵子霖看见军营门口骑在高头大马上的刘武雄,说:"刘武雄来啦。"

冷娃和秵子霖跑过来。

那士兵对着秵子霖和冷娃说:"这就是你们要找的长官!"

冷娃跳起来喊一声:"刘武雄,快还我妹子来!"

刘武雄没听明白似的看一眼旁边的士兵。

秵子霖说:"刘武雄,你好卑鄙!快把贺小莲交出来!"

刘武雄听到贺小莲,点点头:"哦,明白啦!你们是贺小莲的什么人?"

秵子霖指着冷娃说:"他是冷娃哥!"

冷娃说:"刘武雄,你听着,不把小莲交出来,我跟你没完!"

刘武雄骑着马转一圈:"原来你们是找贺小莲来啦。冷娃,我告诉你,我是看上小莲啦,小莲非我莫属!"

刘武雄话还没有说完,冷娃已扑上去,跳起来就给了刘武雄一拳,刘武雄叫一声掉下马来。

冷娃追上去就要打："还我妹子来！"

门口的士兵们一窝蜂把冷娃围住，一顿拳打脚踢，冷娃躺在地上。嵇子霖要去帮忙，也被士兵们打倒在地。士兵们还要殴打冷娃和嵇子霖，刘武雄摆手制止。

刘武雄拍打一下身上的土，看住冷娃："怎么跑到军营里来找贺小莲？"

嵇子霖捂着脸说："不是你把小莲抢走的吗？"

刘武雄说："笑话！我一个堂堂国军少校，岂能做那种偷鸡摸狗的事？我看上小莲，会明媒正娶！"

冷娃和嵇子霖站起来。

刘武雄看着冷娃说："贺小莲没在家吗？不见啦？那么大一个人，能丢了吗？"

冷娃和嵇子霖互相看一眼后离去。

刘武雄喊着："冷娃，回去告诉小莲，我是非她不娶！"

贺麻子一直在等冷娃和嵇子霖的消息。冷娃和嵇子霖半夜时分回来了。

贺麻子说："怎样？找到小莲了吗？"

嵇子霖摇摇头。

冷娃跑得热，舀一瓢冷水咕咚咕咚喝下去。

冷娃抹一把嘴："大，不是刘武雄干的。"

贺麻子一下靠在窑洞上。

已经两天了，小莲活不见人，死不见尸。

嵇子霖说："难道是土匪们干的？"

贺麻子和冷娃都抬起头看住嵇子霖。

兵荒马乱的年月，黄河对岸土匪也多起来，不少逃兵、被打散的散兵做了土匪。

贺麻子和冷娃也时有耳闻,哪个大户人家被土匪绑了票,哪个商户被土匪抢了。

如果是土匪们下的手,小莲可就凶多吉少了。

贺麻子叭叭叭抽着烟。

嵇子霖说:"我去黄河那边打探一下消息。"

冷娃说:"我送你过河。"

冷娃和嵇子霖走出去。贺麻子一个人想着心事。果然,没过几天,嵇子霖捎过话来,说黄河那边有股土匪最近抢回去一个女子,不知道那个女子是不是贺小莲。

53

这天刘象庚、张干丞、董一飞几个人正说着话,铁拐李引着贺麻子进了孙家大院。

贺麻子看见刘象庚,扑通跪下:"刘先生,快快救我!"

刘象庚急忙扶起贺麻子:"是贺掌柜! 怎么回事? 慢慢说。"

贺麻子跪在地上不肯起来。旁边的张干丞、董一飞帮着刘象庚把贺麻子扶起来。

董一飞指着张干丞说:"这是我们县长。老乡,有话慢慢说。"

或许是伤心的过,贺麻子弯下腰呜呜呜哭起来。贺麻子很少流泪,再大的困难他也不曾眨过眼,现在小莲被土匪抢走了,贺麻子内心的绝望、痛苦、愤怒和无助一时全部涌上来。小莲就是他的命根子,他怎么可能没有小莲呢?

刘象庚看住铁拐李:"李掌柜,究竟发生了什么事啊?"

铁拐李说:"唉,小莲叫土匪抢走啦! 这叫个什么日子嘛! 小鬼子欺负我们,现在又多了一股土匪,叫老百姓怎么活啊!"

董一飞说:"上次我们护送刘老伯回黑峪口的时候就遇到过几个

土匪。"

刘象庚说:"可不是!那次若不是你们暗中护着,银行的资金可能就遭殃啦。"

张干丞说:"这群土匪迟早是个祸害!刘老伯、一飞,不如借此机会,除掉这股土匪!"

刘象庚说:"黑峪口是银行资金转移的必经之地,这股土匪不除掉,后患无穷!"

董一飞说:"县长就把这个事交给我们吧。我和那群家伙交过手,知道那些家伙的能耐。"

张干丞没有立刻表态。土匪大都是逃兵和散兵,还有一些亡命之徒,他担心年轻的游击队队员不是人家的对手。

张干丞想到了那个一口四川口音的甄连长。

董一飞说:"县长,杀鸡焉用宰牛刀!游击队上次被鬼子打乱后吃了不少亏,经过这些日子的训练长进不少,是骡子是马,正好拉出来遛遛!"

冷娃送客人们过河的时候发现一个人有些面熟。

那人四十岁左右,当地人打扮,肩上斜挎着一个布包。

冷娃边划船边想着这个人在哪里见过呢,正好那人掉过脸去,冷娃看见了他右耳朵上的一道伤疤。这个伤疤让冷娃想起了那天晚上送几个逃兵过河的情景。冷娃心里想着,我说在哪里见过这个家伙呢,原来就是那天晚上过河的逃兵。

船到了对岸,冷娃把踏板抽出来搭到岸上,客人们一个一个陆续下船。冷娃一直盯着那个中年人。中年人下船后向北面走去。冷娃把船拴好,跳上岸,弯着腰悄悄跟在那个中年人的身后。那个中年人走一走还要不时看看后面,快到晚上的时候来到盘塘村东面一个叫二郎山的地方。冷娃伏在一块大石头后面,看着那个中年人进了山口。

二郎山高大险峻。冷娃借着暮色跑过去,那个中年人没了踪影。冷娃沿着山路往上爬去。山上全是树。天越来越黑,不知走了多长时间,冷娃听到半山坡上有说话的声音。

一个土匪说:"老大今晚要入洞房啦。"

另一个说:"那新娘子真俊啊。"

"谁?"

传来土匪拉枪栓的声音。

冷娃以为是发现了他,吓得伏在地上大气也不敢出。

"我!"

树丛中露出一个中年人的身影。

"是二当家的!"

"二当家的回来啦!"

两个土匪叫起来。

冷娃等三个土匪走远了,悄悄退下来。

二郎山是一座南北走向的山。山的东边临河而立,十分陡峭,西边是茂密的森林。山中间有两处凸起的地方,远远望去恰似骆驼的双峰,当地人又把这座山叫作"驼峰山"。

山的半山腰上有一座山神庙。山神庙不大,就一个四合院,二十几间房子,络腮胡子等几个人逃到这里后,觉得这里地势险要,易守难攻,便把山神庙改造成了他们的藏身之地。

络腮胡子站住脚后,陆续收留了十几个逃兵,拉起了一支有二十几人的土匪队伍。他们神出鬼没,主要以抢劫附近的大户为生。正是战乱年代,八路军、国民党军等将主要精力用在了对付小鬼子上,络腮胡子他们趁机得到了发展。

董一飞打探清楚土匪的底细后,决定消灭这股土匪。

游击队队员们是在黄昏时分分批渡过黄河的,过了河便立刻向二郎山扑去。

冷娃给大伙带路。

到了山脚下,董一飞安排几名队员绕到山神庙背后埋伏起来,等山门这边交火后,让他们居高临下地向土匪射击。董一飞自己带着大队人马沿着山路悄悄摸上去。

那天也是该董一飞建功,天特别黑,几步外就看不清样子了。黑暗让突然袭击成为可能。

董一飞他们是在凌晨时分发动袭击的。他们干掉门口放哨的土匪后就冲了进去。土匪们正在睡觉,一点也没有想到会有人来偷袭。董一飞他们冲进去后就分头扑向几个屋子,先是扔进去手榴弹,爆炸过后又是射击。有几个土匪衣服也顾不得穿,赤身裸体地从后窗户跳出去,刚爬到山头上,又被埋伏在那里的游击队队员一一击毙。

战斗打响后,冷娃一直抱着头躲在一棵大树后。他是第一次这么近距离地听到枪声,手榴弹的爆炸声震得他的耳朵都快聋了。山神庙里有屋子被点燃,火光映红了半个天空。冷娃睁大眼望着那边,他的心里惦记着小莲不要受到伤害。大和他说啦,这次救回小莲,就给他和小莲把喜事办了!大一直埋怨自己,说不该拖这么长时间啊。

山坡上有人喊:"冷娃!冷娃!"

冷娃从树背后站起来。

那人持着枪向他喊道:"冷娃,队长让你进去呢。"

冷娃清醒过来,边跑边喊:"小莲!小莲!"

冷娃跑进院子里,只见西面的一间屋子燃起大火,院子里横七竖八地躺着土匪们的尸体,墙角还有几个抱着头蹲在那里的土匪。

董一飞提着短枪站在院子里,看见冷娃,说道:"冷娃,快去救你的小莲吧。"

董一飞指一指北面的屋子。

冷娃跑进去,炕上有一位女子抱着被卧索索发抖。

冷娃一看不是小莲,就喊道:"小莲!小莲在哪儿呢?"

那女子身子抖着说不出话。

董一飞进来了:"冷娃,这个不是你的小莲吗?"

冷娃摇摇头。

董一飞用枪指着女子问道:"你是谁?"

女子情绪稳定下来,说,她是神木县人,前些日子刚被土匪抢到这里。女子告诉董一飞,络腮胡子从后窗户上逃跑了。

董一飞指挥游击队队员们去山坡上搜索络腮胡子。

小莲,你在哪儿呢?

冷娃绝望地抱住头。

第十章　十二月事变

54

刘象庚是在睡梦中被人叫醒的。刘象庚睁开眼,屋子里黑咕隆咚的,门外传来白宝明的叫声:"先生!先生!"旁边的李云摸索着用火柴把油灯点亮。刘象庚推开门,门口站着白宝明、张干丞几个人。张干丞一脸焦急。

刘象庚边穿衣服边问:"干丞,出什么事啦?"

"出大事啦!晋绥军叛变了!刘老伯赶快撤退!"

刘象庚大吃一惊,上次发生摩擦后,他和牛照芝就觉得这不是一件简单的事,可能更大的风暴就在后面,现在他们担心的事还是发生了。

原来赵承绶接到了阎锡山的密令,准备向驻扎在兴县的新军决死第四纵队和八路军 358 旅发起进攻。

后来刘象庚才知道,当时阎锡山为了驱逐共产党的势力,正指挥晋绥军向新军和八路军发起全面进攻。在山西隰县和孝义一带,晋绥军以六个军的兵力向新军决死第二纵队发起进攻;在晋东南,晋绥军孙楚部扑向了新军决死第三纵队。

刘象庚说:"保护银行资金要紧!宝明,赶快去叫铁拐李过来。"

屋子里,李云把睡得香甜的刘易成和陈纪原叫起来。

刘易成坐起来,揉着眼说:"娘,天还没亮嘛!"

李云说:"快穿衣服!敌人马上就要来啦!"

刘易成一听吓醒了,把自己的衣服穿好后,又帮着陈纪原收拾利落。李云则把一些必须携带的东西放进一个包袱里。

铁拐李带着七八头小毛驴来到孙家大院。

张干丞指挥几名游击队队员把地窖里的大洋一箱一箱搬上来,然后仔细地绑在驮架上。

张干丞叫过两名队员:"刘老伯,这两名队员就交给你啦,让他们护送你们离开。"

刘象庚说:"干丞,你们也要当心。我们出发啦,后会有期!"

张干丞说:"刘老伯,多保重。"

铁拐李带着驮队出了孙家大院。刘象庚、李云拉着刘易成和陈纪原跟在后面。白宝明和两名游击队队员断后。

他们是从北门出去的,刘象庚知道蔡家崖驻扎着晋绥军,他想从北面绕开晋绥军的防区,然后返回黑峪口。

出了北门天快明了,铁拐李猛然想起牛霏霏老师没有跟出来,急忙把白宝明喊过来:"宝明,你带着驮队往前走,我去去就回来。"

白宝明想喊住铁拐李,铁拐李已撒腿跑去,他边跑边埋怨自己,刚才简直忙昏了头,怎么就没把牛霏霏老师带上呢?有些日子没和牛霏霏老师联系了,正如宝明说的,牛霏霏和他不是一路人,牛霏霏就是白天鹅,他就是一个癞蛤蟆,癞蛤蟆怎么能吃上天鹅肉呢?

铁拐李返回孙家大院时,张干丞等人也已经撤退了。远处传来枪声。

铁拐李跑进后院,喊着:"霏霏老师!霏霏老师!"

屋子里没有人应答他。

铁拐李一把推开牛霏霏住的小屋的门,桌子上有牛霏霏老师设计好的钞票图案,里屋的床上没有人。

铁拐李从孙家大院跑出来,追上驮队。

白宝明看着一头大汗的铁拐李,不怀好意地笑起来。

铁拐李说:"宝明,笑甚哩?"

白宝明说:"我忘了告诉你啦,牛老师昨晚上去了蔡家崖!"

铁拐李埋怨说:"你看你这个人,也不早说,害得你老叔白跑一趟!"

天已经大亮,县城被甩在了身后,一行人穿行在山道上。

刘象庚边走边想着心事。

上次他和牛照芝就曾担心过,现在晋绥军真的对八路军动手了,这不正中小鬼子下怀吗?枪口不一致对外,自己人打自己人,本来力量就弱,往后只怕会更艰难了。

快到中午的时候,驮队在一个小树林边停下来。大伙走了一上午,又累又饿。

铁拐李走到后边对刘象庚说:"刘先生,让大伙到林子里歇一歇再赶路吧。"

刘象庚向四周看一看,周围都是山,太阳正白花花地照着。

旁边的陈纪原说:"姥爷,我渴啦。"

李云背上挎着包袱,看着刘象庚说:"大伙都累啦。"

刘象庚吩咐两名游击队队员到山坡上盯着点,其他人都到树林里休息。

铁拐李把驮队带进林子里,李云和刘易成、陈纪原靠在树上坐下来。刘象庚还是不放心,站在林子边向远处的山坡上望去。山坡上的庄稼已经收割,现在光秃秃的,呈现出一片空旷和荒寂的景象。年初银行给大伙发放的种子还是起了很大作用,不然饥荒袭来,恐怕就是另外一番景象了。两名游击队队员已经爬上山坡,向这边摇着手,示意没有情况,让大伙安心歇息。铁拐李给牲口们喂草料。李云从包袱里拿出几块馍馍片子给了刘易成和陈纪原。

陈纪原说:"姥娘,我要喝水。"走得急,一点水也没有带,陈纪原的嘴角干得裂开了口子。

刘象庚把远处的白宝明招呼过来:"宝明,你去那边找点水回来。"

白宝明说:"得令!"白宝明向陈纪原、刘易成做个鬼脸,转身跑去。

第十章 十二月事变 | 215

过了一会儿,铁拐李举着烟锅头过来:"宝明还没有回来吗?"

刘象庚说:"没有呢。"

铁拐李把烟锅头点着递给刘象庚。

刘象庚接过来抽一口烟。

铁拐李说:"刘先生,晋绥军人多势众,只怕这次八路军会吃大亏啊。"

刘象庚抽着烟没有说话。

铁拐李说:"国共两党打了十几年,好不容易团结一心共同对付小鬼子了,这次倒好!唉!"铁拐李担心得不是没有道理。

铁拐李看见白宝明在山的拐弯处出现了:"宝明回来啦。"

刘象庚、李云、刘易成、陈纪原都站起来看着从远处过来的白宝明。白宝明后面似乎跟着什么人,他走几步要回头看一眼。果然,白宝明没走多远,山口上出现了一群晋绥军。

铁拐李叫声:"不好啦!刘先生,你看!"

山口上出现越来越多的晋绥军。

山坡上放哨的两位游击队队员也发现了这边的情况,他们在山坡上向那边放了几枪,企图把晋绥军吸引开。十几个晋绥军士兵向山坡上的游击队队员扑去,其余的人向树林边的驮队包抄过来。

陈纪原吓得哭起来。李云把陈纪原抱在怀里:"纪原不怕。"

一个排长模样的军官走过来,看着刘象庚说:"喂,干什么的?"

刘象庚说:"做生意的。"

士兵们正在搜查林子里的驮队。有人喊着:"排长,快过来!"

那家伙把驮架上的一个箱子打开了,白花花的大洋露在外面。

刘象庚追过来,拿起几块大洋给了排长:"老总,您手下留情,放我们过去吧。"

排长把大洋拿在手里掂量掂量,指着其他箱子喊道:"打开!"

士兵们要打开其他箱子,刘象庚想阻拦,被一个士兵用枪托砸倒。李云叫着跑过来。

刘易成喊着:"不能打我参!"

铁拐李、白宝明也围住刘象庚。

那边的士兵喊着:"排长,我们发了大财啦!"

排长喊着:"把毛驴拉走!"

士兵们把小毛驴拉出了树林,铁拐李、白宝明想去阻拦,刘象庚拦住他们。

山坡上的枪声飘向远处。

这伙晋绥军押着驮队向蔡家崖方向走去。刘象庚、铁拐李、白宝明等人跟在驮队后面。刘象庚的身份没有暴露,他和铁拐李、白宝明嘀咕几句,等天黑以后再想办法逃走。

走到半路上,从蔡家崖方向射来一大队骑兵。轰隆隆的马蹄声铺天盖地而来。

排长指挥驮队靠在路边,想等骑兵过去后再走。

马踏起的灰尘呛得刘象庚几个人咳嗽不止。

一个军官模样的人骑着马过去,看到刘象庚又返回来。

刘易成认出了马上的军官,惊喜地叫道:"武雄哥!"

刘象庚抬起头:"武雄,是你啊!"

刘武雄跳下马,看着刘象庚问道:"大伯,你们怎么在这里?"

刘象庚指着旁边那个排长:"大伯正要回黑峪口,不想遇到了这位老兄!"

刘武雄看看那边的驮队,心里明白发生了什么。

排长向走过来的刘武雄举手敬礼。

刘武雄用马鞭指着刘象庚说:"兄弟,大水冲了龙王庙,一家人不认一家人啦!这是我大伯父,正要回家去呢,遇到兄弟你啦!"

那个排长看看刘象庚,不想放人。到嘴的肥肉,怎么能白白吐出去呢?

第十章 十二月事变 | 217

刘武雄后退一步,对着这群士兵喊道:"全体都有!立正!向后转!跑步走!"

排长带着这群士兵跑步离开。

刘武雄压低声音说:"大伯,赶快离开这里!"刘武雄说完跳上马。

刘象庚喊住刘武雄:"武雄,在大是大非面前你可要站稳脚跟啊!"

刘武雄看一眼刘象庚,没说话,一扬马鞭疾驰而去。

刘象庚和铁拐李、白宝明几个人拉着驮队转身离去。

55

贺小莲睁开眼时屋子里一片漆黑。

过了很长时间她才适应屋子里的光线。她看清楚了,这是一个石洞,地上铺着一些干草。前面好像是洞口,贺小莲爬过去,洞口上有木栅栏,她试着摇一摇,栅栏被铁链子锁住了。

是谁把她弄到这里的?这是什么地方?他们究竟要干什么?贺小莲什么也不知道。从栅栏上向外望去,远处都是黑黝黝的山。山中传来各种动物的声音。

"有人吗?"小莲喊一声,她被自己的声音吓了一跳,她的声音在寂静的山洞里显得如此突兀和不可思议。

冷娃哥!小莲在心中喊着,你快来救我呀!是啊,只有冷娃哥会不顾一切地寻找她。可是,冷娃哥怎么能找到这里来呢?

似乎是狼的叫声。

上次小莲遇到过狼,可怜的四眼,为了保护她而被狼咬死了。狼高一声低一声的叫声越来越近。小莲退缩到洞里边,她抱着膀子盯着洞口上的栅栏。那匹狼似乎没有发现洞里的猎物,在远处长啸一声后没了声息。

小莲就那么睁着眼盯着洞口上的栅栏,她的心里充满了慌乱、不安和恐惧。

她刚刚迷糊住眼,就被栅栏上铁链子哗啦的响声惊醒。洞外天已经大亮,太阳光明晃晃地射进洞里。小莲看见栅栏外来了一个年轻的晋绥军士兵,那还是一张娃娃脸。士兵从栅栏的缝隙里看着洞里的小莲,和小莲的目光相遇后很快低下头去。士兵是给她送饭来的。士兵从栅栏上用绳子吊进一只篮子,然后后退着离去。

小莲确信那个士兵离开后,几步走到洞口,篮子里有水,有几个馍,还有一盒带肉的烩菜。多长时间没吃饭了,小莲的食欲被唤醒,她拿起馍几口就吞咽下去,一连吃了三个馍,小莲才觉着肚子里有了饱意。小莲吃饱饭了,趴在栅栏上望着外面。原来山洞位于半山腰上,洞口前面是一块平整的高山草甸,草甸后面是森林,森林后面是绵延的群山。

"有人吗?"小莲卷起手向远处喊着。

她的声音很大,她不断地喊着,希望能有人听到她的喊声。她边喊边使劲摇着栅栏,栅栏上的铁链子哗啦哗啦作响。她想着能把铁链子摇开,但铁链子上面有一把铁锁子锁着,任凭她怎么摇晃,栅栏始终无法打开。太阳快落山了,小莲彻底绝望了。她颓丧地坐在栅栏下,就那么看着太阳一点一点落下去,看着光亮渐渐消失,看着黑暗一点一点渗透到山洞的每一个空隙。

第二天那个士兵又来给她送饭。士兵把篮子吊进来后,小莲站起来:"喂,你们为什么抓我?快放我出去!"小莲边说话边摇着栅栏。士兵不说话,放下篮子跑了。

小莲大喊着:"站住!放我出去!"

士兵转过山坡就没了踪影。

小莲一脚将篮子踢翻:"我不吃,我不吃!快放我出去!"

没有人回应她。小莲呜呜呜大哭起来。山后面传来隆隆的马蹄声。小莲止住哭,趴在栅栏上。山后面冲出几百匹马,马后面十几名骑兵往来驰骋。

小莲边摇手边喊:"喂,救救我!快来人啊!"小莲跳起来,使劲摇着手。

或许是马蹄的声音太大了,马群后面的骑兵根本没有发现这边山洞里的小莲。

小莲看到这些骑兵,猛然想起了刘武雄,联想到给自己送饭的士兵,小莲睁大了眼。

这个王八蛋!小莲在心里恨恨地骂着。他是说亲不成就动手来抢啊!

小莲趴在栅栏上喊着:"刘武雄!你个王八蛋!快放我出去,刘武雄!"

小莲边喊边叫骂着。

小莲骂得没错,确确实实是刘武雄的人抢的她,但事实上当时刘武雄压根就不知道这回事。

原来刘武雄的两个勤务兵看见刘武雄闷闷不乐,便自作主张把贺小莲抢了回来。他们把贺小莲关在一个废弃的仓库里,想着过几天就把贺小莲送给刘武雄。

第三天的时候,刘武雄打发这两个勤务兵到岚县采购食物。两人在返回来的路上遇到了鬼子的巡逻兵,双方立刻交手,两个勤务兵不幸遇难。

贺小莲等了一天,那个给她送饭的年轻士兵也没有出现。

小莲在山洞里找到一块小石头,她举着这块小石头来到山洞口,试着用小石头砸铁链子上的锁头。她砸一石头就骂刘武雄一句,手中的石头砸得好像不是锁头,而是刘武雄。她越砸越有劲,一不小心,手中的石头飞了出去。

小莲靠在栅栏上喘着气,她已经两天没吃东西了。小莲搜寻着昨天被踢翻的篮子,有几个馍滚落在远处。小莲一个一个拾回来,把馍上的土擦掉,几口就吃掉一个。小莲吃了馍,身上有了力气,她知道现在只有自己能救自己了。她爬过来爬过去,又找到一块石头,然后拿着这块石头开始砸铁链子上的锁头。

　　太阳快落山的时候,铁链子上的锁头终于被砸开。小莲三把两下把铁链子从栅栏上拿下来,用手一推,门开了。小莲跑到洞外,她大口大口呼吸着洞外的空气。她一个劲地向前跑去,此时她多想立刻跑回黑峪口。

　　天很快黑下来,四周什么也看不见了,小莲辨不清东南西北。远处的山坡上又传来狼的叫声。小莲有些害怕,她一步一步退回到山洞里。

　　小莲回到山洞里,又把栅栏小心地关好,直到感到安全了,她才靠在洞壁上。白天找到的那几个馍还在,小莲吃了一个,把剩下的一个揣进怀里。她闭着眼听着自己的呼吸,只要等到天亮她就能跑出去,她会一刻不停地跑回黑峪口。

　　第二天天刚刚亮,小莲便推开栅栏跑出来。她跑过草甸,又钻进森林里。森林里都是树,她站在森林里辨别着方向,然后朝着与太阳升起的地方相反的方向跑去。她跑一会儿走一会儿,快天黑的时候,她蹿进一条山沟里。

　　也不知道在山里走了几天了,小莲怀中的馍早已吃掉,实在饿得不行,就在山坡上找一些野菜来充饥。她在山中遇到了几户人家,她边讨饭边打听去黑峪口的路。此时的小莲衣服被挂破好多口子,脸也有好多天没洗了,辫子散开,头发飘了下来。

　　天黑以后,小莲看到前面有个小村子,她想进去打听一下路,刚到村口,一只狗蹿出来,疯狂地扑上来,她捡起一根棍子拼命抵挡着。狗的叫声唤来更多的同伴,小莲只好向村外跑去。有村民出来喝住狂躁不安的狗,看着跑到远处的小莲,摇摇头返回去。小莲顺着山路往前走,实在走不动了便靠在土崖上休息。她怀中抱着那根捡来的棍子,她不敢睡着,使劲睁着眼,但疲惫还是让小莲很快闭上眼。

　　小莲梦见了冷娃哥,梦中冷娃哥好像要去远行,不管她怎么叫,怎么哀求,冷娃哥就是不肯留下来。冷娃哥驾船远去,突然一个大浪袭来,冷娃哥连人带船被卷入浪底……

小莲尖叫一声醒过来,醒过来的小莲发现自己趴在一个人的背上。那人正背着她向前走着。

小莲问道:"你是谁?冷娃哥吗?"

"嵇子霖。"那人答了一句。

小莲头一歪,昏死过去。

56

甄连长——甄连长已经恢复了连长职务——他们又开始了连续的急行军,不停地转移,又不停地打仗,只是这次的作战对象由小鬼子变成了阎锡山的晋绥军。上次摩擦后甄连长就觉得他们来者不善,这次他们终于露出了本来面目。

此时阎锡山正指挥晋绥军向决死纵队和八路军发起全面进攻。在孝义、隰县一带,阎锡山的六个军向决死第二纵队和八路军晋西支队发起了进攻,决死第二纵队和八路军晋西支队苦战突围后向晋西北撤退。在晋东南,孙楚部开始围攻决死第三纵队。晋西北这边,赵承绶命令晋绥军向驻扎在这里的决死第四纵队和八路军358旅发起攻击。为了阻止决死第二纵队与八路军晋西支队撤回晋西北,晋绥军一部拖住决死第四纵队和358旅后,骑一军与第33军主力则秘密集结在临县一带,企图将决死第二纵队与八路军晋西支队"围歼"于此。临县位于兴县南部,甄连长他们所在部队的任务就是要南下临县,接应北上的决死第二纵队与八路军晋西支队。

甄连长他们赶到白文镇时正是半夜时分。白文镇是兴县通往临县的必经之地。白文镇东西两面均为大山,中间是湫水河,晋绥军在白文镇部署了一个团的兵力,企图阻挡兴县的援军南下。上级命令甄连长务必在黎明前拿下东面山坡上的制高点。经过艰苦的战斗,快天明的时候,甄连长按照约定,吩咐几名战士在山坡上点燃火堆,告诉指挥部,敌人的地堡已经被拔掉,东山上的制高点已被我军占领。

山下八路军很快向白文镇的晋绥军发起攻击。先是迫击炮,接着就是冲锋的号声。

甄连长和老班长他们站在山坡上,弹花点点,黑暗中好像有成千上万的八路军战士向敌人冲去。

与此同时,新军暂编第一师南下占领了临县与岚县之间的战略要地赤尖岭,决死第四纵队先后攻占开府、马坊、方山、寨上等地。北上的决死第二纵队和八路军晋西支队也由方山、圪洞等地向临县挺进,经过三天激战,消灭了晋绥军第33军第200旅等部。

晋绥军骑一军和第33军被迫撤退回临县县城,企图固守待援。

为了保存实力,防止骑一军和第33军被吃掉,阎锡山命令赵承绶率部南下。赵承绶随即带领骑一军和第33军余部离开临县,向晋西南方向退去。

1940年1月15日,晋西北各界代表一百余人在兴县举行晋西北军民代表大会,会议决定成立山西省第二游击区行政公署。后来山西省第二游击区行政公署改称晋西北行政公署,随后又更名为晋绥边区行政公署。

暴露身份的牛荫冠回到兴县后,担任第二游击区行政公署副主任。行署所在地就是兴县。从此,兴县乃至整个晋西北完全成了由共产党八路军掌控的抗日根据地。

57

赵承绶在指挥骑一军进攻新军和八路军的同时,没有忘记兴县城里的农民银行。他早就对刘象庚不满了,刘象庚把大量的钞票给了八路军,只是当时碍于团结,他不便公开责难。现在机会来了,赵承绶便专门安排一个连的兵力,连夜赶赴兴县县城,捉拿刘象庚,将银行资产全部扣押并运回来。

晋绥军的一支骑兵部队立刻向孙家大院扑去。

牛霏霏去蔡家崖参加完牛老夫人的八十大寿后就返回了孙家大院。

临行前,牛照芝把牛霏霏叫到五美堂。

牛照芝正端着茶杯喝茶,看见牛霏霏从外面进来,站起来笑着说:"我们的女秀才来啦。"

牛霏霏一弯腰施个礼:"见过伯父。"

牛照芝扶起牛霏霏:"来,快坐下。怎么样?在银行干得还挺好吧?"

牛照芝昨天忙老太太的事,还没有顾上和牛霏霏说几句话呢。

牛霏霏欠欠身子说:"托伯父的福,一切都好。"

牛照芝说:"哎,我那个拜把子兄弟几次夸奖你,说你设计的票子美观大方,是个不可多得的人才啊!"

牛霏霏不好意思地说:"刘先生就会夸奖人。"

牛照芝放下茶杯说:"这个人我知道,他可不是会随便夸奖人的!你回去后代我问他好,让他照顾好那把老骨头,我还没和他喝够酒呢。"

两人叙完话,牛霏霏告辞出来。牛霏霏刚走几步,牛照芝又喊住牛霏霏。牛照芝走过来,拉住牛霏霏走到一边说:"伯父忘了问你啦,可有了意中人?"

牛霏霏脸色绯红,看着牛照芝摇摇头。

牛照芝说:"年纪不小啦,再忙也不能耽搁了自己的终身大事。现在是新时代了,你们年轻人喜欢自己找,找下以后一定要告诉伯父一声。"

牛霏霏答应着出了牛家大院。大门外,管家已经备好一辆马车。牛霏霏坐上车。

太阳刚刚升起来,牛霏霏坐在马车上想着心事。是啊,伯父担心得没错,自己确实到了该解决终身大事的时候,可是那个能够托付终身的男人是谁呢?是那个救过自己的八路军?还是一直对自己呵护有加的铁拐李?

救过自己的八路军就见过那么一面,现在连样子也快想不起来了。铁拐李呢,人确实是个好人,对自己也十分用心,可是,牛霏霏自己也说不清楚铁拐李哪些地方不称心。

半前晌的时候,牛霏霏回到了孙家大院。大院里空空荡荡的,没有人。牛霏霏跨进大门喊叫着:"刘老伯!白宝明!"没有人回应她。

牛霏霏回到后院,发现自己屋子的门大开着,急忙跑过去,屋子里的东西没人动,连桌子上自己设计的钞票图案也原封不动地放在那里。

捉拿刘象庚的晋绥军直奔孙家大院,赶到孙家大院时院子里空无一人。他们从邻居那里得到消息,说刘象庚凌晨时分逃了出去。这伙晋绥军又打马向北面追去,追了几个时辰也没有发现刘象庚的影子。

此时,这群家伙胡乱放一阵枪后又返回孙家大院。到了孙家大院门口,连长跳下马:"去,给老子好好搜一搜!"

士兵们跳下马,持枪冲进院子里。一会儿,有人推搡着牛霏霏出来。

连长看住牛霏霏:"快说,你是干什么的?"

牛霏霏脸吓得苍白,话也说不出来。

旁边的一个士兵把几张钞票图案递给了连长。连长看着图案,露出笑脸,他知道眼前的女人可能是银行的设计师,没有抓住刘象庚,能抓回去一个设计师,也好向上峰交代。

连长看住牛霏霏问道:"刘象庚跑到哪里了?银行的地窖在哪里?"

牛霏霏摇摇头。

又有士兵跑来报告,说银行的地窖找到了。

连长看一眼牛霏霏,吩咐旁边的士兵:"别让她跑了!"

连长说完,跟随士兵来到后院。

地窖口上的八仙桌已经被移开,地面上露出地窖的口子,有士兵从下面爬上来,手里举着几捆印好的钞票。银行资金已经转移了。这伙晋绥军押着牛霏霏向临县方向退去。

牛霏霏大声喊着:"放开我!放开我!"

这群家伙离开县城快到白文镇时被董一飞的游击队拦住,双方立刻交火。晋绥军装备好,游击队很快支撑不住了。谁也没想到,甄连长带着特务连从白文镇方向增援过来。晋绥军不敢恋战,丢下牛霏霏落荒而逃。

甄连长的特务连和董一飞的游击队会合了。

董一飞好长时间没见甄连长了,他热情地对甄连长说:"幸亏你们赶到了,不然我们就吃大亏啦!"

甄连长打一拳董一飞:"啥子话嘛,八路军和游击队本来就是一家子,一家人怎么说起两家子话啦!"

董一飞和甄连长哈哈大笑。

董一飞问道:"甄连长,你们怎么赶过来啦?"

甄连长说:"我们就在前面的白文镇,听见这边打枪便赶了过来。"

这时有人带着牛霏霏过来。

董一飞惊讶地说:"这不是牛霏霏老师吗?"

甄连长觉得眼前的女人有些面熟。

牛霏霏看见董一飞,眼泪掉下来。她一直处于恐惧、担忧和惊慌之中,现在终于被董一飞他们救了下来,心里紧绷的防线立刻松弛下来,蹲下身子咧开嘴呜呜呜哭起来。

董一飞安慰着:"敌人已经被打跑啦,霏霏老师不用哭啦。霏霏老师,刘老伯他们没事吧?"

牛霏霏站起来抹掉眼泪:"我回来后发现刘老伯他们已经撤走啦。"

甄连长认出了牛霏霏,这不就是几年前自己在复兴隆酒楼救下的女子吗?

甄连长看住牛霏霏:"霏霏老师!"

牛霏霏反过脸。

甄连长说:"我是八路军!"

一句话唤起了牛霏霏的记忆。

当时正是这位八路军伸出援手,将自己从那群醉醺醺的东北军手里救了出来。多少年了,她一直想再见到这位八路军,她无数次地想象过见了这位八路军的情景,现在恩人就站在眼前,牛霏霏却傻乎乎地站在那里没了话语。她想说的话好像很多,想说感谢的话,也想说对他的思念,还想说她给他画过像,也数次找过他,最终却一句话也没说。

事后她后悔了很长时间,她应该对甄连长哪怕说一句感谢的话啊。

甄连长与董一飞他们告别离去。

牛霏霏回到孙家大院,从抽屉里翻出当年画的那幅素描来。画像上是几年前的甄连长,甄连长咧开嘴笑着。画像上落满了灰尘,牛霏霏细心地把画像上的灰尘擦掉。

唉!

牛霏霏坐在桌子前轻轻叹口气。

58

贺麻子和冷娃把刘象庚他们送过河去天就黑了下来。两个人固定好渡船便回到山坡上的窑洞里。尽管两个人谁也不说,但他们都心照不宣地有一个期盼,期盼哪一天小莲能够突然出现在窑洞里。现在他们回来了,窑洞里黑乎乎的,院子里也是一片冷清。

几个月了,小莲毫无音讯。战乱年代,贺麻子知道什么事都可能发生,小莲恐怕是凶多吉少了。贺麻子不止一次这么想过,但他没敢把这种想法和冷娃说出来。冷娃始终坚信小莲还活着,而且一定会回来的。

贺麻子把窑洞的灯点亮。冷娃抱捆山柴回来,弯下腰把山柴点着,灶坑里便响起山柴噼噼啪啪燃烧的声音。贺麻子往锅里撒了小米,不一会儿屋子里就有了小米饭的香味。两个人盘腿坐在炕上,闷闷地喝粥。冷娃喝完粥抹把嘴靠在窑洞上。

冷娃看住贺麻子说:"大!"

贺麻子抬起头。

冷娃说:"明天,我再去找找。"

贺麻子把脸埋在碗里吸溜稀饭。

能找的地方冷娃都去找过了,就是没有小莲的踪影。贺麻子知道冷娃放不下小莲,每到这时贺麻子心里就一万个后悔,后悔自己没有给冷娃和小莲办喜事,以至于造成今天这种局面。

贺麻子放下碗:"我和你一起去。"

冷娃说:"你腿疼,就在家里歇着吧。"

外面天气寒冷,贺麻子的老寒腿又开始作怪了,不管穿上多厚的衣服,冷风似乎总能找到钻进去的缝隙,在他的关节处进行精准的打击。

贺麻子拍着腿:"唉,这条腿不争气啊。"

好像有人进了院子里。

冷娃喊声:"谁?"

门外的人好像停住了脚步。

冷娃坐起来冒出一句:"是小莲吗?"

冷娃似乎有一种预感,跳下地猛地把门打开,门口果然站着小莲和稆子霖。

贺麻子不敢相信地擦擦眼睛,这不是梦吧?丢失了几个月的女儿,盼了几个月的女儿,现在竟然毫无预兆地就回来了。

冷娃大叫一声:"小莲!"

"冷娃哥!"

小莲喊一声,扑到冷娃的怀里,咧开嘴哇哇哇地哭起来。哭了几声,小莲擦把泪拉过稆子霖,两个人站在一起给贺麻子和冷娃鞠了三个躬。

贺麻子和冷娃互相看一眼,不知道小莲的举动是什么意思。

小莲笑出来:"爹、冷娃哥,你们愣着干什么?我和稆子霖结婚啦!"

稆子霖也跟着小莲叫道:"爹!冷娃哥!"

冷娃的头脑清醒过来,他一把拉住稆子霖,咬牙切齿地说道:"稆子霖,你对小莲做了什么?"

嵇子霖赔着笑脸:"冷娃哥。"

冷娃一拳打在嵇子霖的面门上:"果然是你下了黑手!"

嵇子霖惨叫一声跌在门外。

冷娃追出去举拳就打,边打边骂:"是你抢走了小莲!是你害了小莲!你个王八蛋!"

小莲从身后拉住冷娃的拳头:"哥,他是我男人,你不能打他!"

冷娃站起来,不认识似的看住小莲。

小莲再次坚定地说:"他是我男人,你不能打他!"

冷娃实在接受不了这巨大的惊喜之后带来的巨大失望,嘴里啊啊啊地喊着,疯了般跑到山后的黑暗中。

小莲追出来:"冷娃哥!"

贺麻子也跳下地:"冷娃!"

嵇子霖嘴上、鼻子里都是血,他爬起来到墙角用冷水洗了一把脸。

过了一会儿,贺麻子和小莲返回窑洞里。

嵇子霖问道:"冷娃哥呢?"

小莲说:"冷娃哥走啦。"

贺麻子的老泪一下流下来:"我要把冷娃找回来。"

小莲抱住贺麻子,不让贺麻子出去:"爹,冷娃哥不会回来啦!"

贺麻子蹲下身子呜呜呜哭起来。

或许是后半夜了,小莲和嵇子霖并排躺在土炕上。

月光透过窗户的缝隙照在小莲的脸上。她的眼前一直是冷娃哥的身影:小时候和冷娃哥玩耍的情景,冷娃哥背着她看病的样子,和冷娃哥一起划渡船的场面……直至那天冷娃哥从狼嘴里救她回来的模样。

她也想起和嵇子霖结合的情形。

那天小莲醒过来,发现嵇子霖把她背到一个窑洞里。窑洞里热乎乎的,嵇子霖一口一口给她喂饭。吃了饭,嵇子霖又用毛巾蘸着热水把她的脸细细地擦洗干净。嵇子霖做这些的时候,小莲一动不动。外面天很黑,窑洞里点着油灯。嵇子霖还给她哼着山曲儿:

>……
>青线线那个蓝线线,
>蓝格莹莹的彩。
>生下一个那兰花花哟,
>实实地爱死个人。
>五谷里那个田苗子儿,
>数上高粱高。
>一十三省的女儿哟,
>数上兰花花好。
>……

那天晚上,他们就那么自然而然地结合了。

嵇子霖借着月光,看见小莲的脸上全是泪。
嵇子霖低低说:"我会像冷娃哥一样待你好。"
四周很静,能听到远处黄河水流淌的声音。

第十一章　组建新银行

59 春天总是能给人一种生机和希望。

天气一天天热了,蔚汾河对岸的山坡上又开满了山桃花。

这一天孙家大院装扮一新,院里院外被打扫得干干净净,大门上贴着喜庆的对联,周围的墙上刷着"抗战到底""打倒日本帝国主义""热烈祝贺西北农民银行成立"等各种标语。

白宝明、铁拐李、牛霏霏等人一大早就起来了,他们把兴县中学的长条凳子搬过来,一排一排在大门口摆好。

按照行署的要求,兴县农民银行今天要正式改编为西北农民银行。这是整个晋西北的一件大事,八路军120师的领导、新军的指挥官、行署的正副主任、当地士绅代表等都要来参加西北农民银行成立大会。兴县农民银行的资产全部划转到了新成立的西北农民银行。为了增加本金数量,八路军120师又把收缴回来的大量法币、黄金、银圆等投放到银行里。与兴县农民银行不同的是,西北农民银行不仅覆盖范围广,而且是第二游击区行政公署的直属机构。

刘象庚正端详着他写的"西北农民银行"几个大字,这几个字写在一块长条木板上,一会儿这块木板就要被挂在孙家大院的门口了。

张干丞和董一飞说笑着从外面进来。

张干丞喊着:"刘老伯!"

张干丞看着地上的木板夸奖说:"刘老伯人精神,字也精神!一飞,你看'银行'这两个字,一笔一画,全见功力!"

董一飞看不懂,只是笑呵呵地说:"那当然啦,银行就是刘老伯的命根子嘛,别的写不好,这两个字刘老伯肯定能写好!"

刘象庚说着"献丑啦,献丑啦",招呼张干丞和董一飞坐到一边的椅子上,然后给两位倒上茶水。

张干丞喝口水说:"刘老伯,想不到我们的小银行一下变成了大银行!今后刘老伯的担子就更重啦!"

刘象庚摇着手说:"我这纯粹是赶鸭子上架啊。我和首长们谈过啦,我先张罗着,有了更合适的人选,我就退到幕后!"

董一飞说:"听说一会儿贺师长也来。"

张干丞说:"不仅有贺师长,还有其他好多首长呢!"

董一飞说:"刘老伯的银行比我们的游击队厉害多了!想当年游击队成立时,可没有这么多首长到会祝贺啊。"

这时白宝明跑了进来:"刘先生,首长们来啦。"

张干丞说:"走,迎接贵宾!"

张干丞、董一飞、刘象庚出了大门,迎接部队首长的到来。

那天是5月10日,多少年后刘象庚还记着那天的日子。天气非常好,太阳明晃晃地照着,一大群八路军首长骑着马来到会场,士绅代表、看热闹的群众、媒体记者、担任警戒任务的八路军战士以及游击队队员们,把孙家大院外面的小广场围得水泄不通。

当时的《西北农民报》报道了银行成立的盛况:

筹备就绪的西北农民银行,于本月10日上午10时在设行所在地举行开幕典礼,到会的有第十八集团军南汉宸参谋,第一二〇师贺师长、关政委、甘主任,第一一五师林枫、张稼夫二同志,新军总指挥部罗贵波政委,二纵队张文昂政委、韩钧纵队长,四纵队李力果主任,行署续范亭主任、牛荫冠副主任,塔斯社记者莫德文先生,《新中华报》记者郁文先生,兴县绅士牛友兰先生,牺盟会、工、农、青救联合会代表及本报记者共60余人。首由该行经理刘少白先生报告成立意义,继由各首长各代表发言,综其要点:第一,为了粉碎敌人的经济侵略;第二,为了防止晋币通货膨胀,以解救民困;第三,为了巩固与建设新的晋西北抗日民主根据地。最后郑重声明:银行所发行新币,一定以基金所有数为限。

孙家大院门上挂上了西北农民银行的牌子。

刘象庚那天穿上了干净的长袍。他是第一个上去发言的。他代表银行感谢各位领导的支持,也代表大伙表了决心,那就是要把西北农民银行真正建设成为服务根据地、造福根据地的银行。

刘象庚看到了牛照芝、牛荫冠,特别是牛荫冠,好多年没见了,这次再见,荫冠已经是一位成熟、稳重的行署领导了。荫冠当年在清华大学读书时他还去看望过,经过这几年的历练,荫冠显然老成了许多。荫冠是真正的经济学专家,他学过经济,也懂金融,由兴县农民银行到西北农民银行,荫冠做了大量具体而卓有成效的工作。

贺龙师长正在讲话。

刘象庚仔细端详着这位让敌人闻风丧胆的八路军指挥官。贺师长声音洪亮,讲话富有感染力,他说我们的银行不仅要保障供给,还要和敌人进行针锋相对的经济战、货币战。

新的银行有了更重要的使命。银行不仅要解决军费需求,而且要保障军民供给,同时还要和敌人进行针锋相对的金融斗争!这是一个更艰巨、更富有挑战性的任务。

刘象庚当时没顾上和南汉宸参谋说上几句话,他没有想到,这位八路军的金融专家、山西老乡,几年后会成为新成立的中国人民银行的首任行长。

第二天天还没有亮,刘象庚就让白宝明把长兴堂的田掌柜叫到孙家大院。刘象庚有了办兴县农民银行的经验,知道西北农民银行成立后的首要任务就是尽快发行自己的钞票。他已经安排牛霏霏设计票面了,现在他最担心的是钞票的印制问题。

刘象庚正抽着烟锅头,白宝明在外面喊道:"刘先生,田掌柜来啦。"

刘象庚站起来,看着进了门的田掌柜笑道:"田掌柜,几天没见,又发福啦!"

田掌柜一抱拳:"托刘先生的福,家里人都能吃上饭啦。"

白宝明给田掌柜倒上水。

"这就好!田掌柜,你要有新任务啦。"刘象庚接着说,"赵承绶留下个印刷厂,我想带你过去看一看。这次银行变大啦,印刷呢也要跟上来。"

田掌柜听见有个印刷厂,露出兴奋的神色,拳头也攥紧了:"我们缺的就是机器设备,有了机器,刘先生,你想印多少就印多少!"

刘象庚说:"好!我要的就是田掌柜这句话!现在就去印刷厂。宝明!"

白宝明跑进来。

刘象庚问道:"李掌柜呢?来了吗?"

白宝明笑呵呵地说:"李掌柜就在大门口等着呢。"

赵承绶的印刷厂建在兴县的杨家坡。杨家坡四面环山,十分隐蔽。中午的时候,刘象庚、田掌柜、白宝明、铁拐李一行人赶到了杨家坡。印刷厂设在村前面一个较大的四合院里,赵承绶的部队撤退时对印刷厂的设备进行了破坏。

刘象庚推开院子大门,院子里到处是废弃的纸张、丢弃的油墨盒子、零散的机器部件。

印刷车间里的机器有的被拆卸开,有的被推倒在地。

刘象庚问道:"田掌柜,这些机器还能用吗?"

田掌柜正弯腰看着:"破坏得厉害啊,刘先生!这么好的机器,他们也能下得了手!"

刘象庚说:"修好它们需要多长时间?"

田掌柜拍拍手站起来:"修好不难,只是有些零件还要去西安购置,刘先生,少说也得个把月!"

刘象庚没有说话。机器修好了,还要有熟练的工人,有了熟练的工人,还要购买纸张油墨,能印出钞票也是几个月后的事了。

时间不等人啊!

刘象庚吩咐铁拐李:"李掌柜,你就辛苦一趟,和田掌柜去西安采购物资。印票子的事呢,我回去和行署的首长们再合计合计。"

天灰蒙蒙的,好像要下雨。山中的天,有云就会下雨。不一会儿,天上便哩哩啦啦地下起雨来。几个人冒着雨返回了县城。

60

此时,驻扎在岚县的日寇第九混成旅团与驻扎在晋西南的第四十一师团正准备对兴县进行大规模的"扫荡"。经过准备,这年夏天,日寇纠集三万多兵力,分多路突入兴县,对抗日根据地进行疯狂的杀光、烧光、抢光政策。为了避开敌人的锋芒,八路军120师、新军主力主动撤出兴县,绕到外围打击敌人。甄连长他们则与董一飞的游击队留在当地,与敌周旋。

村川大仿率第九混成旅团的前锋部队,直插兴县县城。几年前他就侵入过这里,只不过上次是孤军深入,差点遭到灭顶之灾,这次有大军作为依靠,村川的部队很快就打了过来。村川这次"扫荡"的一个重要任务就是找到八路军创办的银行,釜底抽薪,将支撑八路军抗战的经济基础一扫而光。

村川骑着马来到孙家大院时,孙家大院空荡荡的,一个人也没有,可能是走得急,大门上西北农民银行的牌子还挂在那里。村川跳下马走到牌子跟前,仔细端详着上面的字。

佐佐木上尉出来了,他有点失望地说:"村川君,银行的人跑光啦。"

村川摸摸牌子,转过身看着远处的天。

村川拄着军刀说:"上尉不必失望。"

佐佐木说:"村川君成竹在胸,想必有了妙计。"

村川一摆手:"妙计谈不上。上尉不是打探清楚了吗?刘象庚是黑峪口人,上尉何不去黑峪口走一趟呢?或许会有意外的惊喜。"

佐佐木要立刻出发。

村川拦住佐佐木:"兵在精而不在多!上尉可带领一支精干的小分队绕道前行,然后出其不意地袭击黑峪口!至于刘象庚,活要见人,死要见尸!"

正是中午时分,佐佐木带领一支小分队出北门悄悄向黑峪口扑去。

甄连长的特务连和董一飞的游击队一直在山中转悠。

首长给他们的任务就是要像钉子一般钉在兴县,然后伺机打击敌人,造成八路军主力仍在兴县的假象,八路军主力则会绕到鬼子背后,乘机袭击他们的老巢。

大伙连续行军一天一夜。

董一飞从后面赶上来:"甄连长!"

甄连长在前面站住。

董一飞擦擦头上的汗:"大伙实在累得够呛,可不可以休息一下呢?"

甄连长看看天色,天快黑了,远处是苍茫群山,前面有一片小树林。

甄连长一指树林说:"大伙到前面的树林里就地宿营。"

大伙到了树林里四处散开,不少游击队队员抱着枪瘫在地上。

甄连长叫过老班长:"老班长,你带几个弟兄到前面的山头上,那里视线好,注意周围动静。"

老班长说:"连长放心,有了情况立刻来报。"

老班长叫上两三名战士,向前面的小山头跑去。甄连长望着老班长的背影,心里感叹着岁月不饶人啊,刚才看到老班长的两鬓也有了白发,但老班长还是那么稳健、勇敢,有什么大事难事,只要有老班长在,他的心里似乎就有了底气和主心骨!

炊事员们在背风的地方埋锅造饭。甄连长走到董一飞跟前坐下。

董一飞靠在树上说:"小鬼子这次来势凶猛,也不知啥时候能退走。"

甄连长说:"只要主力部队把鬼子打疼了,他们自然就会退走。"

那边炊事员们熬好了稀饭,有人给甄连长和董一飞端过饭来。

董一飞喝一口:"真香啊!"

是啊,连续急行军,大伙还没有来得及喝口热乎乎的米粥。

甄连长也端过碗来。这时,甄连长看见山坡上一名战士向这边跑过来,凭经验他知道那边有情况,扔下碗拔出短枪,喊一声:"有情况!"

那名战士跑过来:"连长,山下发现了鬼子!"

甄连长和董一飞立刻向那边的山头跑去。

炊事员们扣过锅把火熄灭。

有的游击队队员舍不得把饭倒掉,边跑边喝。更多的人,特别是八路军战士,已提着枪向山坡这边跑过来。

甄连长爬到山头上,老班长说:"连长,你看!"

甄连长顺着老班长的手势,看到山沟里有一股小鬼子窜了进来。

老班长数着人数说:"有一个小队!"

董一飞看住甄连长:"机不可失!"

甄连长吩咐道:"大伙听我的命令,立刻隐蔽起来。"

山沟里,佐佐木正带领一个小队的鬼子向黑峪口窜来。

天已经暗下来,佐佐木伸手让部队停下来。

他们走的是一条颇为隐蔽的路线，按照行军速度，天亮前就可以赶到黑峪口。他命令部队就地宿营，吃饭后连夜出发，争取在天亮前赶到黑峪口。

佐佐木向两边山坡望一望，山上黑黝黝的，什么也看不见，士兵们三三两两地坐在石头上，有的喝水，有的吃干粮。

佐佐木看看地势，突然有种不祥的预感：这地方对自己不利啊，如果山坡上有八路军埋伏，后果不堪设想。

佐佐木吓出一身冷汗，立刻命令几名士兵向山坡上爬去。然而为时已晚，那几名士兵刚爬到半山腰，山头上突然射出一排子弹，接着几十颗手榴弹飞了下来。

手榴弹在佐佐木身边爆炸。

佐佐木趴在一块石头后，指挥士兵们隐蔽起来，向山上射击。

山头上射来密集的子弹，佐佐木身边的士兵不断倒下。

山头上，八路军战士和游击队队员们狠狠地射击着。他们居高临下，又具有人数上的优势，战斗开始后胜利的天平就朝着八路军和游击队这边倾斜。

佐佐木从枪声上知道对方人多势众，好汉不吃眼前亏，再坚持下去，会有全军覆灭的危险。佐佐木摆摆手，示意士兵们交替掩护，交替撤退。

更远的地方传来鬼子呼应的枪声。

甄连长对旁边的董一飞说："撤！"

大伙沿着山脊向后面跑去。

61

冷娃走后，贺麻子和小莲维持着渡船的运转。

嵇子霖已经回到部队上，家里只剩下贺麻子和小莲。尽管小莲熟悉渡船上的活计，和贺麻子配合得也不错，但贺麻子总觉得还是欠缺点什么,时不时地就会冒出一声"冷娃",然后看看走过来的小莲,不再言语。

其实小莲又何尝不想念她的冷娃哥呢?冷娃哥走了,家里的大事小事全靠她来完成。过去有冷娃哥在,她没觉着什么,现在冷娃哥不在了,她才觉着这个家实在缺不了冷娃哥。她是嵇子霖的女人了,冷娃哥一时难以接受,她能理解冷娃哥心里的苦楚。本来她是要嫁给冷娃哥的,但谁知道阴差阳错,成了现在这个样子。

好长时间小莲一直睡不踏实,她躺在炕上总爱胡思乱想,当然想得最多的还是冷娃哥。有好几次,她听到院子里的动静,以为是冷娃哥回来了,跑出窑洞,院子里空荡荡的,一个人也没有。隔壁的贺麻子在窑洞里问一句:"是小莲吗?"小莲答应一声。贺麻子就会说:"冷娃不会回来了。"这句话过去是小莲说的,现在从贺麻子嘴里说出来,小莲心里不知有种什么难言的滋味。

这天早上,小莲刚刚迷糊住眼,就听到院子里铁拐李的大嗓门:"贺掌柜!"

贺麻子答应着推开门:"是李掌柜,稀客,稀客!"

铁拐李就说:"老伙计,有批货要急着过河呢。"

贺麻子说:"我和小莲这就去渡口上。"

铁拐李说:"那就一会儿见。"

小莲三把两下穿好衣服,推开门,贺麻子已蹲在院里等着小莲了。小莲带上一些吃的东西,和爹来到渡口上。

天还没有亮,黄河上雾蒙蒙的。远远地,铁拐李领着七八头小毛驴来到渡口上。贺麻子把渡船的踏板抽出来架到岸上。铁拐李、白宝明、牛霏霏他们来到岸边。

铁拐李和贺麻子打着招呼:"老伙计,这批货要运到对岸啊。"

贺麻子边应着边把小毛驴背上的木头箱子卸下来,然后和白宝明一一搬到渡船上。

牛霏霏站在岸边望着眼前的黄河。正是雨季,河道里的水明显涨了不少,浑浊的河水簇拥着向前流去。尽管牛霏霏出生在兴县,但如此近距离地站在黄河边的机会还是不多的。与县城南边的蔚汾河比起来,黄河显然要壮观、雄壮许多。不管世事如何变幻,黄河都一如既往地奔流不息。

牛霏霏突然有所感动,对,就是黄河,她多像这个苦难的民族,百折不挠,又一往无前!钞票上为什么就不能表现这一主题呢?让大家在使用的时候也能感受到黄河的力量和气度。

牛霏霏来回走几步,她被自己突然冒出的这个新想法打动了。她看看十六窑院方向,她想和刘象庚谈谈自己的构思。

白宝明搬着一个箱子上了渡船,没有看见冷娃,就问小莲:"你的冷娃哥呢?"

小莲埋头收拾工具,低低地说:"走啦。"

白宝明凑过来,不明白地问道:"走啦?为啥走啦?"

铁拐李知道事情的缘由,踢一脚白宝明:"走就走啦,哪有那么多为啥!"

铁拐李朝着牛霏霏喊一声:"霏霏老师,上船啦!"

牛霏霏答应一声,向船上走来。走到踏板上,踏板颤颤悠悠的,牛霏霏左右摇摆着不敢往前走。

铁拐李走上前几步伸出手,牛霏霏抬头看一眼铁拐李,两人的视线正好碰在一起,牛霏霏拉住铁拐李的手上了船。

白宝明、牛霏霏随货物过了河,铁拐李又返回十六窑院,把刘象庚一家老小接到黄河岸边。

这时候小鬼子要打到黑峪口的消息不胫而走,黄河岸边突然拥来更多逃难的人。

刘象庚、刘象庚的母亲、两位夫人、刘易成、陈纪原,还有刘象庚的二弟刘象坤夫妇全部上了船。

岸上有人因为上船吵了起来。

几个人堵在踏板上,后面的人上不来。

铁拐李走上前去,一把把吵架的人推开,大声吼着:"滚开!大老爷们往后退,老人孩子先上船!"

有人还要争执,铁拐李一拳把那人打倒。

一船又一船,贺麻子和小莲不知跑了多少趟,要渡河的人还是越来越多。

已经听到枪声了。

来到黄河对岸的刘象庚看到白宝明问道:"怎么样?"

白宝明说:"已经转移到盘塘了。"

银行资金安全了,刘象庚就放心了。

这时刘象庚的母亲叫了起来,原来她发现三儿子刘象文两口子没有过河。

刘象庚喊道:"三弟!三弟!"

刘象坤说:"大哥,三弟舍不得他的那些书。我出来的时候还看见他正收拾着呢!"

刘象庚跺着脚:"怎么不提醒他呢?唉!宝明,我们走!"

刘象庚和白宝明来到岸边,贺麻子的渡船正好又运过一船人。刘象庚看见下船的人中有铁拐李,就是没有看见三弟刘象文,就问铁拐李:"李掌柜,我三弟呢?"

铁拐李说:"不是和你们一起过来了吗?"

刘象庚急急忙忙返回渡船上:"我去找他。"

白宝明一把拉住刘象庚:"刘先生,你不能再回去!三先生会回来的。"

这时对岸的人们开始四散逃开,远处的黑峪口上冒起滚滚浓烟,鬼子已经冲进了黑峪口。

没有逃走的人被射杀。更多的房屋被点燃。黑峪口一时间成了人间地狱。小莲坐在船上,看着对岸的大火,吓得目瞪口呆。

62

赵承绶逃走了,建在兴县东山上的牧马场却留了下来。刘武雄一不做,二不休,干脆自己竖起了抗日自卫队的大旗。马场里的几百匹小马驹已经成长为真正的战马,刘武雄又收留一些散兵,拉起了一支两百多人的骑兵武装。他本身就是骑兵出身,训练队伍又是他拿手的,经过几个月的训练,自卫队已经成为一支颇有战斗力的队伍。

这天刘武雄刚刚从山上骑马回来,便有人跑过来报告,说上次那个叫冷娃的又来找他。

刘武雄跳下马,把马鞭扔给后面的士兵,脱下手上的手套说:"冷娃?让他过来吧。"

那名士兵朝营房那边喊着:"喂,过来吧,我们队长叫你呢。"

有人给刘武雄端过洗脸盆,刘武雄埋头洗脸。

冷娃走过来,刘武雄抬起头:"冷娃,怎么又是你?"

冷娃抄着手,头发乱蓬蓬的,不说话。

刘武雄低下头看着冷娃的脸。

冷娃左右躲闪着,不让刘武雄看。

刘武雄直起腰笑起来:"不是又来找小莲吧?哎,冷娃,我倒要问问你,小莲怎么样啦?我可是非她不娶啊!"

刘武雄擦把脸,把毛巾扔给旁边的人。

冷娃唉一声蹲下身子。

刘武雄弯下腰看着冷娃:"小莲怎么样啦?你倒是说话呀。"

冷娃看一眼刘武雄,又叹一声,掉过身去。

刘武雄气得一把推倒冷娃:"你是个哑巴吗?发生了什么事?总要说话吧!"

冷娃坐起来,看一眼刘武雄,嘟囔两句:"小莲嫁人啦!小莲嫁人啦!"或许是触碰到了冷娃伤心的地方,冷娃就那么眼圈一红,抽泣起来。

刘武雄看着冷娃的样子笑起来:"原来冷娃也舍不得小莲啊!走吧,一个大老爷们,就让一个女人气哭啦!没出息的货!"

刘武雄喊着:"来人!"两个士兵跑过来。

刘武雄指着冷娃说:"给他洗个澡,换身干净衣服,领来见我。"

刘武雄说完离开了。两个士兵一左一右架着冷娃去了那边的屋子里。

冷娃再出来的时候已是一个穿着晋绥军军装的士兵了。

冷娃来到刘武雄的屋子里。刘武雄看一眼冷娃,哈哈哈笑出来,端详着冷娃说:"果然是人靠衣裳马靠鞍!冷娃这身衣服一穿,你瞧瞧,多精神、多威武!"

冷娃局促地站在那里。

刘武雄屋子里的桌上已摆上饭菜,都是那个时候少见的罐头,有水果,有牛肉。

刘武雄用牙咬开一瓶白酒,哗哗哗给冷娃和自己各倒了半碗酒。

刘武雄说:"你我都是黑峪口人,说起来还是乡亲呢,来,先喝口酒再说!"

刘武雄说完自己喝一口,喝完酒看见冷娃没有动,就说:"喝啊,又不是毒药!"

冷娃端起碗,咕咚咕咚喝完。

刘武雄一把把冷娃的碗夺过来:"冷娃,喝酒不是这么个喝法!"

刘武雄看见冷娃不说话,缓和下语气来:"还没有问你呢,找我干吗来啦?"

冷娃说:"我没去处啦。"

刘武雄明白过来了:"小莲嫁人啦,你不愿意待在家里,一个人跑出来啦?"

冷娃没说话。

刘武雄骂一句:"没出息的货!小莲嫁给谁啦?"

冷娃说:"嵇子霖。"

刘武雄说:"哪个嵇子霖?就是上次来的那个小白脸?"

冷娃又叹息一声。

刘武雄啪地把短枪抽出来:"你个孬种,就知道叹气!是条汉子的话,今天晚上就把小莲抢回来!来人!"

门口的士兵立刻推门进来。

刘武雄说:"冷娃,我给你人和枪,那个小白脸我看不是个好东西,你呢,一枪崩了他,把小莲接回来!"

冷娃摇摇头:"武雄哥,小莲已经是嵇子霖的人啦。来,武雄哥,喝酒!"

冷娃拿起酒瓶,又倒了一碗酒,一口气倒进肚子里。

冷娃本来不能喝酒,这碗酒下去就醉了。醉了的冷娃稀里哗啦地哭起来,他哭得是那么伤心和委屈,他长这么大,还没有这么动心动肺地号啕大哭过。

刘武雄摆摆手,让士兵们把冷娃抬出去。

冷娃醒来的时候已经是后半夜了。冷娃睁开眼,听到屋子外面人马喧腾,明晃晃的火把把窗户照亮了。冷娃推开门,发现刘武雄正给大伙训话。

刘武雄穿戴整齐,骑在马上大声喊着:"弟兄们,有股小鬼子正在山下宿营,我们要乘其不备,打他们个措手不及!出发!"

士兵们骑着马离开营地。

刘武雄看见屋子门口的冷娃,说道:"冷娃,回去吧!我们要去打仗!"

冷娃说:"武雄哥,我也去。"

刘武雄说:"你不能去!"刘武雄说完,打马飞奔而去。

冷娃不甘心,偷偷到马厩里拉出一匹马。

冷娃没有骑过马,但他的两条腿十分有力,他紧紧夹住马,马一步一步向山下走去。走了一阵,冷娃想试着跑快一些,便将手中的缰绳一抖。那马是军马,受过训练,得到命令后便立刻向前射了出去。冷娃没防备,差点摔下去。他伏在马背上,一只手攥着缰绳,另一只手紧紧抱着马脖子。马不舒服,也跑不快,冷娃试着松开马脖子,马跑得轻快起来。

冷娃赶到的时候,山下已经杀成一片。

一股"扫荡"的鬼子在山下的小村里宿营,没想到被刘武雄的骑兵突然袭击了。天黑,鬼子们又不知道对方来了多少人,一时间有些惊慌失措。

刘武雄的骑兵往来驰骋,明晃晃的刀子往奔跑的鬼子身上砍下去。

有个鬼子跑过来,看见这边骑在马上的冷娃,举起枪。冷娃本能地弯下腰,子弹顺着冷娃的脊背飞过去。冷娃掉下马来,那个鬼子举着刺刀刺向冷娃。一声枪响,鬼子倒下了。

刘武雄提着枪浑身是血地跑过来,看着冷娃说:"快上马!"

一个小队的鬼子全被干掉。

刘武雄带着骑兵又旋风般消失在黑暗中。

63

十几天后,刘象庚他们返回黑峪口。

此时的黑峪口一片狼藉。几十间房屋被烧毁,不少店铺被抢掠一空,很多没有逃出去的人倒在血泊中。

刘象庚和白宝明、铁拐李回到十六窑院。十六窑院惨不忍睹。窑洞的门窗全被烧毁,只留下黑洞洞的窗口。屋子里的东西被抢的抢烧的烧。最里面的厨房里,盘碗全被砸碎,地上到处是碎瓷片。

刘象庚惦记着三弟刘象文："三弟！"

刘象庚一进院子一进院子地喊着。

铁拐李在旁边的小院里喊着："刘先生！"

这个小院过去是堆放杂物的地方。刘象庚和白宝明进去后，发现这里也被大火烧过。铁拐李在靠东的一孔窑洞里找到了刘象文夫妇的尸体。他们躲在储物间里，鬼子点燃柴火，把他们活活烧死了。

刘象庚扑通跪下："三弟啊！"

刘象庚哭喊一声，泪水止不住地流下来。三弟自小多病，没想到会死在鬼子手下。爹下世的时候，还特意吩咐他多关照一下这个弟弟，但现在……刘象庚十分自责，当时自己怎么就没有好好检点一下呢！

甄连长、董一飞带着队伍来到黑峪口。

两个人站在十六窑院门口，看着眼前的景象，一句话也说不出来。

白宝明把两个人引到后面的院子里。

刘象庚坐在台阶下，他刚刚哭过，胡子上还有没揩掉的泪珠儿。董一飞是第一次看见这个平时威严的、睿智的老头显得如此落寞和悲伤。

甄连长想安慰刘象庚几句，但又不知说什么好。甄连长看看董一飞说："咱们帮老伯把屋子收拾出来吧。"

董一飞出去招呼弟兄们进来，大伙开始清理地上的垃圾，会木匠活计的就重新给窑洞安装门窗。

董一飞领着一部分战士在十六窑院干活，甄连长则带领另一部分战士去别的人家帮忙。

更多逃难的人从黄河对岸回来。有几个女人在哭泣，为死难的亲人，也为被毁掉的家园。她们的哭声划过黑峪口的上空，也划过所有人的心头。她们的哭声在那个干燥的上午显得如此单调、尖锐而又让人心情复杂。男人们都沉默着，谁也不说话，有的从瓦砾中翻检一些生活用品，有的去掩埋尸体，有的收拾被烧毁的窑洞。

小莲和贺麻子也回到他们的院子里。

或许是偏远的原因,他们的窑洞完好如初,小鬼子显然没有来得及破坏他们的窑洞。

小莲从窑洞里推门出来,惊喜地喊道:"爹,东西都在!小鬼子没来咱们家!"

贺麻子坐在门口的石头上抽烟。贺麻子脸上没有一点喜悦的神色,小鬼子这次没来,不等于下次会放过你。这是一个大教训啊!鬼子来了,有的人家吃的、穿的、盖的全被烧毁了,今后的日子该怎么过呢?

贺麻子看着小莲那边的崖头,他想着要掏出个隐蔽的山洞,把一些粮食、生活必需品藏到那里,万一鬼子再来破坏,他和小莲也好有个准备。

贺麻子想到就要动手,他磕掉烟灰,把烟锅头插在怀里,从墙上摘下一把䦆头就到那边刨起来。

小莲端盆水过来:"爹,你这是干啥呢?"

贺麻子说:"过几天你就知道啦。"

小莲还要说什么话,喉咙里一痒,弯腰哇哇哇吐起来,吐得小莲眼泪、鼻涕也流了出来。

贺麻子看见小莲的样子吃了一惊,扔下䦆头跑过来:"小莲,怎么啦?"

小莲平息下来说:"我也不知道。"

贺麻子说:"没吃啥不干净的东西吧?"

小莲摇摇头。

小莲端着空盆子回去。

当年贺麻子的婆姨怀上小莲的时候也有过这种情况。贺麻子心里一沉,知道小莲可能怀上孩子了。

贺麻子拿起䦆头又刨起来。他心里说不清楚是高兴还是为今后的生活担忧。兵荒马乱的,孩子来得实在不是时候。但既然来了就要有所准备,看来这个洞挖得太及时了,以后万一有不测,小莲和孩子也可以躲进去。

贺麻子一馒头一镂头地刨着。

半山坡上,刘象庚在铁拐李和白宝明的帮助下,把三弟两口子草草掩埋了。

铁拐李和白宝明用铁锹圈起一个坟头。

刘象庚坐在坟边和三弟说着心里话。刘象庚说:"三弟啊,是大哥不好,大哥没有把你们带出来,大哥对不住你们啊!"刘象庚眼里的泪又哗哗哗流下来,"你们最舍不得的就是佩雄。佩雄是个好孩子,她在延安那边一切都好,我会把她当作自己的亲闺女一样看待,也会细心地照看她的,三弟,你们就放心吧。等有时间了,我再去一趟延安,替你们看看佩雄。"

铁拐李说:"刘先生,人死不能复生,您老也不要伤心了。"

白宝明说:"刘先生,咱们回家吧。"

刘象庚说:"家?"是啊,家能回去吗?家被小鬼子毁了!

白宝明说:"家毁了咱再建!"是啊,家毁了再建!

刘象庚擦擦眼泪站起来:"宝明说得对。走,回家!"

64

刘武雄发现鬼子时为时已晚。他们也是太大意了,打了胜仗,弟兄们高兴,刘武雄就让大伙痛痛快快地喝了一场酒,但没想到小鬼子循着踪迹追了过来。天还没有亮,山下就响起了枪声。听见枪声,大伙都清醒过来,拉着马提着枪来到刘武雄这边。

刘武雄穿戴整齐,跳上战马,说:"弟兄们,上马!"

士兵们齐齐地跨上马背。

冷娃也牵来一匹马。这匹马是上次从鬼子那边缴获过来的,可能认生,不想跟着冷娃走,急得冷娃拉着缰绳和马较着劲。冷娃力大,那马犟不过冷娃,只好乖乖地跟着冷娃过来。

刘武雄喊着:"弟兄们,小鬼子送上门来啦!养兵千日,用兵一时。你们就把看家的本领使出来,给老子狠狠杀那些小鬼子!出刀,杀!"

士兵们拔出军刀,喊叫着向前面冲杀过去。马蹄轰隆隆的声音伴随着士兵们震耳欲聋的喊杀声响彻山谷。

鬼子们的机关枪很快响起来。

跑在前面的骑兵不断有人中弹倒下。

鬼子的迫击炮也发射出一排排炮弹。

鬼子的火力太猛,刘武雄被迫带领大伙退了回来。

刘武雄让士兵们关闭山门,架好机枪,准备与鬼子们血战。营垒前边是用沙袋构筑起来的简易工事,士兵们跳下马,趴在沙袋后面。他们刚刚准备好,密密麻麻的鬼子就从下面冲了上来。

刘武雄喊道:"打!"

士兵们开枪射击,山坡上的鬼子滚下去。

冷娃捂着耳朵躲在沙袋后面。他不会打枪,也不会扔手雷,刘武雄就让他给大伙送子弹。他跑过来跳过去,把一箱箱弹药送到急需的地方。

战斗异常惨烈。

鬼子冲锋几次没有成功,短暂停歇后,又开始用迫击炮轰击。炸弹在营垒里爆炸。一颗炮弹在马群里炸响,马受到惊吓,四处乱跑,有几匹马撞开山门冲了出去。炸弹也把前边的沙袋炸开缺口,士兵们冒着弹雨把缺口堵上。

鬼子向他们下了狠手!

刘武雄和几个弟兄合计着,他们独立作战,没有援军,库存的弹药马上也要耗尽了,必须想办法立刻撤退!留得青山在,不怕没柴烧!只要活下来,就有办法东山再起!

然而更令人沮丧的消息马上传了过来,山背后也发现了小鬼子。

大伙立刻意识到了他们的处境。

刘武雄让大伙把弹药绑在身上,把剩下的军马放出马厩,然后一起向北面的山头上退去。大部分士兵已经牺牲了,他们来不及掩埋战友们的尸体,默默离开军营。

离开前,刘武雄单独和冷娃说了几句话。

刘武雄按住冷娃的肩膀低低地说:"冷娃,情况非常严峻!你和我们不一样!你现在可以悄悄从那边撤出去。"

冷娃说:"我哪儿也不去!反正活着也没意思,不如跟着你,死了也值!"

刘武雄按按冷娃的肩膀,拿过一支步枪给了冷娃:"把这个拿上!你看,拉开枪栓,子弹上膛后,再瞄准,就可以射击了。"

冷娃接过来,试着摆弄一下。

刘武雄他们所在的那座山是石猴山,山顶上有两块巨大的酷似猴子的石头,更高处是四处都是悬崖峭壁的山峰。刘武雄安排几名弟兄把守在那两块巨石后面,其余的弟兄们退守到山头上。

鬼子们很快尾随过来,双方立刻开火,子弹密集地交叉射击,双方不断有人倒下。

战斗从早晨一直持续到黄昏,枪声逐渐停息下来。刘武雄检点一下剩下的弟兄,连伤员一起他们现在只有十几个人了。整整打了一天仗,弟兄们没有喝一口水,没有吃一口饭,现在子弹也耗尽了,大伙知道最后的时刻可能到了。

刘武雄沙哑着嗓子说:"弟兄们!"刘武雄哽咽着说不出话。是啊,两百号活蹦乱跳的弟兄倒在了山头上,作为他们的兄长、领头人,刘武雄心里异常难过。

远处一个伤员低低地抽泣起来。

刘武雄说:"弟兄们,我们保家卫国的力出了,心也尽了!大家都是爹生娘养的,只要能活下来,我们什么苦什么委屈都能忍受!天明以后,大家就……"

刘武雄实在没有勇气说出"投降"两个字。他自己已经抱定了必死的决心,但他不愿意也不忍心让大家一起跟着他舍生取义。刘武雄坐在山头上,山下是看也看不到底的深沟,凉爽的夜风掠过他的面庞。

爹,娘!儿子要先走一步了。

刘武雄在心里说着。他是军人,保家卫国是他的天职,他拉起了抗日自卫队,他是为打小鬼子而死,只是自己死后不能再在二老面前尽孝了。但自古忠孝难两全,儿子只能为国尽忠了。

他想起了和大伯刘象庚最后一次见面的情景。大伯的驮队被扣,正好遇上他,大伯让他在大是大非面前站稳脚跟。他明白大伯的意思,他自打从军的那天起就知道自己此生的使命和去处。大丈夫生逢乱世,岂能苟活于世?现在为国而亡,夫复何憾?

弟兄们,别了……

刘武雄看看身后躺着的弟兄们,如果有灵,地下相聚!

刘武雄站起来跳下山崖。

冷娃看见了刘武雄的举动,喊叫着:"武雄哥!武雄哥!"

冷娃跑过来,山崖下黑洞洞的,什么也看不见。那边的士兵们都没有动,但他们知道这是他们最好的结局。

又有两三个人跳下去。

有人还在哭泣。

冷娃傻住了,是啊,死亡是如此近,过去想也不敢想的问题,现在突然来到跟前。冷娃跟武雄哥说过不怕死,但真要去死的时候,冷娃还是有些恐惧和犹豫。

但活着又有什么意思呢?

他唯一喜爱的小莲已经成了别人的女人。

冷娃朝着黑峪口方向跪下来,他要感谢贺麻子的养育之恩。冷娃砰砰砰叩了三个响头,然后站起来走到悬崖边,两眼一闭跳了下去。

第十二章　开展货币战

65

八路军主力接连在岚县、方山、宁武等地取得胜利。甄连长他们和董一飞的游击队也不断袭扰鬼子。这年年底，侵入兴县的鬼子终于退了出去。

旧历年还是不依不饶地来了。十六窑院经过抢修，重新投入使用。虽然窗户安上了，墙也进行了粉刷，但大火烧过的痕迹还是能在不少地方看出来。刘象庚一家人返回了十六窑院，西北农民银行也随之搬进了刘象文住的前院里。

这是鬼子"扫荡"后的第一个旧历年。厨房里，牛爱莲、李云、牛霏霏几个人正给大伙准备着年夜饭。年夜饭是饺子。没有白面，刘象庚从黄河对岸找回半袋荞面，馅是胡萝卜，也没有肉，但好歹能让大伙吃上一顿饺子。院子里，刘易成和陈纪原跑出来跑进去。他们毕竟还是孩子，两个孩子的笑声给那个沉闷的旧历年带来一丝喜悦的气氛。

正屋里，刘象庚、刘象坤夫妇和炕上坐着的母亲说着话。刘象文夫妇被小鬼子杀害后，老太太大病了一场，经过刘象坤的精心治疗，老太太终于缓了过来。老太太盘腿坐在炕上，经历过丧夫，特别是丧子之痛后，老太太明显苍老了许多。老太太看着地上的两个儿子，可能是又想起了三儿子和三儿媳，抬起袖子抹着眼泪。

刘象庚说："娘，今天是年三十，易成和纪原又长了一岁。"

刘象庚想说点让娘高兴的话。

老太太直起腰:"是啊,孩子们都大啦。"

老太太看住刘象坤夫妇:"往年过年的时候武雄就回来啦,今年武雄也不知道回来不回来。"

刘象坤夫妇听到老太太提起武雄,一时间不知该如何回应。

刘象庚遮掩着说:"娘,外面正打仗,武雄忙得哪能回来呢?"

老太太不再说话了。是啊,小鬼子到处杀人放火,武雄是军人,哪能说回来就回来呢?还有亚雄、竞雄、佩雄,她们也都在外面和小鬼子作战。打仗是最危险的事,子弹又没长眼睛,只能祈求老天爷保佑她的这些孩子了。

刘象庚和刘象坤夫妇退出来。

刘象坤忧愁地说:"大哥,我去打听了,武雄他们……全军没啦。"

刘象坤的夫人小声哭出来:"武雄,我的儿!我也不想活啦!呜呜呜……"

刘象庚一甩袖子说:"这是说的什么话!武雄是个男子汉,他保家卫国,死得其所!我们做长辈的岂能拉孩子的后腿?况且二弟已经打听过了,活不见人,死不见尸,我倒觉得这是一个好消息,武雄很可能活了下来!"

刘象坤看着刘象庚说:"他们最后几个人,全部跳崖了!"

刘象庚知道武雄可能凶多吉少,但不知道为什么,他内心总有一种莫名的期盼,那就是武雄还活着!武雄还活着!随着时间的推移,他的这种感觉越来越强烈,尽管没有任何凭据。但终归是没有找到尸体嘛,没有尸体,就有一种可能、一种希望、一种盼头!

刘象坤被大哥的自信和判断所打动,心情转过来不少。正如大哥所说,说不定哪天武雄会突然回来呢。

白宝明从外面跑进来:"刘先生,铁拐李回来啦!"

刘象庚脸上露出喜色:"李掌柜回来啦?快去看看!"

第十二章　开展货币战 | 253

刘象庚随着白宝明来到前面的院子里。

刘象坤夫妇去厨房里帮忙做饭。

鬼子侵占了兴县,西北农民银行的票子没有办法印制。为了不耽误钞票的发行,行署联系了晋察冀边区政府,让晋察冀边区银行代为印制了一批钞票。这批钞票通过地下交通线运到了兴县。由于鬼子刚刚退走,形势还不是很明朗,刘象庚打发铁拐李将票子秘密运回黑峪口。

"李掌柜!"刘象庚在老远处就喊着。

院子里停着六七头小毛驴,铁拐李正和四五名护送的游击队队员卸驮架。

铁拐李放下驮架,看住刘象庚:"刘先生,拉回来啦。你看,这些都是。"铁拐李指着驮架上的箱子。

刘象庚摸着箱子高兴地说:"快打开看看。"

天色已经暗下来,几个人进了屋子里。铁拐李抱进一个箱子,白宝明用捅炉子的捅条撬开箱子。箱子里是用纸包装好的钞票。撕开外面的包装,一捆捆崭新的钞票露了出来。

刘象庚抽出一张,抖一抖,票子哗哗作响,从纸质到印刷,显然要比过去兴县农民银行印出来的钞票质量好许多。刘象庚又把票子拿到灯光下,仔细核对上面的字迹。这是一张一元的钞票,下面有两排小字:"一元国币,凭票即付,民国二十九年印。"中间是钞票的序号,最上面是银行的行号。

刘象庚看到上面的银行行号时大吃一惊。银行的行号是西北农民银行,但现在的钞票上竟然多出一个"晋"字,成了"晋西北农民银行"。刘象庚又让白宝明打开另外几箱钞票,钞票上印的都是"晋西北农民银行"。刘象庚脸色变白,跌坐在炕上。

铁拐李发现刘象庚脸色不对,急忙问道:"刘先生,出什么事啦?钞票有问题吗?"

白宝明拿起钞票看一看,他没看出钞票有什么问题。

刘象庚咽口唾沫，说："你们看这里。"他指着钞票上的"晋"字说，"多了一个'晋'字啊！"

白宝明明白过来了："对啊，咱是西北农民银行，怎么多了个'晋'字呢？"

可能是晋察冀边区的同志们以为这边在山西，就特意在"西北农民银行"的前面加了个"晋"字。可他们哪里知道这边的意图呢！西北农民银行，视野覆盖的是整个大西北啊。

费了千辛万苦才把这批钞票拉回来，作废了实在可惜，但重新印刷又不现实，关键是军民等不及了。鬼子进行了大"扫荡"，大家急需用钱啊。

李云来到前面院子里招呼大伙吃饭。

李云说："吃饭喽，吃饭喽。"

李云看看大伙的表情，发现个个神情沮丧，问明情况后，笑着说："我以为是什么天大的难事呢，不就是多个字吗？涂掉不就行啦！"

李云见大家还愣着，就让在外面玩耍的刘易成把毛笔拿来，李云蘸着墨汁把那个"晋"字涂掉了。

刘象庚把涂掉"晋"字的钞票拿起来，是啊，这不就是西北农民银行的钞票了吗？刘象庚一跺脚笑出来："走，吃饺子去！"

大伙看见刘象庚笑出来，都呵呵笑起来。

刘象庚听见大伙在背后笑，反过脸来说："大伙听好了，吃完饺子谁也不能睡觉，涂字！"

厨房里，大伙蹲的蹲站的站，挤在一起吃饺子。

刘象庚端起碗来说道："今天是大年三十，刘象庚提前给大伙拜年啦！这一年我们的西北农民银行成立了，小鬼子也给我们造成了很大的损失，有不少同志牺牲了，但我们都熬过来了。八路军打了大胜仗，小鬼子灰溜溜地逃跑了，我们银行的新钞票也运回来啦！有了钞票，我们的日子就有盼头啦！"

刘象庚的话鼓舞了大家，没有酒，他们就端着饺子汤互相视贺着、鼓

第十二章 开展货币战 | 255

励着。

刘易成发现门外站着一个乞丐模样的人。

有人推开门,大伙看到院子里站着一个拄着拐棍、头发蓬乱、衣服破烂的人。他们谁也不知道这个乞丐模样的人是什么时候进来的。

李云端着一碗饺子送出去。这个年头,出来讨饭的人实在太多了。

李云走到那人跟前,手中的碗突然掉在地上。

碗打碎的声音特别响亮。

刘象庚走到那人跟前,吃惊地叫道:"武雄!"

刘象坤夫妇听见武雄的名字,急忙跑出来。刘象坤夫人撩起武雄蓬乱的头发,叫一声"我的儿啊",就晕倒在地。大伙七手八脚地把刘象坤夫人搀到屋子里。

院子里站着的人就是刘武雄,他的腿瘸了,原本俊俏的脸上满是疤痕。刘象庚把武雄拉进屋子里。刘武雄一直没说话,他接过李云递给他的饺子一声不响地吃着,一连吃了三大碗才抹着嘴停住。他吃完饭后没有和任何人说话,拄着拐棍回到中间刘象坤夫妇住的院子里。

大伙谁也没说话。大伙知道一个经历过生死的人此时内心的伤痛。

66

小莲生孩子时天上正下着雨。小莲早上起来天就雾蒙蒙的,她刚要和爹去渡船上,觉得肚子不舒服,就和爹说:"爹,肚子疼,是不是要生啦?"贺麻子放下肩上的绳子:"你这孩子,也不早说!好,不出船啦。"

贺麻子把小莲安顿回窑洞里,自己去找接产婆,心里骂着嵇子霖,走了这么长时间,也不回家看看,小莲就要生孩子啦,你这个做丈夫的还不知道在哪里呢!嵇子霖几个月才回来一趟,有时候是白天,更多的时候是半夜三更,悄悄地来,又悄悄地离开。有时候贺麻子还不知道嵇子霖回来,小莲和他说了,他才知道昨晚上嵇子霖回来过。

由嵇子霖贺麻子自然就想到了冷娃。冷娃去了哪里呢？这么长时间了，也不给家里来个信儿。贺麻子知道冷娃在赌气，他也觉得有些对不住冷娃，但谁晓得事情会出现这么大的变化？他已经和冷娃说了，小莲回来后就给他们把喜事办了，谁知小莲回来了，却成了嵇子霖的人。贺麻子开始有些不情愿，也有些抵触，但生米已经煮成熟饭，他这个做爹的又能怎么办呢？嵇子霖来得多了，他也渐渐接受了这个白面书生。嵇子霖嘴甜，热情，和冷娃相比是另外一种人。

　　或许这就是小莲的命吧。

　　贺麻子叹息一声，抬头看看天上的云。天空中飘下雨来，雨不大，又细又绵。贺麻子把脸上的雨水抹掉，向前面走去。

　　接产婆住在黑峪口的前面，贺麻子赶到的时候，接产婆夹着个布包正要出门，看见贺麻子，笑着说："贺掌柜，不是你也要接产吧？"

　　接产婆是个五十多岁的女人，个子不高。

　　贺麻子说："大妹子，我闺女快要生啦！"

　　接产婆抿着嘴笑起来："今天是什么好日子，怎么孩子们排着队要出来呢？"

　　贺麻子说："还有生的？"

　　接产婆举着指头说："已经三个啦。从昨天晚上到现在，我老太婆连眼也没闭上一会儿。"

　　贺麻子说："那可怎么办呢？我闺女要生啦！"

　　接产婆看看天色："大姑娘生孩子哪能那么快呢！你家闺女傍天黑生下来就算快的啦。回家等着去吧，我赶天黑就过去啦。李二婶子家的媳妇疼了半天啦。"接产婆匆匆离去。

　　"大妹子！"贺麻子看着接产婆的背影喊一声，他知道女人生孩子是道难关，当年他的婆姨还不是因为生小莲送了命？

　　"我记着啦！"接产婆在远处回应一声。

　　雨下得大了起来，贺麻子心事重重地返回来，刚到院门口，就听得窑洞里穄子霖哼着山曲儿：

　　……
　　三十里的明山二十里的水，
　　五十里的路上哥哥我来看你。
　　半个月来我跑了那十五回，
　　咋把哥哥跑成了个罗圈圈腿？
　　……

小莲笑骂着："你看人家，半个月跑了十五回，你呀，是半年才回一趟家。"

屋子里一下没了声息。

贺麻子咳嗽一声说道："是子霖回来了吗？"

听得屋子里两人分开的声音，穄子霖推开门叫道："爹，我回来啦！"

贺麻子蹲在窑洞门口，抽出小烟锅头："回来就好。小莲要生啦。"

小莲扶着腰挺着个大肚子出来。

穄子霖给贺麻子把烟点着："爹，我记着呢！这不回来啦？爹，咋没看见接产婆呢？"

贺麻子说："接产婆傍晚过来。"

穄子霖一撩头发："这怎么行呢？小莲说不准哪会就要生呢。"

小莲摸着大肚子说："肚子又不疼了。我给你们做饭去。"

小莲进了隔壁贺麻子的窑洞。

穄子霖说："我来帮你。"

穄子霖也跟着小莲进去。

贺麻子蹲在门口，眯眼看着角落里的那棵山桃树。他记得这还是小莲出生后移栽回来的，一晃二十多年过去了，小莲也要做母亲啦。

正如接产婆预计的时间，半下午的时候小莲突然肚子疼起来，天快黑的时候,一个大胖小子出生了。

当时贺麻子正站在院子里,窑洞里小莲一声一声喊叫着,接产婆大声鼓励着小莲。伴随着一声嘹亮的婴儿的啼哭声,世界好像全静了下来。那声音是如此响亮、如此悦耳,贺麻子傻乎乎地站在那里,侧着耳朵倾听着这世界上最美妙的音乐。

雨下得很大,贺麻子就站在雨地里,任凭雨水哗哗哗地从头上浇下来。他的眼里不知是雨水还是泪水。

一会儿接产婆出来:"贺掌柜,你当姥爷啦!"

贺麻子拉住接产婆的手说:"谢谢大妹子!"然后哆嗦着从衣服里摸出几张钞票。这还是刘象庚给他的兴县农民银行的票子呢。

接产婆把贺麻子的手推开:"贺掌柜,我不收这个,这个不能用啦。"

兴县农民银行已经变成西北农民银行了,兴县农民银行的钞票需要兑换成西农币才能使用。贺麻子一直忙着跑渡船,还没有来得及兑换。

屋子里的嵇子霖听见了,探出身子给了接产婆一块大洋。

接产婆高高兴兴地离开了。

贺麻子又把那几张钞票揣进怀里。

后半夜的时候嵇子霖要离开小莲娘儿俩。嵇子霖说他要在天明前赶到蔡家崖。120师师部和行署驻扎在蔡家崖,嵇子霖有重要情报要送到120师。

贺麻子说:"天这么黑,不能天明了再走吗?"

嵇子霖穿好衣服说:"爹,我也舍不得离开小莲和孩子。但任务紧急,必须天明前赶到蔡家崖。"

小莲躺在炕上没有说话,好多时候嵇子霖都是半夜时分离开的。小莲身边的孩子正睡得香甜。

贺麻子走出去。

嵇子霖弯下腰亲一亲孩子,又转过身亲吻一口小莲:"过几天我就回来啦。"

稽子霖要走,小莲拉住他的衣服。说心里话,小莲怎么想让稽子霖走呢?但稽子霖是八路军的交通员,他有比照看小莲娘儿俩更重要的事。小莲松开手,拉起被卧盖住自己的脸。

稽子霖一跺脚推开门出去。

贺麻子站在院子里,他递给稽子霖一根木棍:"把这个带上,山路上有狼。"

稽子霖笑着说:"爹,我有这个。"稽子霖拍拍腰中插着的短枪。

贺麻子说:"那也把它带上,下过雨,山路上滑。"

稽子霖接过来:"爹,小莲和孩子就交给您了,我走几天就回来啦。"

雨早停了,山路上果然滑得厉害,幸亏听了贺麻子的话,稽子霖拄着木棍深一脚浅一脚地向蔡家崖走去。

稽子霖心情很好。是啊,他娶了黑峪口最美的小莲,现在小莲又给他生下个大胖小子,他已经是当爹的人啦。

爹,这是一个多么遥远而又让人敬畏的字眼。爹是一个家庭的主心骨,是孩子们的靠山。在孩子们的眼里,爹就是那个无所不能的人!

现在自己就是爹了,稽子霖突然觉得自己在此时此刻才真正长大成人,也真正感觉到了肩上的担子和责任。一个男人,只有当了爹,才会成为一个真正的男人。

远处的山头上一匹饿狼正看着这边,它伸长脖子发出长长的嗥叫声。

稽子霖听见远处的狼叫停下脚来,向黑暗中的远处望去。他一只手摸着怀中的短枪,有这家伙在,他是不会害怕那些狼的。狼的叫声飘到了另一边,狼似乎没有向这边跑来,稽子霖又向前走去。

这边的山路上全是石头,路也不是很滑,稽子霖把手中的棍子扔出去。

棍子落在石头上的声音在深夜的山路上显得特别亮。

稽子霖刚拐过弯,山后突然冒出一个人。稽子霖大吃一惊,立刻拔出短枪,没想到身后也有人,嵇子霖脑后被人重重击了一棍。

嵇子霖倒下的时候还看到了灰蓝的天空。

嵇子霖眼一黑,什么也不知道了。

67

冷娃睁开眼时发现自己被架在了半山腰上。他试着摸一下脸,脸上火辣辣地疼。冷娃清醒地意识到自己还活着。

下午的太阳明亮亮地照着他,周围静静的,没有枪声,没有喊杀声,只有风从上面掠过的声音。他扭头看看左右,这边是山,那边是悬崖。他想坐起来,衣服好像被什么东西挂住了,浑身上下没有一处地方不疼。

这是凸出来的一块大石头,上面有几株从石头缝中长出的树,树枝上还挂着几块从衣服上撕下来的碎片。冷娃知道可能正是这几株树救了自己。战斗打响后他们就没有吃过饭,跳下山崖后也不知道在这里躺了多长时间,冷娃没有一点力气。

武雄哥没啦,弟兄们也没啦。冷娃的眼中涌出两颗泪珠儿。过了很长时间,冷娃坐起来,后退着靠在山壁上。实在太饿啦,冷娃伸出手把树枝上的树叶揪下来,一片一片放进嘴里,叶子很苦。

但有什么比他的命更苦呢?

很小的时候父母就没了,他跟着贺麻子在黄河边长大,以为娶上小莲会过上好日子,小莲一失踪却成了别人的女人。他跑出来投奔了武雄哥,没想到武雄哥的队伍没了,连武雄哥也没了。

现在他挂在了山壁上,周围一个人也没有,他似乎成了整个世界的弃儿。

太阳已经西斜。

冷娃嚼了树叶,身上慢慢恢复了力气。他活动一下手脚,除过皮肉伤外并不碍事。他站起来向上面看一看,离山头似乎并不远。他抓住树枝爬上去。山非常陡峭,冷娃贴住山壁,抓着一切能抓住的东西,一步一步爬上去。

山头上,没有逃走的几名弟兄横七竖八地躺在那里,他们身上布满了血洞,有的是被子弹射穿的,更多的是被刺刀所刺。鬼子们攻上山头后对他们进行了毫不留情的杀戮。

冷娃的眼里再次流出泪。他把这些尸体一一拉到一块大石头后面。有一个还是冷娃认识的兄弟,那位兄弟仍然怒睁着两眼,冷娃伸出手把他的眼合上。六七位弟兄并排躺在石头后,就像他们活着时一样。山头上都是石头,冷娃搬来一些小石头,在尸体旁一圈一圈垒起来,直至把这些尸体全部盖住。

冷娃做完这些,顺着山路返回军营所在的地方。

整个军营一片狼藉。营房被烧毁,沙袋后、院子里到处是死难的弟兄。不少军马也倒在那里。冷娃抑制不住地呕吐起来,吃进去的还没有消化的树叶又翻江倒海地被吐出来。冷娃伏在地上号啕大哭,他长这么大,还没有见过这么多死难的人。

远处有野狗撕咬着尸体。冷娃捡起石头扔过去,野狗们吃红了眼,根本舍不得嘴里的食物,跑几步就又返回来。

冷娃从沙袋旁找到一把铁锹,开始在山坡上挖坑,他挖的坑很大。坑挖好后,冷娃把弟兄们的尸体一一拖进大坑里。冷娃咬着牙干这些活计,他不知道挖了几个大坑,也不知道埋了多少弟兄,他不停地挖,不停地掩埋。

太阳落山,月亮升起来,天又快明的时候,冷娃终于扔下铁锹,靠在一个大土堆上闭上眼。他没有一点力气了,他知道这次自己可能真的要死了。死就死吧,反正他已经死过一次了,这次能和这么多弟兄死在一起,正是他心中所愿呢。冷娃索性伸开手脚,把自己的身体放得更舒服一些。头边是青草,冷娃能闻到青草的香味。

山下好像有人上来了,像是有很多人。有人来到冷娃旁边,用手在他鼻子下试一试,接着喊道:"甄连长,这边有一个活的!"

很多人围住冷娃。有人翻开冷娃的眼皮,冷娃看见头顶上无数的人头。

有人向他喊话:"喂,你叫什么名字?"

有人在他头顶上对话。

一个人说:"这个人活着!"

另一个人说:"啥子话嘛,本来就活着!老班长,带他走。"

68

晋西区党委和晋西北行政公署联合在蔡家崖召开紧急经济会议。会场就设在牛家大院。刘象庚和白宝明赶到会场时,会场里已经来了很多人。白宝明拉着小毛驴在外面等着,刘象庚进了会场。八路军首长、新军指挥官、各区县区县长都来了。刘象庚看到坐在那边的张干丞。张干丞和刘象庚打着招呼。

牛荫冠看见刘象庚,笑着走过来:"老伯。"

刘象庚伸出手和牛荫冠的手紧紧握在一起:"贤侄啊,年轻有为,了不起!"

牛荫冠说:"老伯把银行办得有声有色,小侄佩服!"

刘象庚说:"老朽一个,岂能和你们年轻人相比?老伯老啦,以后就全看你们年轻人的啦。"

牛照芝正好进来,听见刘象庚的话,说道:"廉颇老矣,尚能饭否?"

刘象庚打牛照芝一拳:"老伙计啊,好长时间没见面啦。"

牛照芝说:"可不是,我也惦记着你这把老骨头呢,哥儿俩还有好多事要干呢。"

旁边张干丞和牛荫冠说着话。

这时,前边人群一阵涌动,原来是贺师长、关政委等一行人到了。贺师长和大伙打着招呼,看见刘象庚,还特意走过来和刘象庚寒暄几句。

那天的会开了一上午,首长们讲了许多话。刘象庚从首长们的讲话中了解到,八路军正在发展壮大,在晋西北、晋东南等地打了一个又一个胜仗。鬼子企图短时间内灭亡中国的图谋已经失败,于是改变策略,一方面拉拢国民党中的投降派,一方面筹集力量从军事、经济、文化等诸多方面打压抗日力量开辟的根据地。

首长们分析道,敌人对我们的侵略战争,所用的是总力战,即政治、军事、经济、文化,一齐作战。在经济战上,敌人的阴谋是掠夺敌占区所有财富,盗取我根据地和大后方的物资,破坏我金融,摧毁我经济命脉,企图使我在抗战经济上和整个国民经济上濒于破产,使人民无法生活,使抗战无法坚持,它则以战养战,灭亡我国,这个阴谋是异常毒辣的。敌人的这种阴谋,对我抗日根据地和大后方表现得最厉害、最明确不过的,是破坏我金融。我国法币基金存在英美,用法币可以买外汇,因此敌人自从对我发动侵略战争以来,除在敌占区大量搜刮法币外,还想尽一切办法吸收我根据地和大后方的法币,以便大量套取我外汇,在欧美买大批军火,即是用我们中国人的钱来打我们中国。

……

刘象庚听得如痴如醉。整个抗战的形势已经发生了翻天覆地的变化,银行所承担的任务越来越艰巨,作用也越来越重要了。银行要稳定发行西农币,并和各种杂钞作斗争,使西农币成为整个根据地的经济支撑。

为了适应新形势,打击鬼子的图谋,行署进行了针锋相对的部署。会议把西北农民银行发行的西农币定为根据地唯一合法的货币,严厉禁止法币、大洋以及各种伪钞流通,一经发现,立刻没收,严重者将以扰乱经济秩序罪处以极刑。为了方便交易,各专区各县要成立西北农民银行分行或者兑换所。

禁止各种伪钞流通是为了防止敌伪扰乱根据地金融秩序,同时杜绝他们盗取根据地本来就缺乏的宝贵物资。

当时的《抗战日报》报道：

行署为巩固金融，增进贸易，便利商人等之交易，决定在各专区各县成立西北农民银行或兑换所一事，业已筹备有日。兹悉第四行政区分行及碛口分行，已于5月12日正式成立。此外又在白文、克虎寨、离东、临南、方山等地设兑换所五处，现已开始业务。兹将该分行及各兑换所临时办事简则录后：

一、凡商人等持有本行发行之票币者，均可到本行（所）调换整元或各种角币。

二、凡持有本行破票三分之二以上者，均可换取等价之新票。

三、政府已严禁现洋法币在市面上流通。严禁任何商民人等持有或保存伪币，本行（所）鉴于农币数额之缺乏，兹为解决各界此种困难，对银洋、法币、伪币，作如下之规定：

1. 持银洋一元到本行可兑换本币一元，本行为嘉奖起见，并给以本币四元以下之奖金。

2. 凡持有法币无法周使者，可到本行兑换等量之本币。

3. 政府规定凡持有伪币者，一律在5月15日以前缴给当地分行或兑换所，本行为奉行政法令，从即日起开始收纳伪币，并规定伪币一元可兑换本币五角。此项收纳在5月15号以后即行停止。

……

为了让大家明白为什么过去可以使用法币，现在禁止法币流通，《抗战日报》登载了行署财政处处长对停使法币的答记者问：

最近闻行署有禁用法币的消息，记者为明了真相起见，特前往行署访问财政处处长汤平，承汤处长接见，关于停使法币之意义及办法发表谈话如下：

第十二章 开展货币战 | 265

记者问：外传政府要停用法币，是否实有其事？

汤处长：是的，行署为了保护法币不使外流，决定停止法币在市面上行使，并决定只准行使西北农民银行钞票。

问：在停止法币行使后，政府是否准许人民保存法币？

答：政府的决定只是停止法币在市面使用罢了，如果人民商户有法币的话，他愿意保存，就应该由他保存的。

问：人民要买东西，他存的只有法币，没有农币，如何解决？

答：可以向政府、银行兑换农币去使用。

问：人民要出境买必需品，是否可以带法币去呢？

答：只要领得出境购物许可证，就可以凭证带法币出境购货。

问：若有不遵法令暗使法币者，政府如何处置？

答：这便是犯罪行为，行署将要定出条例去执行。

……

问：政府停用法币的意义，请汤处长详细谈谈。

答：行署考虑到法币是我们国家的本位币，若在敌后周使，日寇就可以大量吸收，因为：一、法币是有外汇的，被日寇吸收，就可提取我国存在外国的现金，购买军火来屠杀我国同胞，这样就救济了敌寇的金融枯竭，破坏了我国的财政。二、敌寇吸收了法币，就可操纵和破坏法币的价格，如去年春季香港的法币和山西的"大花脸"一样的猛跌，影响了全国的金融市面，便是惨痛的教训。三、在敌占区，敌寇对法币采用在这里禁用，在那里吸收，或明禁暗收，把价格贬得时高时低，敌寇这样以法币打击法币的政策，吸收了大批法币，而我根据地的商民，也常常遭受到不可预测的损失。因此在敌后根据地只有保存法币，彻底停止其周使，方可防止法币被敌寇源源地吸收……

刘象庚开完会就和白宝明到了印刷厂。这次会议把西农币确定为根据地内唯一的本位币。如果说过去银行还处于抗战大后方的话，那么现在他们的银行已经挺在了斗争的最前沿,银行成了与敌进行金融战、经济战的重要武器,银行的成败得失已经关乎兴县乃至整个晋西北抗战大业的胜利与否。

印刷厂的机器已经全部修复,田掌柜还收罗了赵承绶时期的一些老工人。印刷厂一下有了十几台石印机、几台脚蹬铅印机,还有一些制版用的铜版、石版,人员也增加到二十多人。到后来,印刷厂的石印机增加到三十六七台,人员增加到一百多人。印刷厂人员分成石印组、铅印组、收发组、完成组、票面设计和制版组等几个部门。尽管人员、设备与原来相比有了翻天覆地的变化,不少原料也能从黄河对岸的西安购买回来,但随着钞票发行量的增加,生产上的很多材料还是非常缺乏,大伙就想尽一切办法寻找替代品。没有制小版用的玉版宣纸,工人们就用有光纸代替。买不到树胶,工人们就把桃树上流出来的胶液加工后使用。当时砂纸特别稀少,工人们就自己制作,先把玻璃打碎,用细网筛出玻璃粉,然后把玻璃粉撒在涂了胶水的纸上,晾干后就成了砂纸。印钞票的纸张一部分从西安购买,一部分还是使用当地一种叫麻纸的土纸。为了防伪,银行在制作票版时就在图案刻纹里加刻了小米粒那样小的"晋西北"三个字,作为暗记,以证真伪。

刘象庚到了厂子里,工人们正在井然有序地忙碌着。

当时印刷厂想印出质量更高的套色钞票,但由于缺乏经验,试印了几次,均宣告失败。田掌柜把几张废票拿给刘象庚。刘象庚举起来对着太阳光细细看一看,几张废票不是颜色不对,就是刻纹叠印在一起。

刘象庚放下票子坐在椅子上:"有啥好办法呢?"

田掌柜说:"办法倒是有一个。"

刘象庚喝口水:"说说看。"

田掌柜告诉刘象庚,赵承绶的印刷厂里过去有个叫王美诚的印刷师傅,如果能找到这个人,问题就解决了。

"万一找不到,"田掌柜说,"师傅们说啦,再试验一段时间,就可以攻

第十二章 开展货币战 | 267

克这个难关了。"

时间不等人啊。

刘象庚说:"有这个人的下落吗?"

田掌柜走过来,附在刘象庚的耳边说:"听说这家伙在甄家庄有个相好的女人。"

刘象庚看一眼田掌柜:"可以啊田掌柜,工作做到家啦!"

田掌柜嘿嘿笑着,不好意思地搓着手。

刘象庚吩咐白宝明:"宝明,你带几名游击队队员,去甄家庄把王美诚师傅请回来。"

白宝明说:"是!我这就去找董一飞队长。"

69

嵇子霖清醒过来,叫苦不迭。他周围站着的全是小鬼子。原来嵇子霖被鬼子的特工人员给抓住了。村川虽然退出了兴县,但这个老谋深算的家伙想出了一个更毒辣的计谋,那就是以佐佐木中队为基础,成立一支精干的特工队。特工队的任务就是潜入兴县,刺探敌情,打击要害,制造混乱,并随时策应大军前来"扫荡"。特工人员在蔡家崖附近活动时,抓住了嵇子霖。

嵇子霖知道落入鬼子手里后不会有好下场,他在看到鬼子的那一瞬就抱定了必死的决心,鬼子们问什么,他一概拒绝回答。嵇子霖被拖入行刑室,先是鞭子,然后是烙铁……嵇子霖被打得死过去又活过来。也不知是第几次醒过来了,嵇子霖被人架着来到一堵短墙前面。

那是个夜晚,月亮还很明,嵇子霖看到短墙下并排站着七八个中国人,他们一样遭受了酷刑。看到嵇子霖过来,有人还向嵇子霖笑一笑。嵇子霖被推搡着站在他们旁边。嵇子霖意识到鬼子们要下毒手了。

对面的一排鬼子端起枪。嵇子霖脸色惨白,他不怕死,但当死亡真正来临的时候,他有些迟疑,甚至突然有了活下去的意愿。他有美丽的小莲,更要命的是他刚刚有了一个白白胖胖的儿子。美好的生活刚刚开始,他怎么能舍得离开小莲和儿子呢?他差点就喊出饶命的话,他咬牙极力忍住。周围的中国人喊出"打倒小鬼子""二十年后老子又是一条好汉"等口号。伴随着口号声,鬼子们的枪声响起来,嵇子霖身边的汉子们一个一个倒下。

嵇子霖闭住眼,鬼子们的枪声停下来。嵇子霖又被架回行刑室。鬼子们开出条件,如果嵇子霖加入特工队,不仅可以放他回去,而且会给他优厚的报酬;否则的话,不仅要把他杀掉,而且他的老婆孩子也不会放过。佐佐木说完这几句话扬长而去。嵇子霖低下头没有说话。

嵇子霖再回到黑峪口已是几个月后的事了。他走出岚县县城才知道自己一直被关押在这里。外面的阳光真好,嵇子霖走几步又跑几步,天是这样蓝,连空气也格外香甜。失去自由后嵇子霖才真正体会到自由的可贵。

嵇子霖走到了半山坡上。屋子里就小莲和儿子,小莲正在给儿子洗衣服,边洗衣服边看着躺在炕上的儿子。小莲吃得不是很好,但奶水特别足,几个月下来,儿子脸蛋圆嘟嘟的,特别可爱。

小莲说:"儿子啊,你快快长大吧,长大了就能上渡船干活了。"

小莲心疼贺麻子,自己要照顾孩子,贺麻子只能一个人在渡船上忙活了。

"小莲!"屋子后面传来嵇子霖的喊声。

小莲洗衣服的手停住,她跑过去推开门,嵇子霖飞跑下来。小莲看见嵇子霖,转回身靠在窑洞壁上。这个死鬼,说是走几天,一走就是几个月,他的心好狠啊,都忍心不回来看他的儿子。

嵇子霖跑过来抱住小莲,他疯狂地亲吻小莲的头发、脸蛋、嘴唇……嵇子霖做这些的时候,小莲背着手一动不动,她的眼睛里忍不住流出委屈的泪水。嵇子霖亲够了，又爬到炕上看已经长大了的有点陌生的儿子。他忍不住亲一口儿子的脸蛋，或许是胡子扎的原因，儿子哇地哭出来。小莲跳上炕抱起儿子，边哄儿子边说着话："儿子啊，这个人呢，就是你爹！你的爹呢……"小莲想骂几句嵇子霖，但看看一脸疲惫的嵇子霖，没有说出下面的话。

小莲觉得嵇子霖这次回来好像和以前有点不一样了，他总是疑神疑鬼的，过一会儿就要趴在窗户上向外看一看，有时候半夜里睡得好好的，会突然莫名其妙地坐起来。

有一次小莲也跟着坐起来。

小莲摸着嵇子霖的脊背说："嵇子霖，你好像有什么事瞒着我。"

嵇子霖说："我有啥事瞒你呢？"

小莲的手突然停住了，她点着灯，看见了嵇子霖胸脯上、脊背上烫伤的疤痕："这是怎么回事啊？"

嵇子霖吹灭灯，搂着小莲钻进被窝里。小莲还要问，嵇子霖的嘴巴已经堵在小莲的嘴上。

住了几天，嵇子霖要返回部队。走的前一天晚上，嵇子霖和小莲亲热完后说着话。

嵇子霖说："小莲。"

小莲躺在嵇子霖怀里嗯一声。

嵇子霖说："你要好好照顾咱们的儿子。"

小莲还是嗯一声。

嵇子霖说："以后不管发生什么事，你和儿子都要好好活着。"

小莲支起身子。天还没有明，小莲借着窗户上的月光看着嵇子霖的脸。

小莲说："你是孩子他爹，你也要好好活着。"

嵇子霖的眼里有泪水，他好像要说什么，但看看小莲，最终还是什么也没说。

小莲说："你给儿子起个名字吧,这一走还不知道啥时候回来呢!"

秸子霖听完这句话,眼里的泪哗地就流了出来。是啊,这一别是不是能再回来,连他自己也不知道。

秸子霖说："就叫长生吧,希望咱们的儿子长命百岁。"

小莲说："长生?好,就叫长生。"

小莲看看身边熟睡的儿子,轻轻摸摸儿子的脸蛋:"长生,你是我们的小长生!"

第二天一早,秸子霖就坐着贺麻子的船去了对岸。

70

"冷娃,加油!"

"加油,冷娃!"

老班长正和冷娃摔跤。

冷娃被甄连长的特务连救回去后就加入了八路军。冷娃被编入老班长的第一排。这天训练完,战士们开始摔跤。一开始冷娃坐在旁边看,有人就鼓动冷娃上去露一手,冷娃推托着不肯上去,旁边几个人就把冷娃拉起来推到场子中间。

冷娃没摔过跤,但他长期在渡船上干活,两个臂膀特别有力。那天被八路军救回来后,他一连吃了十几个馍,然后美美地睡了一觉,体力就慢慢恢复过来了。冷娃没有摔跤技巧,但谁都吃不住冷娃力气大,只要被冷娃抓住,就会被冷娃扔出去。冷娃一连摔倒四五名战士,大伙就把他们排力气最大的老班长喊过来。

老班长摆好架势:"冷娃,都说你力气大,我倒要看看你有多厉害呢。"

老班长牛高马大,不仅力气大,而且有摔跤技巧。老班长一只手抓住冷娃,另一只手闪电般钩住冷娃的腿。冷娃还没明白是怎么回事,已仰面朝天摔了出去。

冷娃爬起来,再次和老班长斗在一起。

老班长在他们排一直是摔跤无敌手,现在好不容易遇到一个对手,大伙都使劲给冷娃加油。

战士们的加油声,招来更多看热闹的人。

两个人你来我往,难分高下。过去有句话,叫"拳怕少壮",摔跤也一样。老班长毕竟上了年岁,僵持一阵就有些喘气。冷娃抓住老班长,一用劲,将老班长举起来。

周围的战士们嗷嗷叫好。

冷娃放下老班长,老班长砸冷娃一拳:"你个龟孙,也不给老汉留个脸!"

大伙哈哈哈笑起来。

这时正好甄连长过来,大伙又鼓动甄连长和冷娃比试一番。

老班长说:"连长啊,这龟孙力气大得很!你恐怕也不是这小子的对手。"

甄连长拍拍冷娃的胸脯:"冷娃,改天再和你比试。好好训练,练好本事,上战场和鬼子见个高低!"

甄连长留下老班长说话,大伙簇拥着冷娃向后面的伙房走去。

老班长说:"这家伙力气真大。"

甄连长看着冷娃的背影:"是块当兵的料!"

老班长说:"怎么啦,连长?有任务啦?"

甄连长看住老班长:"刚刚得到情报,有一股小鬼子窜进了根据地,上级命令我们,尽快消灭掉这群鬼子,让他们有来无回!"

老班长说:"我这就去集合队伍。"

甄连长拦住老班长:"这群鬼子狡猾得很,他们换了便装,还不知道躲在什么地方呢。"

老班长挠着头皮。

甄连长说:"咱们去找张干丞和董一飞合计合计。"

老班长说:"这倒是个办法。让县政府发动下面的群众,发现可疑人员立刻来报告。"

甄连长说:"我也是这个主意。"

第十三章　银行被偷袭

71

这年夏天兴县一连下了十几天雨,哩哩啦啦没完没了,不仅蔚汾河里的水暴涨,连黄河里的水也涨了许多。十六窑院依山而建,院里又是青砖墁地,倒是没有形成积水。刘易成、陈纪原在李云屋子里学习,刘象庚就坐在东面牛爱莲的炕头上。刘象庚凑在窗户前看着晋西区党委送过来的秘密文件,这是一份关于巩固农钞(指西农币)发展贸易的指示信。

信中分析说,经过年余党政军的努力,晋西北的建设在各方面都有了头绪,并开始走上轨道,但财政经济还是薄弱的一环,特别表现在金融紊乱、人民日用品缺乏,致使西北农钞跌落,军民同困:

要为西北农钞提高价值,打下巩固的基础,改善军民生活,使财政经济建设走上轨道,特决定:(甲)巩固金融方面。(一)提高农钞价格。第一,吸收农钞,减少农钞在市面流通的数量……在吸收农钞的期间,各机关各部队的农钞应封存起来,暂停使用,并具体决定:……除上规定须使用农钞者,部队方面须经军区批准,政权及群众团体方面须经行署批准,党的方面须经区党委批准。第二,各种税收、村摊款、去年的田赋及公营工商业只要农钞,绝对不收法币白洋。持有法币白洋者,须到银行兑成农钞后,再交税再使用,在农钞流通的数量减少的情况下,大家找农钞,价格就提高了。……第三,要设法供给人民日用品的需要,要懂得这是一种策略的斗争。因此,各政府机关、各群众团体、各武装部队必须拿出法币来(以及拿出现有伪钞),买人民的日用品出卖……人民最需要的不过针、线、油、盐、洋火、布匹等,要挑担到乡村中出卖,价钱可随市价涨落,不必太低。第四,如果我们能够贯彻这些办法,农钞价格一定可以提高,用农钞可以买到土货,土货出口可以换来日用品,卖了日用品再买土货,再以土货换日用品。如果运转开来,只要农民用农钞可买到东西,农钞就有了威信,就巩固了。这道理很明显,有些办法也使用过,但没有贯彻到底,故未收效,要贯彻到底,要党政军民共同贯彻到底!（二）严格禁止法币白洋在市面流通。……1.法币白洋不能在市面直接使用,必须到银行兑成农钞再使用,且不准私以法币白洋流入敌占区,但人民可以保存储藏。2.直接在市面使用法币白洋或私流入敌占区者没收之。……4.没收权力属于县政府、专署及行署,他人不得滥没收。……（三）坚决肃清伪钞。首先是根据地内,人民不准使用伪钞,亦不准保存伪钞……

刘象庚看完信直起腰来,这封信既有分析,也有对策,来得十分及时。去年行署就发下布告,严禁在根据地内使用白洋、法币和各种伪钞,但实际上白洋还在暗地里广泛使用,一些不法商人宁用法币、伪钞,也不愿意使用西农币,西农币还没有真正成为根据地内唯一合法货币。西农币贬值打击的是大家的积极性啊。如果任由西农币贬值,其他货币就会即刻反扑过来,前面的努力前功尽弃不说,根据地的经济也将一蹶不振。整顿金融秩序,稳定西农币价格,是金融斗争的当务之急!刘象庚暗暗赞叹,这群年轻人不仅会打仗,连搞金融也是如此精通,他心里既佩服又惭愧。他惭愧自己年龄越来越大,面对如此复杂的形势,常常有一种力不从心的感觉。他也有一种深深的内疚和自责。尽管西农币贬值是多种因素导致的,但作为西北农民银行经理,刘象庚还是觉得自己的工作没有做到位!

是时候退下来了。这个想法在年初的时候就蹦了出来,但当时鬼子刚刚退走,银行还没有恢复正常;现在银行恢复了,印刷厂也开始正常运转,正是让年轻人上来的好时机。想到年轻人,刘象庚的头脑中涌现出王若飞、安子文、牛荫冠、张干丞等一大批青年才俊的形象。是啊,当年王若飞让自己回家乡,利用影响力支持八路军抗战,一晃几年过去了,在大伙的支持下,他们建起了兴县农民银行,从兴县农民银行又发展成了今天的西北农民银行,银行的作用越来越大。王若飞还是那么忙吗?上次在延安相见后,又是几年没见面了。这些年轻人才是希望和未来啊!自己老啦,反应也迟钝了,再担任银行经理就会影响银行的发展,影响根据地的经济建设,影响与敌进行金融斗争。银行急需一位年富力强又懂金融的同志来做经理。

想到这里,刘象庚铺开纸,提起笔。他想给贺师长、关政委等诸位首长写封信,把自己打算退下来的想法告诉诸位首长。但提起笔来,刘象庚又不知从何说起,正踌躇间,二弟刘象坤推门进来。

刘象庚放下笔转过身。

刘象坤说:"大哥,武雄回来后一直窝在家里,这样下去也不是个事啊。"

牛爱莲进来给弟兄两个倒上茶水。

刘象庚说:"武雄是我们刘家的一条汉子!过去对武雄有些看法,是我们误解孩子啦!国家正是用人之际,武雄有胆有谋,是不可多得的将才,让武雄回到队伍上,英雄就有用武之地啦!"

刘象坤不想让刘武雄去队伍上,刘武雄刚刚死里逃生,怎么能让他再去冒那个险呢?

刘象庚说:"武雄是军人,战场就是他的舞台,你拦住孩子,那才会真正害了他!"

刘象坤还在迟疑。

刘象庚说:"董一飞他们正在招兵买马,那里有武雄的用武之地!走,过去看看武雄。"

弟兄两个来到前院刘武雄的住处。

经过几个月的休整,刘武雄已恢复了往日的风采,只是脸上还留着疤痕,一条腿也折了。刘武雄倒很乐观,他是从死亡线上捡回一条命的人,岂会在意这点小伤?看见刘象庚和父亲进来,刘武雄站起来。

刘象庚说:"武雄,伤好了吗?"

刘武雄说:"谢谢大伯关心!不碍事啦!"

刘象庚说:"武雄,国家正在危难之际,你不能这么坐下去啦。"

武雄苦笑一声:"大伯,小侄是一个败军之将!况且……我手中没有一兵一卒!"

刘象庚说:"县大队正在招兵买马。"

刘武雄摇摇头说:"骑一军和八路军结下了梁子!我过去是骑一军的人,现在又成了瘸子,他们肯收留我吗?"

刘象庚拍拍刘武雄的肩膀:"武雄,你小瞧这群年轻人啦!这群人胸怀宽广,没有那些鼠肚鸡肠!"

刘武雄咬着牙说:"只要能打鬼子,去什么地方都行!"

72

天色暗下来,贺小莲开始给爹做饭。长生躺在炕上,正举着小拳头啃着玩。天下着雨,小莲想给爹做一顿和子饭。锅里的水已经烧开,小莲把切好的山药蛋放进去,等山药蛋煮了一会儿,又把淘好的米撒进去。现在小莲开始和面了,小莲一边和面一边给长生唱着儿歌:

小长生,
快快长。
长大了,

去当兵。

小莲唱到"去当兵"时停住了。我娃不去当兵,我娃去划船。划船也辛苦啊,就像爹和冷娃哥,这么大的雨爹也没回来。我娃当先生吧,就像刘家的大先生,要多能耐有多能耐。小莲想到了十六窑院的刘象庚。她不想让她的儿子将来去当兵,有一个嵇子霖就够她受的了,走上几个月也见不上个影子。现在是战乱年代,几个月没音信,多叫人惦记啊!

面和好了,爹还没有回来,小莲推开门向外面望一望,雨顺着风吹了过来,雨水淋了小莲一头,小莲用手抹把脸。小莲看到山坡下冒出两个披着雨披的人。

小莲大声喊:"爹!"

那边闷闷地回一句:"小莲。"

旁边的人没有出声。那人披着雨披,小莲看不清楚,但从走路的姿势看好像是嵇子霖。

小莲就试着喊一声:"是嵇子霖吗?"

嵇子霖站在院当中看住小莲。嵇子霖撩下头上的雨披,露出脸来。

小莲心里一热,冒着雨跑过去。她抱住嵇子霖,嘴里低声骂着:"你个死鬼!你个死鬼!"

贺麻子进了窑洞。嵇子霖把雨披给小莲遮在头上,两个人依偎着回到屋里。

贺麻子往灶坑里添加柴火。小莲在锅边下面。嵇子霖跳上炕逗着长生。长生笑起来,看着头顶上这个叫父亲的人。嵇子霖一把把长生抱起来,又把长生举过头顶。

小莲扭头看着炕上的父子俩,特别是看见嵇子霖好像比上次回来开心了许多,她心里也快乐起来。嵇子霖身上的伤疤让小莲惦记了好长时间,尽管嵇子霖没有和小莲说,但小莲知道嵇子霖可能受罪了,男人不愿说就不说吧,谁还没有个小秘密呢?小莲想到的是嵇子霖可能受过伤,或者不小心被什么东西烫伤了,她从来没有想过嵇子霖被小鬼子抓去过。

嵇子霖明显轻松快乐了许多。嵇子霖逗着长生,有一句没一句地和贺麻子说着队伍上的事,说到有趣的时候两个人还开怀大笑。

吃完饭,嵇子霖和小莲抱着长生回到隔壁的窑洞里。

嵇子霖双手交叉在脑后,看着窗户。院子里还在下雨,能听到雨水从屋檐上流下的声音。

嵇子霖最初担心回到部队后被战友们识破自己向鬼子投降一事,但他编了个理由骗过大家,而后就安下心来。他知道当汉奸的下场,他也下了一千次决心,他决不会当汉奸,决不会给小鬼子送哪怕一条情报。他不能做伤天害理的事。过了很长时间,没人来找他的麻烦,他就想,小鬼子可能把他忘了。最好永远忘了,最好永不相见,过去的那一场就让它永远地过去吧。

小莲可能是累了,给孩子喂着奶就睡着了。嵇子霖翻身把长生抱到一边,又拉起被卧将小莲盖住。他就那么坐在一边,看着身边的两个人。这是这个世界上离他最近也是他最亲的人,他们就是他的全部,他希望他们永远幸福快乐。

如果没有发生那件事就好了。

他后悔了几十次,当时如果听贺麻子的话,如果听小莲的话,天明后再去蔡家崖,他可能就遇不到小鬼子了!可鬼使神差,偏偏就遇到了那群狗杂种!这群狗杂种怎么会忘记了他呢?又怎么能放过他呢?

嵇子霖捂住脸,心里不住地悔恨着。

这时窑洞后面传来一阵脚步声。

嵇子霖是军人,他立刻意识到了什么,悄悄穿好衣服躲在门后,从门的缝隙中看到几个人蹑手蹑脚地溜进院子里。

嵇子霖心里一惊,他一直担心的事还是发生了。

炕上小莲和孩子睡得正香甜。他不能连累小莲和孩子,要杀要剐由

第十三章 银行被偷袭 | 279

这群狗杂种吧。嵇子霖拔出短枪推开门出去。

嵇子霖一出去就有人围上来。嵇子霖把持枪的手举起来,有人推着他来到窑洞后面的山坡上。

雨还在下着。几个人刚到树林边,便有人狠狠地给了嵇子霖一个耳光,接着几个人轮流对他拳打脚踢,有人甚至拔出短刀放在他脖子上。刀很锋利,嵇子霖感觉到脖子上有血流了出来。他没有求饶,他倒是希望给他一个痛快的,那样的话就一了百了了。

有人喊着把他的老婆孩子抓来。

几个人反身就走。

嵇子霖立刻跳起来,扑通跪在那几个人脚下。

几个人嘀咕几句后就让嵇子霖带路,立刻去抓刘象庚。

73

张干丞这天晚上正好回了孙家大院。

他已接到命令,组织上让他去大青山支队工作。晋西北根据地已经建立起来,一批有经验的干部被抽调出来,去开创和充实新的根据地。张干丞回孙家大院,一来收拾行李,二来也想见一见刘象庚。张干丞回来了,刘象庚却去了印刷厂。

张干丞有些遗憾,这一别还不知什么时候才能相见。张干丞很快就把洗漱用品整理好,一些看过的文件,该销毁的就用火点着扔到洗脸盆里,另外一些文件他整理好,准备让警卫员交给组织。收拾完后,张干丞去院子里转了转,天上还下着雨,他就那么冒雨走了一圈。

他来这里工作几年了,在同志们的帮助下,成立了兴县动委会,拉起了抗日武装,特别是当初成立的兴县农民银行现在发展成西北农民银行,已经成为整个晋西北抗日根据地经济战线上的中坚力量。他回顾几年来的工作,让他感慨最多的就是,兴县有一批深明大义、立场坚定的爱国人士。想到这些,张干丞的头脑中就会走马灯似的闪过牛照芝、刘象庚等人的形象。没有他们的帮助和支持,哪里会有今天的局面啊!

做饭的师傅可能也知道了张干丞要调走的消息,这天晚上师傅特意用剩下的一点麦芽面给张干丞做了一顿手擀面。张干丞端起碗,很慢、很香甜地吃着。他招呼几名游击队队员,说他吃不了这么多,让大伙来分享师傅的美意。

如果让张干丞挑选一个这几年给他留下最深印象的人的话,他会毫不犹豫地选择刘象庚。是啊,这个干瘦的、有点威严的老头儿,精力如此充沛,而且有那么多好点子!好多时候他觉得已经走投无路了,和老头儿一说,老头儿总能想出一些奇招妙招。有这个老头儿在,他心里总是很踏实、很安稳。这个老头儿是晚清贡生,又上过新式大学堂,做过参议员,当过高官,老头儿什么场面没见过?但老头儿没有一点架子,也没嫌弃兴县动委会经济部部长这个小官,老头儿做得如此认真、出色和富有创造力!

现在他要离开兴县了,他真想当面对老头儿说几句感谢的话,感谢老头儿这几年的帮助支持和辛苦付出,但偏偏老头儿去了印刷厂。

天已经很晚了,张干丞坐在桌前,提笔给刘象庚写信,不能见面了,那就留一封短信吧。

张干丞写道:"刘老伯,您见到这封信的时候,我已到了新的岗位上……"

张干丞正写着,门口的岗哨跑过来报告,说门外来了一群八路军,是来找刘老伯的。

张干丞没抬头:"刘老伯不是去了印刷厂吗?"

那名队员跑出去。

张干丞抬起头喊住那名队员:"是八路军吗?"

那名队员说:"是。"

或许是部队上有什么紧急的事呢。张干丞吩咐队员赶快把门打开,让战士们进来,看看找刘老伯有什么急事。

那名队员跑出去。

张干丞再抬起头来时,发现一群穿着八路军服装的人冲了进来。他正在迟疑,看到了人群中间的嵇子霖。张干丞认识嵇子霖,知道嵇子霖是八路军的交通员。他站起来要和嵇子霖打招呼,有人冲上来把短刀刺进他的胸膛。他睁大眼睛看着嵇子霖,他想问嵇子霖这究竟是怎么回事。

张干丞轰然倒下。

佐佐木的特工队装扮成了八路军的样子。嵇子霖引着鬼子们去了十六窑院,十六窑院的人说刘象庚回孙家大院了。这群家伙又马不停蹄地赶了过来。因为穿着八路军的服装,一路上他们没有遇到阻拦。

留在孙家大院的游击队队员、做饭的师傅、银行里的保卫人员全部被害。

住在后面的牛霏霏逃过一劫。

当时牛霏霏正在设计钞票图案,听到前面有人吵吵便推开门出来,刚到前院便听到了鬼子们说话的声音。她立刻返回去吹灭灯。她想找个躲藏的地方,外面有人过来了,她忙钻到床下面。鬼子们来得急,看看屋里没有人便跑了出去。

天明以后,甄连长带着大批战士来到孙家大院。

院子里躺着七八具尸体。张干丞倒在屋子里。

甄连长骂一句:"这群狗娘养的!"

甄连长抱起张干丞,发现张干丞还有一丝气息,急忙喊道:"快来人!"几名战士把张干丞放在门板上抬出去。

老班长扶着牛霏霏过来。有人跑过来报告说,这群家伙从北门跑了。

甄连长喊一声:"追!"

74

印刷厂建在一座四合院里。这是一座财主的院子,院墙高大结实。这个地方四面环山,非常隐蔽,没有人引路,很少有人能找到这里。鬼子们在孙家大院得手后又连夜窜到了印刷厂。他们骑着马,又有嵇子霖这个挡箭牌和引路人,所以事情进展得非常顺利。

赶到印刷厂时天刚刚亮,鬼子们骑在马上打量着眼前的猎物。当时的印刷厂已经有了守卫人员。这名守卫是个老兵,看到远处来了这么多八路军,他大吃一惊。老兵留了个心眼,问他们干什么来了。对方回答找刘象庚来了。

昨晚上刘象庚确实来了印刷厂。印刷厂的一位职工在运粮时牺牲了,刘象庚连夜赶回厂子里。当时印刷厂的生活很艰苦,村里的老百姓和厂里的工人都缺粮食。厂里就想方设法从黄河对岸搞一些吃的回来,最困难的时候只能买回黑豆来,大家一日三餐全是黑豆。粮食从黄河对岸运过来,厂里再组织一些职工去拉,没有毛驴的时候还要职工去背。前天一位职工背粮时不小心摔下崖头丢了性命,刘象庚赶过来处理一些善后事宜。

老兵叫醒旁边的战士,让他去把刘象庚叫起来。

刘象庚每天起得早,听说门外有八路军找他,就说赶快开门啊,还愣着干啥!

老兵趴在院墙上,让那个战士开门。

门外的鬼子们下了马。鬼子们下马的时候露出了脚上的军用皮鞋。老兵看到皮鞋瞪大了眼,八路军没有穿皮鞋的啊。他心中一惊,立刻喊道:"快关门!"然后举枪开始射击。战斗就这样突然爆发了。

鬼子们露出了本来面目,立刻发动进攻。

印刷厂里乱成一锅粥。

刘象庚让白宝明带着几名游击队队员上墙增援老兵。

他把大伙招呼进屋子里,喊道:"大伙静一静!"

人们都静下来,看住眼前这个干瘦的老头儿。

刘象庚说:"鬼子偷袭过来了,大伙不要害怕!这个院子结实得很,只要我们坚守住,八路军就会来救我们的!田掌柜!"

田掌柜站出来。

刘象庚说:"田掌柜,你把男人们组织起来,有啥趁手的家伙就拿起来。女同志们都到这边的屋子里来。"

鬼子们本以为会顺利得手,没想到里面有了防备,几颗手榴弹扔过来,有几个鬼子被炸死。墙上有十几条枪,子弹不停地射过来。院子外是一片开阔地,鬼子们没有躲藏的地方,不断有人中弹,鬼子们被迫退到山根底。

战斗打响后,嵇子霖趁鬼子们不注意,偷偷躲进路旁的树林里。鬼子们向前冲去,嵇子霖立刻向山坡上爬去,他手脚并用,很快爬到半山坡。有鬼子向他喊叫,他反过头看一看,立刻站起来向前跑去。子弹嗖嗖嗖从他身旁飞过去。后面有鬼子追来,嵇子霖翻过山头没命地跑。

嵇子霖不敢停下来,沿着山脊一直跑,直到听不到枪声了才停下脚步。身后没有鬼子追来,枪声也好像在山的那边。嵇子霖捂住眼蹲下来,想起这一晚上干的事,他不断地扇自己耳光,嘴里狠狠地骂着:"你个王八蛋!"

自己已经是一个可耻的汉奸了,还有什么脸面活在这个世上呢?

嵇子霖跌跌撞撞地向前走去,他想找一个悬崖跳下去算了。他找到一个比较陡的山坡,闭着眼滚下去,边滚边希望有块石头或者什么东西把他碰死就行。但滚到山沟底,他还活着。他站起来,找到一棵树,把腰间的皮带抽下来挂在树上,又搬来几块石头。他站在石头上,把脖子套进拴好的圈子里,使劲蹬开石头。他以为这次会成功,没想到树枝又断了。

嵇子霖重重地摔在地上。他趴在那里,半天没有动。死,此时竟然如此地难!

天已经大亮。山口上传来了枪声。鬼子们知道八路军增援过来了。这群家伙跳上马,从另一个方向逃走了。

75

雨停了太阳就出来了。下了十几天雨,屋子里都发霉啦。现在太阳好不容易出来了,许多人家就把衣服、被子晾晒在院子里。

小莲抱着长生坐在门口的石头上晒太阳。小莲心事重重的,她看着远处的黄河,没有一点高兴的样子。那天嵇子霖半夜走了,一直没有音信,以前小莲不会惦记,但这次她有一种不祥的预感。这几天不断有陌生人来院子里打听嵇子霖的下落,这些人都穿着便装。小莲问过他们:"你们是什么人?找嵇子霖干吗呢?"那些人没有回答她。小莲看出这些人不像是农民,也不像是商人,她看出这些人腰里插着枪。这些人匆匆地来,又匆匆地离去。

究竟发生了什么事?嵇子霖去了哪里呢?小莲一点也不知道,她只能坐在窑洞前的石头上,看着山前山后的小路,她期盼着嵇子霖能像那天晚上一样突然出现在院子里。

那边的山桃树结满了山桃,过去结得很少,今年好像很例外,结得密密麻麻,压得树枝都弯下来。桃子不大,但很好吃。正好长生哭起来,小莲抱着长生站起来,边哄长生边说:"娘给长生摘桃子吃。"小莲抱着长生来到山桃树下,她选择着树上的桃子,下面的还小,上面有几个大点的桃子,皮上也发红,她伸出胳膊够了几次,每次都差那么一点点。小莲就去柴火堆边找一根木棍,想用木棍把那几个桃子打下来。

这边的柴火还是冷娃哥砍回来的呢。小莲走过去,发现柴火堆被人移动过。她一只手抱着长生,另一只手翻开柴火堆,柴火堆下面露出贺麻子给她刨的地洞的洞口来。贺麻子告诉过小莲,他在柴火堆那边挖了个很隐蔽的洞,如果遇到意外情况,她可以和孩子躲藏进去。洞口盖着木板,小莲揭开木板,发现里面蜷缩着个人。

小莲吓了一跳,拿起一根棍子,退后一步喊道:"你是谁?"

地洞里的人不说话。小莲壮着胆子走到洞口,那人正好抬起头来。

"嵇子霖!"小莲喊一声,手中的棍子掉在地上。

嵇子霖向她招着手,示意她抱着孩子下去。小莲迟疑一下,把孩子递给嵇子霖,然后自己爬着下了地洞。嵇子霖一把把小莲抱在怀里。嵇子霖胡子拉碴,衣服破烂不堪。嵇子霖亲吻小莲几口。

小莲一把推开嵇子霖,看着嵇子霖问道:"嵇子霖,告诉我,发生什么事啦?"

嵇子霖叹口气,蹲下来。

小莲弯下身子:"嵇子霖,你快说,究竟发生什么事啦?"

嵇子霖抬起头看住小莲,他想把事情原原本本地说出来,但话到嘴边又变成了另外的内容:"小莲,有人追杀我!我必须躲在这里,你不能告诉任何人!"

小莲看着嵇子霖惊恐的眼睛点点头。

嵇子霖抓起小莲的手亲吻个不停。

嵇子霖看着小莲说:"小莲,你赶快给我弄口吃的,我已经好几天没吃东西了。"

小莲站起来爬出去,然后伸手把长生接上去。嵇子霖眼巴巴地看着小莲。小莲抱着长生跑回窑洞去。嵇子霖探出头来,看看周围没有什么情况,又把木板盖在洞口上。

小莲知道嵇子霖肯定是遇到麻烦了,她现在还不知道究竟是什么人追杀嵇子霖,但看嵇子霖的样子,嵇子霖显然是受到了极大的惊吓。她把长生放在炕上,三把两下就和起玉米面,然后给嵇子霖烫了二十几张饼子。小莲做得满头大汗,做好饼子就抱着长生出来,另外一只胳膊上挎着盛满玉米面饼子的篮子。

地洞口上的木板被掀在一边,地洞里没有了嵇子霖的影子。

"嵇子霖!"小莲站起身喊着。

她转一圈看看,周围全是白花花的阳光。

小莲后退着站到院子里:"嵇子霖!"

小莲抱着孩子跑上窑洞后面的山坡,她看到远处树林边的人影,一边喊一边发了疯地追过去。

小莲追到树林边,嵇子霖站在树林中看着她。

小莲跑过去拉住嵇子霖:"嵇子霖,回家!回家,嵇子霖!"

嵇子霖没有动。

小莲反身,看到冷娃哥正举枪瞄着嵇子霖。

"冷娃哥,你要干什么?"小莲站在嵇子霖身前大声喊着。

冷娃说:"小莲,嵇子霖当了汉奸,我要毙了他!"

鬼子在兴县进行了一系列的袭击,特别是在八路军眼皮子底下袭击了银行,引起了极大的震动。要没有汉奸做内应,小鬼子不可能这么容易得手。八路军查来查去,查到了一个失踪的叫嵇子霖的交通员头上,他失踪的时间与鬼子活动的时间完全吻合。

冷娃听到嵇子霖的名字吃了一惊,他猜到嵇子霖可能藏在黑峪口。冷娃偷偷跑回黑峪口,他在渡船上见到了贺麻子,贺麻子告诉了冷娃柴火堆边的地洞口。

小莲哭着:"冷娃哥,他是长生的爹!我求求你,放过嵇子霖!"

自从离开黑峪口,这还是冷娃第一次看见小莲。小莲抱着孩子哭得泪流满面。小莲怀中的孩子也哇哇哭起来。

嵇子霖扑通跪下:"冷娃哥,我罪该万死!求你看在往日的分上,放我一条生路!"

小莲抱着孩子也扑通跪下来:"冷娃哥!"小莲号啕大哭。冷娃唉一声,转身离去。嵇子霖站起来向密林深处跑去。

冷娃走远了,听到身后树林里响了一枪。冷娃站在山坡上,看着那边的树林。他听见小莲哭得死去活来的声音。一会儿,从树林里走出了刘武雄。

刘武雄路过冷娃身边,走几步又返回来:"我早就和你说过,那个小白脸不是个好东西!"

第十四章　人民币诞生

76

开河啦——

这是每年开春后黄河上特有的一道景观。靠河吃饭的人们要在黄河岸边摆上大牲，然后上香叩头，祭拜河神，祈求河神保佑这一年风调雨顺，丰收在望。此时，原本千里冰封的河面开始解封，河水挟带着翻滚的冰凌顺流而下，前面的冰面一点点碎裂，后面的冰块撞击着冰块，形成蔚为壮观的开河景象。往年黑峪口富裕的大户们都会举行隆重的祭河仪式，现在是战争年代，特别是小鬼子进行几次"扫荡"后，大伙的日子越来越艰难，开河后也没有了过去的那种盛大场面，只有很少的人做一些简单的祭拜仪式。

尽管没有过去的那种大场面，刘象庚在开河的时候还是带着刘易成和陈纪原来到黄河岸边，他们站在远处，看着奔腾而来的黄河水。

刘易成学着大人的样子，卷起手喊着："开河啦——"

陈纪原也喊着："开河啦——"

风很大，孩子们的声音在冰面开裂的黄河岸边显得是那么弱小和稚嫩。

刘象庚脖子上围着李云送给他的那条红围巾。他把自己从西北农民银行经理位置上退下来的想法和首长们说了，银行越来越重要，需要更年轻的才俊来挑起这副重担！从兴县农民银行到今天的西北农民银行，从一无所有到今天的总行以及遍布各分区各县的分行、营业所,从只有一台印刷机器的长兴堂到今天的西北农民银行印刷厂,银行走过了怎样一段艰难困苦的岁月!但这一切都是值得的。他真的是老了,这是他第一次这么真切地感受到。现在正是自己退下来的大好时机,就像眼前的黄河,后浪推着前浪,前赴后继,勇往直前。

黄河的对岸就是延安,几年前他去过一趟,这几年那里更是成为全国进步人士向往的地方,他早就想再去一趟了。他和牛照芝商议过,让晋西北的士绅们去延安参观一趟,让大伙认清当前的形势,更加坚定抗战的决心,并带领大家为抗战做出更大贡献!同时他们也想学习延安的精神和经验,带回晋西北以作建设之参考。没想到刘象庚和牛照芝的这个动议得到了晋西区党委乃至中共中央的热烈回应,刘象庚心里怎么能不高兴呢?

他也好几年没见他的几个女儿了,刘亚雄、刘竞雄、刘汝苏,特别是三女儿刘汝苏,离开的时候也就十几岁,现在该是大姑娘了吧?只是不知道她们在不在延安,这次去了父女们能不能见上一面。还有三弟的女儿刘佩雄。想到三弟,刘象庚心里特别难过。三弟曾经嘱托他,让他照顾佩雄,他这次去了一定要替三弟、三弟媳看看佩雄。

刘象庚看看眼前的刘易成和陈纪原。两个孩子已经大了,也该接受教育了。尽管他心里有些不舍,但他还是决定把两个孩子送到对岸去。延安是中国的未来,这是他上次参观后产生的坚定信念,他希望他的孩子们能在中国未来的建设中贡献他们的智慧和力量。他还没有和两个夫人商议这件事,但他有信心说服她们。

吃过晚饭后,牛爱莲拉着刘易成和陈纪原到了东面的窑洞里,西面的窑洞里只剩下刘象庚和李云。

李云在地下收拾屋子,刘象庚戴着眼镜在油灯下看晋西北行政公署第三次行政会议的材料。会议对过去一年的金融工作做了分析,对今后

的工作做了安排,特别是在巩固农钞,禁用白洋、伪钞上做出了更为严厉的规定,同时根据形势发展对法币的使用做出一些调整:

……

第一,对行使伪钞者,过去是照行使白洋加倍处罚,现在改为加二倍处罚。如行使或保存在五百元以上者处死刑,贩运在三百元以上者处死刑,其他处徒刑与罚金。在游击区采取驱逐出境办法,明年2月1日前努力驱逐出去。在敌占区采取扰乱的办法,组织经济游击队以政治经济力量,打击伪钞使用者。第二,对贩运与行使白洋者,明定处罚办法。贩运在千元以上行使在二千元以上者处死刑,如贩到敌区五百元以上者处死刑,其他处徒刑与罚金。第三,对法币暂准行使,贩运者处罚。调换在五百元以下者不究,因为这可便利于小商人营业;在五百元以上者,带有投机捣乱性质,应按规定处办,但私行运往敌区八千元者处死刑。

……

刘象庚看完材料抬起头来。金融斗争同样是你死我活的斗争。经过过去一年的努力,西农币价格稳定了下来,使用范围也越来越广;但现在还不是松懈的时候,必须有更坚定的意志,必须采取更坚决的手段,彻底将杂币驱逐出去,只有这样,才能使西农币真正成为根据地唯一流通的合法货币,才能真正把发展金融、发展经济的主动权掌握在自己手里。

李云收拾完坐过来:"你不是有话要和我说吗?"

刘象庚把材料放进包里,然后从镜片后看住李云:"李云,我是有话要和你说。"

李云说:"有话就直说呗,还弄得这么神神道道的。"

刘象庚说:"我呢,过几天就要去那边啦。"

李云说:"你早和我说过啦。"

刘象庚向后一靠,说:"我想带两个孩子过去。"

李云看住刘象庚,半天没说话。她和刘象庚在一起生活了这么些年,只要是刘象庚决定了的事,不管她同意还是不同意,刘象庚总会有各种无法拒绝的理由让她低头。

两个孩子还小啊,特别是陈纪原,才九岁,怎么能离开大人独自生活呢?易成虽大,也才十来岁,他可从来没有离开过家啊。

李云一直没说话,就是说话,她知道自己也说不过刘象庚。她和衣躺在炕上。刘象庚好像推了她几下,她一直没有掉过脸去。孩子们这一走,还不知道哪一年才能再见面呢。

刘象庚和李云背对背躺着,李云心里难过他能理解,但他知道李云最终会理解他的决定。

过了很长时间,李云问:"定了时间吗?"

刘象庚说:"还没有呢。"

李云叹口气,她知道拗不过刘象庚,她只能天明后抓紧给孩子们准备去那边的行李了。

77

晋西北士绅赴延安参观团是在这年的 5 月 4 日出发的。这一天的天气很好,大伙穿着八路军的灰军装,带着水壶、粮袋上了木船。由于是在黑峪口的渡口上的船,李云、牛爱莲、刘象坤夫妇几个人一直站在岸上向船上的刘象庚、刘易成、陈纪原挥着手。

这趟延安之行刘象庚一生都难以忘怀,多少年后,当他看到当年的《抗战日报》时,访问延安的情景仍会一一浮现在他眼前。

5 月 7 日特讯:

兴县士绅牛友兰先生发起晋西北各地士绅组织参观团赴延安参观一节,已志本报。兹悉各县士绅已于四月三十日前陆续到齐,计有兴县士绅牛友兰、刘少白、孙良臣、白朴生、刘秉衡、白玉臣、贾文德、任辑五,临县刘佑卿,临南樊泟如,离石刘菊初、陈顾三,静乐武润生等十三人。诸先生热心国家大事,关心新中国建设,对抗日民主模范根据地的陕甘宁边区,尤为景仰。此行计划在延逗留两月,除参观边区各种建设事业外,并将晋谒中共领袖毛泽东。晋西北各界对诸先生赴延热望而切,五月一、二、三日,由军区司令部、晋西北行政公署、中共晋西区党委分别设宴欢送,四日动身。

6月2日据新华社延安电:

晋西北士绅参观团于二十一日深夜抵延,当即下榻交际处,诸士绅虽连日兼程赶路,精神仍均极健乐。其中刘少白先生在一九三七年曾经过延安,此次行经新市场时……乃竟市廛遍地,耕地盈山,言下表示无限兴奋。二十二日晨八时,该团到边区政府谒见林(伯渠)主席,李(鼎铭)副主席,畅谈甚欢。李副主席首先起立致词欢迎,并谓陕甘宁边区人民之所以安居乐业,也实有赖于晋西北人民之艰苦抗敌。林主席继即答复参观团诸先生提出的问题,就边区政权情形略为陈述,为现在边区人民生活和过去比较起来虽有显著进步,但还做得不够。随后大家互相漫谈,刘少白先生谓晋西北在春耕运动中每人平均种地三十垧,劳动热忱于此可见。在宾主闲谈中,从国医谈到科学,又从科学谈到辩证法唯物论,谈到同盟会时代的革命战士,直至十时,该团始行辞出。随后又到了边区参议会,常驻会谢副议长趋阶欢迎,一一握手寒暄。宾主座谈中讨论世界民主政治,由中国过去的"民主"说到现在各抗日根据地的民主,由资本主义的"民主"说到新民主主义的民主,发挥极为深刻。谢副议长并以陕甘宁边区的民主特点提供参考。十一时辞出。回至交际处时,适贺龙师长匆匆赶至,"你们来啦"！连忙一面握手慰问,一面报道兴县捷报……登时掌声四起,互为祝贺。贺师长畅谈延安景色,比喻生动,全场为之神往。贺师长最后说:"此次来延参观,不但是观,而且要带回去做!"现该团参观日期暂定为一个半月,日程已定好,举凡边区各工厂、学校、医院、机关、团体俱在参观范围之内。毛主席、朱总司令、徐老、吴老、林彪师长等均已约定接见日期,边区参议会、边区政府民、财、教、建四厅并特召开座谈会以示欢迎。团长牛友兰先生盛赞延安生活的改善,对边区的盛意款待,甚为感谢。该团全体分住交际处三大窑洞,生活饮食均一依晋西北的习惯。全体团员感于延安学习二十二个文件的热潮,已向交际处索得全份,规定每日上午阅读讨论,下午为参观访问的时间。

6月4日据新华社延安电:

晋西北士绅参观团连日在延安参观各处,颇为忙碌。留延晋西北党、政、军首长贺(龙)师长、续(范亭)主任、关(向应)政委及林枫同志等,特于五月二十九日设宴为诸先生洗尘。是日上午九时,参观团汽车赴枣园,即在枣园树阴围坐漫谈。诸士绅见续主任身体也渐康复,极为欣慰。大家谈到晋西北今年风调雨顺,人民生产热忱颇高,谈兴更浓。继由中日战争谈到希特勒的灭亡,以极恳切的比喻,说明我们抵抗敌人需要部队与人民武装配合的道理,末由刘少白先生畅谈对陕甘宁边区观感,特别对毛主席号召整顿三风,尤为钦佩。

7月4日特讯:

六月二十六日中共中央派王若飞同志,北方局杨尚昆同志,晋西北区党委林枫同志,假边府交际处邀请晋西北士绅参观团举行座谈会,征集诸先生对地方党、政府意见,以深入了解晋西北情况,改进该地工作。首由王若飞同志致词,略谓中共中央对诸先生不辞跋涉来延参观甚为感佩,希望能就参观所见及晋西北地方情形,尽所欲言的(地)加以批评与建议。诸先生咸称此次来延安参观各地印象均佳,尤其"三三制"的实施及整风学习的热烈,使大家深信在延安看到新中国的曙光。对于晋西北各方面情形,他们认为在中共中央的领导之下,已日渐走入正轨,但经济上尚不能自给自足,以后愿与政府共同努力积极加以建设。

7月7日据新华社延安电:

六月二十九日午后三时,晋西北士绅参观团晋谒八路军朱总司令,朱总司令首先对诸士绅辛勤参观致以亲切慰问,并谓边区各种建设多系初创,希诸先生批评建议。漫谈片刻,朱总司令即就诸先生询及问题,如目前全国及华北的抗战形势,今后华北抗战发生的困难及克服办法,八路军新四军目前情况,以及在战争频繁的抗日根据地内怎样进行经济建设等问题以详尽之解答。朱总司令英姿奕奕,态度和蔼,话语诚恳真挚,诸先生聆听后非常感奋。继后毛主席、朱总司令在青年食堂设宴招待诸士绅,宾主畅谈甚欢。

7月16日据新华社延安12日电:

九日下午四时,毛泽东亲赴交际处访晋西北来延士绅,在兴奋愉快的气氛中围桌畅谈,对诸士绅所提一一详作解答。毛泽东同志曾对国际形势详加分析,指出此反侵略战争是世界历史上的最大的战争;在欧洲有苏、英、美的亲密团结,今年可能打垮德国;在太平洋上有中、英、美的团结,明年可望击溃日本。继即就"三三制"问题、整风问题及中共对根据地各项政策娓娓畅谈,并说明减租减息及交租交息政策在中国施行之必要,指出这些对于农民和地主雇工和资本家都有好处,但欲在全国执行尚需经过广泛的宣传,使大家都有共同认识。毛泽东同志虽工作繁冗,但精神健旺,态度谦虚,语言诚恳,诸士绅深感兴趣。其中复有提出五四运动对于革命的影响与中共整顿三风之关系该问题相询者,毛泽东同志复为解答,并一一握手详询诸士绅姓名及家庭情形。士绅中间有子女在八路军中工作者,毛泽东同志尤深表钦敬。边府林、李主席,谢副参议长亦来参加,计自下午四时至深夜九时始殷殷告别,畅谈共达五小时之久。

7月18日转发《解放日报》社论:

牛友兰、武润生、刘少白先生们所组织的晋西北士绅延安参观就要回去了,每想到背负着民族的苦难,怀抱着对于陕甘宁边区的高度热望而仆仆西来的诸位先生,特别是想到以六十高龄而不辞跋涉之苦的几位前辈,我们实在感奋万端,今日归去,我们自不胜依依之感!但我们尤愿乘此机会略抒数语,请托参观团诸先生转致我在根据地坚持战斗和在沦陷区忍受苦难的千万父老。

首先请告诉我河东父老:日寇败相(象)已成、败期已定,只要我们加倍奋发,熬过今明两年,我们出头的日子便到了。日寇强盗五年侵华,只落得它的泥脚在中国越陷越深,只落得在华士兵逐渐苦叫"回不得家",它日夜吹嘘的太平洋上的"赫赫战果",给它树立了二十四个敌国;陆上海上的"胜利",并不曾解决了它经济上的困窘。……战争给予日本人民的是经济上的破灭,是丈夫、儿子的死亡。……披着"圣战"外衣的强盗战争的真相,已经逐渐为日本士兵所认识了。要把亲眼见到日本工农学校的情形,日本在华共产主义同盟的消息,广泛地传播开去,觉醒的种子是埋在每个日本士兵的心里的。

世界民主国家的团结,今年可望击败希特勒,中、英、美三国的海陆夹攻,明年定可把日寇打回东京去。这一个局面是我们五年牺牲奋斗的成果,今天让我们更加坚定更加振作,以加倍的勇气和信心,来迎接即将到来的胜利!

请告诉我河东父老:敌寇在它溃灭之前,它对我们的进攻会更加残暴,更加毒辣,我们的困难也一定会因此而愈益增加,我们一定要有咬紧牙关,熬过困难的准备,我们更需有军民协力冲破困难的办法。敌寇在"扫荡"中厚颜无耻的(地)企图赖账,说什么"因为你们抗日,我们才烧杀",我们却一定要我们受的一切痛苦灾难,一笔一笔地写在日寇名下,决不容它半点的含糊抵赖。我们一定要更不惜牺牲一切(地)来支持抗战,更广泛的(地)开展民兵运动,更密切的(地)和抗日部队结成一个战斗的总体,以保存我们有生力量和抗战物资。我们一定要把今天所计较的是全民族的生死存亡,而不是个人利害得失,为民族抗战尽最大的义务,乃是最高的荣耀的认识,更普遍地深入到所有的抗日人民中间去!

请更肯定地告诉我河东父老:我内部社会各阶层间的紧密团结,乃是抗敌制胜的武器,也是团结建国必由途径,而"三三制"则是保证这一团结的最好政治形式,请把在陕甘宁边区所见的一切,更广泛地告诉人们,在这里是怎样实行了地主的减租减息,是怎样保证了农民的交租交息,并怎样的因此而有了社会经济的向上发展。也请告诉人们:六十高龄的李(鼎铭)副主席,怎样以自己的切身经验里认识了中国共产党是中国人民的党,怎样令人感动地说他"要和共产党患难与共,休戚相关"。要告诉人们,减租减息,交租交息的政策,需要在河东更认真地执行起来,"三三制"的议会和各级政权机关,也需要更迅速,更完满地建设起来。

请更明确地告诉我河东父老:中国在抗战中需要团结、能够团结,而且已经团结支持了五年的抗战,就是在抗战胜利之后,中国也还是应该能够团结的。毛泽东同志对于这一个问题是这样明确地回答了:中国共产党、八路军、新四军是一定要坚决这样执行的,而最大的保障则因为乃是全国人民的希望和意愿,在全国人民的希望和决议之下,我们既发动了全民族的抗战,又在抗战之中促进了全国的团结,为什么我们又不能以全国人民的意愿和决心,来更进一步地促进全国的团结,以全国的团结来建设新的国家呢?

五年来,日本强盗占领了我们的很多土地,烧毁了我们的美丽的村庄,我们的父老兄弟遭受了惨绝人寰的杀害,我们的妻女姐妹遭受了旷古未闻的凌辱,可是我们中华民族在敌人面前站立起来了,今天已经没有任何人再敢说我们是"远东病夫";我们在苦难中,在战斗中团结起来了,今天已经没有任何人还敢笑我们是"一盘散沙"。抗战已进入第六个年头,胜利的曙光已经在望,让我们再努一把力,熬过最后的难关;让我们为了在敌人践踏烧毁的废墟上,重整我们的田园,并进而建立独立的、自由的、和平的、繁盛的新中国而进一步的努力罢!

7月25日登载《晋西北士绅参观团留别延安各界书》:

延安各界的父老兄弟姐妹们:

我们此次来延安参观,将近两月之久了。延安各界对于我们热烈欢迎与亲密的款待,已使我们万分的(地)感动。尤为特殊的,是以我们为晋西北的老年士绅,不远千里而来更加着重这一点,使我们荣幸之余转增抱愧!

但是,我们此次来延,不同于过去的士大夫为了游山玩景,或"寻得桃源"以图避世。而相反的正因为我们的山河为日寇所侵略,我们的田园坟墓为日寇所践踏,我们的妻子儿女为日寇所杀戮奸淫,我们的文化经济为日寇所摧毁与抢劫。以这样的血海深仇,哪里是我们的"桃源"？到哪里去"避世"？所以我们此次来延,既不是"闲游",又不是"避世",而是对于抗日策源地的延安有着非常热望而来的。以故,我们带来的是精神悲惨,而我们带回去的是种兴奋。

试看我们留延两月间,耳闻目见的兴奋事情真不少:

我们到清凉山上,见有昼夜不停的收报、编译、排版、印刷许多事情,但我们的心情却不感觉"清凉世界"的意味,反而激起无限的热潮了。

我们看见宝塔山下,石头刻"小范老子(范仲淹)胸中有数万雄兵"的古迹,我们马上感到范文正是"先天下之忧而忧,后天下之乐而乐"的人物……而马上想到今日的延安真有这样的人物了。我们参观了中央医院、和平医院,见了呻吟病榻和断臂刖足的好些同胞,我们马上就愤恨日寇的残酷所致了。

我们参加了"七七"纪念大会,对着左权将军等的遗像及许多阵亡将士的榜名,不觉悲愤交集,遥想前线将士是如何的(地)为国牺牲了!

我们又到日本工农学校,与日本的许多青年朋友握手,又觉得我们的仇敌,并不是日本大众弟兄,只是少数的法西斯军阀强盗们呀!

我们还到民族学院,与许多蒙、回、藏、苗、彝诸兄弟握了手,我们又想起以往的征服政策和羁縻,在今天要变为患难与共、民族解放的政策了。

我们参加了市参议会的大会,而出席的参议员工、农、商、学、兵咸集一堂。这是什么?就是"三三制"的民主政治是实行起来的。

我们看见了高等法院公开审问一件某机关因捆绑致死的案子,是因为违反了陕甘宁边区的施政纲领,而原、被告,人证等都是坐着讲话。此案的公开审问,就是为"私行捆绑",违反了施政纲领,可见延安的人权是有了保障了。

我们又参观了监狱生活,初去见其光景,疑为是法院的什么训练学校,因为他们都在那里学习讨论,毫无拘束,衣服床铺亦很整洁。而引导者说这便是监狱,我们就不胜诧异,监狱生活是这样么?那么,这里恐怕有人满之患吧,但视其人数却也不见得很多,奇哉!

延安的工厂、学校不是林立,而是山立与沟立。自己亲临山沟,则庐山真面目不能全见,我们就不辞跋涉过去参观,但见千万青年都在埋头学习,千万劳工都在埋头苦干,我们感到在此山穷深谷之中,竟有此许多优秀儿女及劳动英雄,则中华民族是不会亡的。更有全世界二十几个同盟友邦,"今年打垮希特勒,明年击溃日本鬼"的口号是必能实现的。我们虽老,一定要亲眼看见日寇的崩溃,我们的山河收复,算清了我们的血债总账,到那时再回想今日之参观,或作"炉边闲话"当亦有趣。

此外我们最感兴趣的是,党政军各位领袖们迭次座谈,他们推诚相与的态度,实出我们意料之外,尤其是共产党的领袖毛泽东先生,乃是一个"雍雍儒雅"的人;而八路军领袖朱总司令,却是一个和颜悦色,如"冬日之可爱"的人;又如政府领袖林(伯渠)老、参议会副议长谢(觉哉)老、延大校长吴(玉章)老,他们都是鹤发童颜,大有飘飘若仙之概。延安有"五老"之称,可惜董(必武)老在川,而徐(特立)老未晤,以故"五老"而者见其三,亦属憾事!然而在今天最惹人注意者,则是所谓"三三制"下的其他党派或无党派的人士。我们见到的有如边府副主席李鼎铭老先生,他们参加边区政权工作,并未显出党与非党的区别。究竟是党同化了非党,还是非党同化了党,我们是看不出来的。惟李副主席他曾对我们侃侃而谈,将他来延参加政权的经过与现在的见解,毫不掩饰地一句一字地当众道破,他所提出的"精兵简政"已经见诸实行的很多。这也奇怪,以前我们对于共产党的怀疑心理,竟获许多相反的佐证。

以上所述的种种事情,就是我们此次留延两月的印象与感想,也就是我们此次来延的收获与认识。

最后,我们读了七月十四日《解放日报》《送别晋西北士绅参观团》的社论,咐托了我们以告诉"河东父老"的许多话,如敌我的情况、国际的局势等,这些话我们是定要告诉与"河东父老"的,这件事只费我们口舌之劳,一定能够办得到。我们既是得到许多的宝贵经验与艰苦创造的精神,我们就把它带回晋西北去,作为借鉴。临别留书并致敬礼!

晋西北士绅参观团同启
一九四二年七月二十一日

让刘象庚更为感动的是,自己带去的几个孩子在毛泽东主席的关怀下进入延安学校学习。当时学校里没有宿舍,几个孩子住不下,刘象庚不愿打扰首长们,准备把孩子们再带回黑峪口。王若飞得知情况后告诉了毛泽东主席。毛泽东主席说,就是再挖几孔窑洞,也要解决孩子们的上学问题。

刘易成和陈纪原留在了延安。

78

大概就在刘象庚他们赴延安参观的时候,村川得到情报,说八路军主力离开了兴县。村川立刻率领所部突袭兴县,企图乘八路军主力离开之际,捣毁并铲除晋西北行政公署、西北农民银行、兴县抗日政府等抗日组织。日寇很快占领了兴县县城。

这是村川第三次攻入这里,但当村川发现这里几乎就是一座空城时,他立刻意识到中了八路军的计。村川大惊,立刻下令全军撤退。然而为时已晚,城东门方向传来激烈的枪声,八路军从东面攻了过来。村川不敢恋战,只好改变路线,向南部窜去。

兴县县城南面有一个叫白家墙的大村庄,此是鬼子南逃的必经之地。

甄连长所在部队就埋伏在白家墕附近一个叫二京山的地方。这里地势颇高,大军埋伏在土丘后面。这是冷娃参加八路军后打的第一仗,他既兴奋又紧张,总是伸出头去看看远处有没有鬼子的身影。老班长正好扛着机枪过来,看见冷娃的样子,就让冷娃跟着他到了另外一个地方。冷娃提着枪跟着老班长到了一个隐蔽的大石头后面,从大石头旁边看过去,山坡下的土路看得一清二楚。

土路上没有鬼子的影子,老班长和冷娃说着话。

老班长靠在大石头上说:"冷娃,打完仗回家干啥呢?"

冷娃抬起头,回家?他还有家吗?冷娃低下头,没再说话。上次见到贺麻子,贺麻子也和他说,让他打完仗就回家来。贺麻子说啦,黑峪口就是他的家,渡船就是他的家,山坡上的窑洞就是他的家。他是有点想念那条渡船,在黄河上往来驰骋。他也闻惯了黄河的气息,天气热了他会一头扎入黄河中,在黄河里像鱼儿一样游来游去。

冷娃正胡思乱想,忽听到老班长低低的喊声。

"冷娃!"老班长喊一声,趴在机枪后面。

天色暗下来了,冷娃顺着老班长的视线,看到远处的土路上腾起一片灰尘。

"鬼子马上就来啦!"老班长说。

果不其然,灰尘中出现了密密麻麻的鬼子。冷娃还在愣怔,身旁老班长的机枪突然响起来。土丘后面埋伏的八路军立刻向鬼子们开火。手榴弹的爆炸声、机枪的射击声很快响成一片。冷娃开始还有些紧张和慌乱,但随着战斗的深入,他很快就忘记了胆怯和紧张,跟着老班长射击,在冲锋号响起时跟着老班长冲了出去。

村川他们杀出重围往南向肖家洼方向逃去,在这里又遭到董一飞游击队的拦阻。由于连续作战,再加上天黑,也不知道山上是游击队还是八路军,村川不敢恋战,只好命令部队向东面的田家会撤去。田家会与孔家沟之间有几座小山头,村川赶到田家会后,命令士兵们占领了前边的高地。

　　此时已近天明,村川爬上山头,望着灰蒙蒙的四野。士兵们实在跑不动了,他们必须在这里构筑工事固守待援。八路军还没有追过来,极度疲惫的士兵们横七竖八地躺在山坡上,大批的伤兵也互相搀扶着跟了上来。村川命令士兵们立刻修筑工事,八路军很快会打过来的。佐佐木上尉从下面跑上来。八路军从北、西、南三个方向向这里发起进攻,疲惫的日军只好立刻应战。

　　战斗持续到天黑以后停了下来。村川、佐佐木都被炮火所伤。村川得到消息,岚县方向的援军已被拦住,他们只能靠自己突围逃生了。此时日军伤亡过半,村川命令士兵们在山后燃起大火,并将山坡上的尸体全部投入火中。尸体烧完,村川又下令将尉官以下的伤员全部投入火堆中。山坡上哭声震天。村川率领残部趁夜色向东突围。

　　八路军的机枪声很快响起来,黑暗中子弹密集地飞来。前面的佐佐木倒下了。村川也腹部中弹。剩余日军消失在山沟里。

　　天还没有亮。远处山头上那匹饿狼又出现了,它一动不动地看着山下战斗后的旷野,然后仰起脖子发出一声长嗥。那叫声在寂静的夜晚显得是那样亮。

　　东方已经发白。那匹狼掉转身向深山里跑去。天很快就要亮了。

79

　　根据斗争实际,结合刘象庚的意愿,这年年底,组织上决定由牛荫冠接替刘象庚,担任西北农民银行经理。

　　牛荫冠是晋西北行政公署副主任,又兼着贸易局局长,这样更有利于统筹协调整个根据地的经济斗争。

　　晋西北临时参议会在黄河对岸的呼家庄隆重召开。在大会上,刘象庚被选为临时参议会副议长。他的老伙计牛照芝担任了临时参议会参议员。

刘象庚在就职宣誓中说:"我的誓也宣了,职也就了,人民所献的花也戴了,就只剩下自己要为人民负的责任了。"

刘象庚知道,新的使命开始了。

刘象庚虽然不再担任银行经理,但他仍然关注着银行的发展。

1942年11月9日,晋西北临时参议会专门做出有关巩固西农币的决议:

> 大会一致认为巩固金融、调剂物资,是国民经济发展的关键。调剂物资,活泼流通,尤有赖于统一币制。因此,大会一致拥护把农币作为本根据地之惟一合法的单一本位货币……

1942年12月16日,中共晋西分局发出《关于拥护农钞运动的指示》:

> 为切实提高和巩固农钞,驱逐伪钞,禁止法币流通,真正在经济战线上发挥对敌斗争的作用,各地党应配合政治攻势,发动拥护农币运动,使成为真正的热烈的群众运动……

1943年11月14日,晋绥边区行政公署发出有关金融问题的指示:

> 由于敌人的"扫荡"及反动派的破坏,致使农钞暂时稍有跌价,但因农钞基础稳固,因而并未影响流通,现战事已告结束,稳定农钞

和禁绝银洋亟须配合进行……

抗战胜利后,1947年,根据形势发展需要,西北农民银行与陕甘宁边区银行合并组建新的西北农民银行。1947年11月23日,陕甘宁晋绥联防军司令部发布布告:

为了增强战时财政力量,支援前线,恢复战区人民经济生活,畅通交易,发展生产,争取反攻胜利,现经本部和陕甘宁边区政府晋绥边区行政公署共同议决,统一陕甘宁晋绥两边区币制,确定两边区银行合并,定名西北农民银行,以西北农民银行发行的农币为两边区统一的本位币,一切交易、记账和清理债务,均以农币为准。前由陕甘宁边区贸易公司发行的商业流通券,暂与农币等价(一元换一元)通用……望我陕甘宁晋绥各级政府和全体军民切实执行,一致努力,维护农币,坚决和破坏金融的经济反革命作斗争!

新的西北农民银行成立一年后,随着解放战争进程的加快,各根据地不断向外扩展,有的连成一片,同时我人民解放军也大踏步地向敌占区进军。这时出现了一个有趣的现象,就是解放军各部队使用的货币不一样,有的使用冀钞,有的使用农币,有的使用北海币。货币的不统一不仅给各部队后勤采购带来麻烦,而且影响了整个解放区的经济发展,此时急需整合各根据地银行,并发行统一货币。

1948年11月22日,按照中共中央的指示,华北人民政府以训令的形式发布命令,将西北农民银行、北海银行、华北银行合并为中国人民银行,并于12月1日发行中国人民银行钞券——人民币,作为华北、华东、西北三区的本位币,统一流通,为建立全国统一的人民币市场奠定基础:

为适应国民经济建设之需要,特商得山东省政府,陕甘宁、晋绥两边区政府之同意,统一华北、华东、西北三区货币。兹决定:一、华北银行、北海银行、西北农民银行合并为"中国人民银行",以原华北银行为总行,所有三行发行之货币,及其对外之一切债务均由中国人民银行负责承受。二、于本年12月1日起,发行中国人民银行钞券(下称新币),定为华北、华东、西北三区的本位货币,统一流通。所有公私款项收付及一切交易,均以新币为本位币。新币发行之后,冀币(包括鲁西币)、边币、北海币、西农币(下称旧币)逐渐收回,旧币未收回之前,旧币与新币固定比价,照旧流通,不得拒用。新旧币之比价规定如下:(一)新币对冀币、北海币均为一比一百,即中国人民银行钞票一元,等于冀南银行钞票或北海银行钞票一百元。(二)新币对边币为一比一千元,即中国人民银行钞票一元,等于晋察冀边区银行钞票一千元。(三)新币对西农币为一比二千,即中国人民银行钞票一元,等于西北农民银行钞票二千元。以上规定如有拒绝使用或私定比价,投机取巧,扰乱金融者,一经查获,定严惩不贷。除另行布告周知外,仰即遵照。此令。

1948年12月1日,中国人民银行在石家庄正式成立。

当年参加西北农民银行成立仪式的第十八集团军参谋南汉宸,担任首任中国人民银行经理(后改称行长)。

至此,以兴县农民银行为主成立的西北农民银行,在完成了它的一系列历史使命后,正式退出了历史舞台。

据《西北农民银行史料》记载,西北农民银行从1940年5月成立至1946年8月底,共发行农币6755074606.64元,除解决军费外,仅1940年至1944年就给群众发放农贷58844000元,其中1940年发放54000元,1941年发放200000元,1942年发放300000元,1943年发放11590000元,1944年发放46700000元。这些贷款均为低利或者无利贷款,贫穷者及抗属可还可不还。西北农民银行有力地支撑了根据地经济发展。

第十五章　小莲的期待

81

1949年10月1日，年近七十岁的刘象庚应邀参加开国大典。

那一天刘象庚早早就起来了。他一夜没有合眼，这一夜他回顾了自己几十年来走过的道路，想到了少年求学之路，想到了在兴县初创农民银行时所付出的艰辛，以及以兴县农民银行为基础成立西北农民银行，直至汇入今天更为广大的中国人民银行……奋斗几十年，不就是为了这一天的到来吗？这一天终于来了，他怎么能睡得着觉呢？他是幸运者，与他一起战斗过的多少同志已经长眠在地下了。董一飞、牛照芝、王若飞……他的头脑里排出一长串名字。他不是一个人来参加开国大典，他是代表那些老伙计老兄弟来的。

大街上人山人海，锣鼓喧天。天安门城楼上站着党和国家领导人。当刘象庚听到毛泽东主席宣布中华人民共和国中央人民政府成立的时候，他忍不住泪流满面。这是高兴的泪，他知道，一个新的时代开始了。

远在西北的兴县县城里也是一片欢腾的海洋。扭秧歌的队伍中，铁拐李正拉着牛霏霏的手扭着秧歌。成为银行保卫干部的白宝明在那边敲着锣鼓。县城外的大路上，已成为中国人民解放军战士的冷娃正随着大军南下，路边是欢送的人群。人群中，贺麻子和小莲站在那里。小莲拉着长生，他们急切地想从队伍中找出冷娃来。还是贺麻子眼尖，一眼就认出

| 307

了从远处走来的冷娃。冷娃穿着新军装、背着长枪,气势昂扬地走来。

小莲也看见了:"冷娃哥!"

小莲拉着长生向冷娃迎过去。

队伍中的冷娃也看到了贺麻子和小莲,他兴奋地喊着:"大!小莲!"

冷娃走出队伍,几个人高兴地聚在一起。

小莲急忙推着长生让他喊舅。长生仰起头大声喊着:"舅,舅——"

冷娃一把抱起长生。

贺麻子说:"冷娃,打完仗就回来。"

甄团长——甄连长已升为团长——骑着马从后面过来,看到冷娃,他向冷娃挥挥手离去了。

队伍已经走远了。冷娃放下长生追赶队伍。他反过头看着小莲。小莲拉着长生追过来。

冷娃走得老远了,还听到小莲的喊声:"冷娃哥,我和长生等着你回来……"

附录

小说主要人物原型
（以人物出场先后为序）

刘象庚：中华人民共和国成立后先后担任第一届全国政协委员、山西省政府委员会委员、山西省政协副主席。1968年12月10日在北京病逝。

陈纪原：刘亚雄儿子。抗战时期在延安上学。中华人民共和国成立后赴苏联莫斯科包曼高级工业学院学习。历任七机部12所所长、中国运载火箭技术研究院副院长、航天工业部副部长、航天工业总公司经理兼国家航天局局长等。

刘易成：刘象庚儿子。抗战时期在延安上学。中华人民共和国成立后考入北京大学数学力学系。毕业后就职于中科院数学所和卫星设计院，其间在苏联联合原子核研究所学习四年。回国后担任我国第一颗人造卫星国家计划专家组成员、轨道组副组长，为我国第一颗人造卫星的成功发射做出了杰出贡献。后筹建中科院物理所引力波实验室，任实验室副主任。2018年9月26日在北京逝世。

刘汝苏：刘象庚三女儿，后改名刘平。抗战时期在延安上学。中华人民共和国成立后在北京市政府工作。

张干丞：抗战时期任兴县县长、兴县动委会主任。抗战胜利后任陕甘宁晋绥联防军驻晋随营学校校务部主任、晋绥第四专署专员。中华人民共和国成立后任中共湖南省湘潭地委副书记、湘潭专署专员及国家华侨事务委员会办公厅主任等。1967年逝世。

董一飞：抗战时期担任兴县公安局局长，后加入八路军，在一次战斗中牺牲。

刘武雄：刘象庚侄子。早年随刘象庚在外读书，后在河南许昌、山西兴县黑峪口当教师，1938年在八路军120师政治部工作，1948年在山西临县西北后勤兵部任总工会秘书。中华人民共和国成立后任西安市军政委员会劳动部科长、西安市西北行政委员会劳动主任、乌鲁木齐市劳动局主任、陕西省委干校处长等。2000年病逝。

牛照芝：曾任晋西北临时参议会参议员，1947年土改时受到不公正对待，1989年7月18日，中共兴县县委正式做出为牛照芝先生平反昭雪的决定。

刘亚雄：刘象庚长女。抗战时期担任山西青年抗敌游击第一区队政治指导员、山西青年抗敌决死队第一纵队游击第一大队教导员、晋东南各界救国联合总会副主席、晋冀豫边区太行区第三行政督察专员公署专员等。抗战胜利后任中共双辽市委书记、中共嫩江省第二地委副书记、中共中央东北局妇女委员会副书记、中共中央东北局机关党委副书记、长春市第一任市委书记、东北人民政府委员等。中华人民共和国成立后任劳动部副部长、中共中央监察委员会委员、中共中央监察委员会驻交通部监察组组长等。1988年2月21日在北京病逝。

刘竞雄：刘象庚二女儿。抗战时期先后在牺盟会太原市委员会、临汾牺盟会妇女部工作，后任中共太岳区特委秘书科科长、晋东南妇救会总干事、中共太岳区党委秘书科科长等。中华人民共和国成立后任中央人民政府办公厅行政秘书、中组部办公厅干部、劳动部办公厅机要科长、干部司副科长，及中央国家机关党委监委办公室副主任、主任，中组部干部局顾问等。2001年8月8日在北京逝世。

牛荫冠：牛照芝儿子。抗战时期为山西牺盟会负责人之一、晋西北行政公署副主任、晋绥贸易总局局长、西北农民银行经理等。中华人民共和国成立后任江西省财委副主任、江西省财政厅厅长、江西省政府副主席等。1954年后担任湖南株洲331厂厂长、沈阳112厂厂长。1962年担任商业部副部长,后任全国供销合作总社副主任、主任、党组书记,北京商学院院长等。1992年5月10日在北京病逝。

刘佩雄:刘象庚侄女。抗战时期先后在山西战地服务团第二抗日救亡救护队、中共太岳区工委工作,后任沁县妇救会宣传部部长、辽县妇救会主任、太岳区妇救总会宣传干事等。中华人民共和国成立后任哈尔滨工业大学党委组织部部长,后调入北京工作。

安子文:刘竞雄丈夫。抗战时期先后任中共太岳区工作委员会书记、中共冀豫晋省委委员兼统战部部长、中共晋冀豫区太岳地委书记等。抗战胜利后任中共中央党校教育长、中共中央组织部副部长兼干部处处长、中共中央工作委员会秘书长等。中华人民共和国成立后任中共中央组织部常务副部长、中共中央纪律检查委员会副书记、中央人民政府人事部部长、中央国家机关党委第一书记、中共中央组织部部长等。1980年6月25日在北京病逝。

南汉宸:又名南汝箕,毕业于太原师范学校、北平政法学校。曾长期在冯玉祥、杨虎城部从事秘密工作和统一战线工作。1937年任第二战区总动员委员会组织部部长,1941年任陕甘宁边区财政厅厅长、边区参议会秘书长,1947年任中共中央工委财委副主任,后又调任华北财经办事处副主任,晋察冀边区银行和冀南银行合并成立华北银行后担任华北银行总经理。1948年中国人民银行成立后担任首任行长。1953年任中国国际贸易促进委员会主席,后又任党组书记。1967年1月逝世。

后　记

　　新年刚过,我又去了一趟黑峪口。

　　正赶上中国北方最寒冷的季节。远处是苍茫的大山,山下就是流淌了数千年的黄河水。此时河水挟带着大片大片的冰凌,从北方浩浩荡荡顺流而下。我们是开车过了黄河大桥的,爬上路边的山头,冷而硬的北风直面扑来,极目远望,黑峪口就那么怕冷似的蜷缩在黄河对岸的山脚下。历史上的黑峪口曾是中国北方一个著名的渡口。渡口南北有两处十分险恶的礁滩,水流湍急,暗礁林立,一不小心就会船毁人亡。南来北往的商船为了安全渡过礁滩,往往要在黑峪口打尖,因此,黑峪口成了千里黄河上一个十分繁华的大商埠。一方水土养一方人。抗日战争时期,参与创办兴县农民银行的刘少白先生就出生在这里。

　　七七卢沟桥事变后,抗日战争全面爆发,共产党领导的八路军、新四军挺进到抗日前线,并创建了陕甘宁、晋察冀、晋绥、晋冀鲁豫、山东、华中等抗日根据地。为了发展根据地经济,支持八路军、新四军持久抗战,各根据地建立了陕甘宁边区银行、晋察冀边区银行、冀南银行、北海银行、江淮银行等。1937年底,在八路军120师、兴县抗日政府的支持下,兴县农民银行在兴县成立。兴县农民银行的创建,为发展当地经济、支持八路军抗战发挥了十分重要的作用。刘少白,名象庚,字少白,1883年出生在黑峪口。他是晚清贡生,后考入山西大学堂,辛亥革命后曾任山西省临时参议会议员、天津商品检验局局长等职,抗战时期加入中国共产党。牛友兰,名照芝,字友兰,1885年出生在兴县。他是京师大学堂学生,兴县开明士绅,与刘少白是最要好的朋友,抗战时期积极捐资捐物,支持八路军抗战。牛照芝的儿子牛荫冠是中共党员,当时是山西牺盟会的负责人之一。张干丞是牺盟会派到兴县的县长,中共地下党员。这几个人在兴县农民银行的创建中均起到十分关键的作用。1940年山西省第二游击区行政公署成立后,以兴县农民银行为基础成立西北农民银行。1947年,西北农民银行与陕甘宁边区银行合并,成立新的西北农民银行。1948年,西北农民银行、北海银行、华北银行合并组建起中国人民银行,并发行统一的货币人民币。

  日军侵华是中华民族自近代以来遭遇的最大危机,抗日战争是中日两国在政治、经济、军事、文化等各个领域的大比拼。在这场事关中华民族生死存亡的较量中,中国共产党领导的八路军、新四军不仅在军事上取得了重大胜利,而且在金融领域创造了一个又一个奇迹。诞生在吕梁山区的兴县农民银行、西北农民银行就是这众多奇迹中的一个。从一无所有,到遍地开花,从兴县农民银行,到西北农民银行,直至后来的中国人民银行,金融人付出了巨大的牺牲和智慧,这也从一个侧面见证了中华民族崛起的艰难和不易。历史的硝烟已经散去,八十多年前为新中国金融业的创建和发展做出卓越贡献的人们已经成为一个个遥远的传奇。但历史不能忘记,一个忘记自己历史的民族是没有希望和未来的民族。记住历史,正是为了更好地开创未来。文学的功能有多种,其中一项重要的功能就是探索和呈现历史或者人生的真谛,揭示历史或者人生的真理,让我们在历史的回响中明白人生的意义和价值。

  题材确定后,细节就成为创作的关键。为了弄清楚银行印刷钞票的有关问题,在当地人的带领下,我这次又踏访了陕西路家南窊、贺家川等西北农民银行印刷厂旧址。西北农民银行成立后,最早的印刷厂建在离蔡家崖不远的石楞则村。由于日寇多次袭扰,印刷厂又搬迁到黄河对岸一个叫路家南窊的村子里。当时的印刷厂有大小石印机器三十七台、工人一百多人。路家南窊村位置偏僻,这么多人的吃水问题难以解决,印刷厂随后又转移到贺家川一带的山沟里。抗战胜利后,印刷厂从陕西贺家川迁到山西兴县的杨家坡。说是印刷厂,其实就是几孔窑洞。历经八十多年的风雨,这些窑洞有的已经塌毁了,有的则东倒西歪,窑洞前的院子里也是茅草丛生。站在这些遗址前,仍然能感受到当年印刷厂热火朝天又紧张忙碌的气息。

《红色银行》就是以这些历史事件、历史人物、历史细节为背景创作的一部长篇小说。小说从刘少白返回兴县与牛友兰、张干丞创建兴县农民银行开始,至刘少白参加开国大典为止,重点讲述了他在1937年至1942年底创建并担任兴县农民银行、西北农民银行经理期间所发生的故事,勾勒并呈现20世纪三四十年代黑峪口、兴县乃至晋西北一带的风土人情,展示我党早期金融业发展的艰难历程。按照"大事不虚、小事不拘"的原则,我在一些人物的经历上做了一些小说化叙事,为了还原本来面目,文末附录了小说中真实人物的真实履历。当然,在小说中,我也围绕银行设计虚构了一些人物,并让这些人物在小说中演绎各自的人生命运。

从2017年开始接触有关兴县农民银行的资料起,我多次赴兴县、黎城、武乡、西柏坡、石家庄、延安、西安等地考察调研,在写作过程中也得到了众多领导、朋友的帮助和支持,在此一并对他们表示感谢。

黑峪口下就是黄河。

此时,我们中华民族的母亲河正气势磅礴地奔向远方……